OEUVRES

COMPLETES

DE

VOLTAIRE.

OEUVRES

COMPLETES

DE

VOLTAIRE.

TOME HUITIEME.

DE L'IMPRIMERIE DE LA SOCIÉTÉ LITTÉRAIRE-
TYPOGRAPHIQUE.

1 7 8 5.

THEATRE.

TABLE

DES PIECES

CONTENUES DANS CE VOLUME.

T A B L E.

Fin de la Table du Tome huitième.

L'ECOSSAISE,

Gardez votre résolution & votre promesse : sachez
que c'est un homme inconstant, dur, orgueilleux;

l'Ecossaise Act·2·Sc·2

J. M. Moreau le jeune, Del. 1784 L. M. Halbou, Sculp.

L'ECOSSAISE,

COMEDIE.

PAR M. HUME.

TRADUITE EN FRANÇAIS

PAR JEROME CARRÉ.

Repréfentée à Paris au mois d'aufufte 1760.

J'ai vengé l'univers autant que je l'ai pu.

EPITRE DEDICATOIRE

DU TRADUCTEUR

DE L'ECOSSAISE

A MONSIEUR

LE COMTE DE LAURAGUAIS.

MONSIEUR,

La petite bagatelle que j'ai l'honneur de mettre fous votre protection n'eſt qu'un prétexte pour vous parler avec liberté.

Vous avez rendu un ſervice éternel aux beaux arts et au bon goût, en contribuant par votre générofité à donner à la ville de Paris un théâtre moins indigne d'elle. Si on ne voit plus ſur la fcène *Céſar* et *Ptolomée*, *Athalie* et *Joad*, *Mérope* et ſon fils entourés et preſſés d'une foule de jeunes gens, ſi les ſpectacles ont plus de décence, c'eſt à vous ſeul qu'on en eſt redevable. Ce bienfait eſt d'autant plus confidérable que l'art de la tragédie et de la comédie eſt celui dans lequel les Français ſe ſont diſtingués davantage : il n'en eſt aucun dans lequel ils n'aient de très-illuſtres rivaux, ou même des maîtres. Nous avons quelques bons

A 2

philofophes ; mais , il faut l'avouer, nous ne fommes que les difciples des *Newton*, des *Locke*, des *Galilée*. Si la France a quelques hiftoriens, les Efpagnols, les Italiens, les Anglais même nous difputent la fupériorité dans ce genre. Le feul *Maffillon* aujourd'hui paffe chez les gens de goût pour un orateur agréable ; mais qu'il eft encore loin de l'archevêque *Tillotfon* aux yeux du refte de l'Europe ! Je ne prétends point pefer le mérite des hommes de génie ; je n'ai pas la main affez forte pour tenir cette balance : je vous dis feulement comment penfent les autres peuples ; et vous favez, Monfieur, vous qui dans votre première jeuneffe avez voyagé pour vous inftruire, vous favez que prefque chaque peuple a fes hommes de génie, qu'il préfère à ceux de fes voifins.

Si vous defcendez des arts de l'efprit pur à ceux où la main a plus de part, quel peintre oferions-nous préférer aux grands peintres d'Italie ? C'eft dans le feul art des *Sophocles* que toutes les nations s'accordent à donner la préférence à la nôtre ; c'eft pourquoi dans plufieurs villes d'Italie la bonne compagnie fe raffemble pour repréfenter nos pièces , ou dans notre langue , ou en italien ; c'eft ce qui fait qu'on trouve des théâtres français à Vienne et à Pétersbourg.

Ce qu'on pouvait reprocher à la fcène françaife était le manque d'action et d'appareil. Les tragédies étaient fouvent de longues converfations en cinq actes. Comment hafarder ces fpectacles pompeux, ces tableaux frappans, ces actions grandes et terribles, qui bien ménagées font un des plus grands refforts de la tragédie ? comment apporter le corps de *Céfar* fanglant fur la fcène ? comment faire defcendre une reine éperdue dans le tombeau de fon époux, et l'en faire fortir mourante de la main de fon fils, au milieu d'une foule qui cache et le tombeau, et le fils, et la mère, et qui énerve la terreur du fpectacle par le contrafte du ridicule?

C'eft de ce défaut monftrueux que vos feuls bienfaits ont purgé la fcène; et quand il fe trouvera des génies qui fauront allier la pompe d'un appareil néceffaire et la vivacité d'une action également terrible et vraifemblable à la force des penfées, et furtout à la belle et naturelle poëfie, fans laquelle l'art dramatique n'eft rien, ce fera vous, Monfieur, que la poftérité devra remercier. (1)

Mais il ne faut pas laiffer ce foin à la poftérité; il faut avoir le courage de dire à fon fiècle ce que nos contemporains font de noble et d'utile. Les juftes éloges font un parfum qu'on réferve pour embaumer les morts. Un homme fait du bien, on étouffe ce

---

(1) Il y avait long-temps que M. de *Voltaire* avait réclamé contre l'ufage ridicule de placer les fpectateurs fur le théâtre, et de rétrécir l'avant-fcène par des banquettes, lorfque M. le comte de *Lauraguais* donna les fommes néceffaires pour mettre les comédiens à portée de détruire cet ufage.

M. de *Voltaire* s'eft élevé contre l'indécence d'un parterre debout et tumultueux; et dans les nouvelles falles conftruites à Paris le parterre eft affis. Ses juftes réclamations ont été écoutées fur des objets plus importans. On lui doit en grande partie la fuppreffion des fépultures dans les églifes, l'établiffement des cimetières hors des villes, la diminution du nombre des fêtes, même celle qu'ont ordonnée des évêques qui n'avaient jamais lu fes ouvrages; enfin l'abolition de la fervitude de la glèbe et celle de la torture. Tous ces changemens fe font faits, à la vérité, lentement, à demi, et comme fi l'on eût voulu prouver en les fefant qu'on fuivait non fa propre raifon, mais qu'on cédait à l'impulfion irréfiftible que M. de *Voltaire* avait donnée aux efprits.

La tolérance qu'il avait tant prêchée s'eft établie peu de temps après fa mort en Suède et dans les Etats héréditaires de la maifon d'Autriche; et, quoi qu'on en dife, nous la verrons bientôt s'établir en France.

A 3

bien pendant qu'il refpire; et fi on en parle, on l'exténue, on le défigure : n'eft-il plus, on exagère fon mérite pour abaiffer ceux qui vivent.

Je veux du moins que ceux qui pourront lire ce petit ouvrage fachent qu'il y a dans Paris plus d'un homme eftimable et malheureux fecouru par vous; je veux qu'on fache que tandis que vous occupez votre loifir à faire revivre par les foins les plus coûteux et les plus pénibles un art utile perdu dans l'Afie qui l'inventa, vous faites renaître un fecret plus ignoré, celui de foulager par vos bienfaits cachés la vertu indigente. (2)

Je n'ignore pas qu'à Paris il y a dans ce qu'on appelle le monde, des gens qui croient pouvoir donner des ridicules aux belles actions qu'ils font incapables de faire; et c'eft ce qui redouble mon refpect pour vous.

P. S. Je ne mets point mon inutile nom au bas de cette épître, parce que je ne l'ai jamais mis à aucun de mes ouvrages; et quand on le voit à la tête d'un livre ou dans une affiche, qu'on s'en prenne uniquement à l'afficheur ou au libraire.

---

(2) M. le comte de *Lauraguais* avait fait une penfion au célèbre *du Marfais*, qui fans lui eût traîné fa vieilleffe dans la misère. Le gouvernement ne lui donnait aucun fecours, parce qu'il était foupçonné d'être janfénifte, et même d'avoir écrit en faveur du gouvernement contre les prétentions de la cour de Rome.

A MESSIEURS

LES PARISIENS. (*a*)

MESSIEURS,

JE fuis forcé par l'illuftre M. *F.....* de m'expofer *vis-à-vis* de vous. Je parlerai fur le *ton* du fentiment et du refpect; ma plainte fera marquée au *coin* de la bienféance, et éclairée du *flambeau* de la vérité. J'efpère que M. *F.....* fera confondu *vis-à-vis* des honnêtes gens qui ne font pas accoutumés à fe prêter aux méchancetés de ceux qui, n'étant pas *fentimentés*, font *métier et marchandife* d'infulter *le tiers et le quart*, fans aucune *provocation*, comme dit *Cicéron* dans l'oraifon *pro Murena*, page 4.

Meffieurs, je m'appelle *Jérôme Carré*, natif de Montauban; je fuis un pauvre jeune homme fans fortune; et comme la volonté me change d'entrer dans Montauban, à caufe que M. *L. F.....* de *P.......* m'y perfécute, je fuis venu implorer la protection des Parifiens. J'ai traduit la comédie de l'Ecoffaife de M. *Hume*. Les comédiens français, et les italiens, voulaient la repréfenter : elle aurait peut-être été jouée cinq ou fix fois, et voilà que M. *F.....* emploie fon autorité et fon crédit pour empêcher ma traduction de paraître; lui qui encourageait tant les jeunes gens, quand il était jéfuite, les opprime aujourd'hui : il a fait une feuille entière contre moi; il

---

(*a*) Cette plaifanterie fut publiée la veille de la repréfentation.

commence par dire méchamment que ma traduction vient de Genève, pour me faire *fufpecter* d'être hérétique.

Enfuite il appelle M. *Hume*, M. *Home* ; et puis il dit que M. *Hume* le prêtre, auteur de cette pièce, n'eft pas parent de M. *Hume* le philofophe. Qu'il confulte feulement le journal encyclopédique du mois d'avril 1758, journal que je regarde comme le premier des cent foixante-treize journaux qui paraif-fent tous les mois en Europe, il y verra cette annonce, page 137 :

L'auteur de Douglas *eft le miniftre Hume, parent du fameux David Hume, fi célèbre par fon impiété.*

Je ne fais pas fi M. *David Hume* eft impie : s'il l'eft, j'en fuis bien fâché, et je prie Dieu pour lui comme je le dois ; mais il réfulte que l'auteur de l'Ecoffaife eft M. *Hume* le prêtre, parent de M. *David Hume*, ce qu'il fallait prouver, et ce qui eft très-indifférent.

J'avoue à ma honte que je l'ai cru fon frère ; mais qu'il foit frère ou coufin, il eft toujours certain qu'il eft l'auteur de l'Ecoffaife. Il eft vrai que dans le journal que je cite, l'Ecoffaife n'eft pas expreffément nommée ; on n'y parle que d'Agis et de Douglas ; mais c'eft une bagatelle.

Il eft fi vrai qu'il eft l'auteur de l'Ecoffaife, que j'ai en main plufieurs de fes lettres, par lefquelles il me remercie de l'avoir traduite ; en voici une que je foumets aux lumières du charitable lecteur.

My dear tranflator, mon cher traducteur, *you have comitted many a blunder in your performance*, vous avez fait plufieurs balourdifes dans votre traduction : *you*

have quitte impoverish'd the caracter of Wafp *, and you
have blotted his chaftifement at the end of the drama*.......
vous avez affaibli le caractère de *Frélon*, et vous avez
fupprimé fon châtiment à la fin de la pièce.

Il eft vrai, et je l'ai déjà dit, que j'ai fort adouci
les traits dont l'auteur peint fon Wafp (ce mot
wafp veut dire *frélon*); mais je ne l'ai fait que par le
confeil des perfonnes les plus judicieufes de Paris.
La politeffe françaife ne permet pas certains termes
que la liberté anglaife emploie volontiers. Si je fuis
coupable, c'eft par excès de retenue; et j'efpère que
meffieurs les Parifiens, dont je demande la protection,
pardonneront les défauts de la pièce en faveur de
ma circonfpection.

Il femble que M. *Hume* ait fait fa comédie uniquement dans la vue de mettre fon *Wafp* fur la fcène,
et moi jai retranché tout ce que j'ai pu de ce perfonnage ; j'ai auffi retranché quelque chofe de miladi
Alton pour m'éloigner moins de vos mœurs, et pour
faire voir quel eft mon refpect pour les dames.

M. *F*..... dans la vue de me nuire, dit dans fa
feuille, page 1 1 4, qu'on l'appelle auffi *Frélon*, que
plufieurs perfonnes de mérite l'ont fouvent nommé
ainfi. Mais, Meffieurs, qu'eft-ce que cela peut avoir
de commun avec un perfonnage anglais dans la
pièce de M. *Hume* ? Vous voyez bien qu'il ne cherche
que de vains prétextes pour me ravir la protection
dont je vous fupplie de m'honorer.

Voyez, je vous prie, jufqu'où va fa malice : il
dit, page 1 1 5, que le bruit courut long-temps qu'il
avait été condamné aux galères ; et il affirme qu'en effet,
pour la condamnation, elle n'a jamais eu lieu :

mais, je vous en fupplie, que ce Monfieur ait été
aux galères quelque temps, ou qu'il y aille, quel
rapport cette anecdote peut-elle avoir avec la traduction d'un drame anglais ? Il parle des raifons qui
pouvaient, dit-il, *lui avoir attiré ce malheur*. Je vous
jure, Meffieurs, que je n'entre dans aucune de ces
raifons ; il peut y en avoir de bonnes, fans que
M. *Hume* doive s'en inquiéter : qu'il aille aux galères
ou non, je n'en fuis pas moins le traducteur de
l'Ecoffaife. Je vous demande, Meffieurs, votre protection contre lui. Recevez ce petit drame avec cette
affabilité que vous témoignez aux étrangers.

J'ai l'honneur d'être avec un profond refpect,

MESSIEURS,

Votre très-humble et très-obéiffant
ferviteur, JEROME CARRÉ,
natif de Montauban, demeurant
dans l'impaffe de Saint-Thomas
du Louvre ; car j'appelle *impaffe*,
Meffieurs, ce que vous appelez
cu de fac : je trouve qu'une rue
ne reffemble ni à un cu ni à un
fac : je vous prie de vous fervir
du mot d'*impaffe*, qui eft noble,
fonore, intelligible, néceffaire, au
lieu de celui de cu, en dépit du
fieur *F*..... ci-devant J.....

AVERTISSEMENT.

CETTE lettre de M. *Jérôme Carré* eut tout l'effet qu'elle méritait. La pièce fut repréfentée au commencement d'augufte 1760. On commença tard, et quelqu'un demandant pourquoi on attendait fi long-temps ? *C'eft apparemment*, répondit tout haut un homme d'efprit, *que F.....* *eft monté à l'hôtel de ville.* Comme ce *F.....* avait eu l'inadvertance de fe reconnaître dans la comédie de l'Ecoffaife , quoique M. *Hume* ne l'eût jamais eu en vue, le public le reconnut auffi. La comédie était fue de tout le monde par cœur avant qu'on la jouât, et cependant elle fut reçue avec un fuccès prodigieux. *F.....* fit encore la faute d'imprimer dans je ne fais quelles feuilles, intitulées l'*Année littéraire*, que l'Ecoffaife n'avait réuffi qu'à l'aide d'une cabale compofée de douze à quinze cents perfonnes, qui toutes, difait-il, le haïffaient et le méprifaient fouverainement. Mais M. *Jérôme Carré* était bien loin de faire des cabales : tout Paris fait affez qu'il n'eft pas à portée d'en faire ; d'ailleurs il n'avait jamais vu ce *F.....* et il ne pouvait comprendre pourquoi tous les fpectateurs s'obftinaient à voir *F.....* dans *Frélon*. Un Avocat à la feconde repréfentation s'écria : *Courage*, M. *Carré* , *vengez le public ;* le parterre et les loges applaudirent à ces paroles par des battemens de mains qui ne finiſſaient point. *Carré*, au ſortir du ſpectacle, fut embraſſé par plus de cent perſonnes. Que vous êtes aimable, M. *Carré*, lui diſait-on, d'avoir fait juſtice de cet homme, dont les mœurs ſont encore plus odieuſes que la plume ! Eh, Meſſieurs, répondit *Carré*, vous me faites plus d'honneur que je ne mérite ; je ne ſuis qu'un pauvre traducteur d'une comédie pleine de morale et d'intérêt.

Comme il parlait ainſi ſur l'eſcalier, il fut barbouillé de deux baiſers par la femme de *F.....* Que je vous ſuis obligée, dit - elle, d'avoir puni mon mari ! mais vous ne le corrigerez point. L'innocent *Carré* était tout confondu ; il ne comprenait pas comment un perſonnage anglais pouvait être pris pour un français nommé *F....* et toute la France lui feſait compliment de l'avoir peint trait pour trait. Ce jeune homme apprit par cette aventure combien il faut avoir de circonſpection : il comprit en général que toutes les fois qu'on fait le portrait d'un homme ridicule, il ſe trouve toujours quelqu'un qui lui reſſemble.

Ce rôle de *Frélon* était très-peu important dans la pièce ; il ne contribua en rien au vrai ſuccès, car elle reçut dans pluſieurs provinces les mêmes applaudiſſemens qu'à Paris.

On peut dire à cela que ce *Frélon* était autant
eſtimé dans les provinces que dans la capitale ;
mais il eſt bien plus vraiſemblable que le vif
intérêt qui règne dans la pièce de M. *Hume* en
a fait tout le ſuccès. Peignez un faquin, vous
ne réuſſirez qu'auprès de quelques perſonnes ;
intéreſſez, vous plairez à tout le monde.

Quoi qu'il en ſoit, voici la traduction d'une
lettre de milord *Boldthinker* au prétendu *Hume*,
au ſujet de ſa pièce de l'Ecoſſaiſe :

„ Je crois, mon cher *Hume*, que vous avez
„ encore quelque talent; vous en êtes comptable
„ à la nation : c'eſt peu d'avoir immolé ce vilain
„ *Frélon* à la riſée publique, ſur tous les théâtres
„ de l'Europe, où l'on joue votre aimable et
„ vertueuſe Ecoſſaiſe ; faites plus, mettez ſur la
„ ſcène tous ces vils perſécuteurs de la litté-
„ rature, tous ces hypocrites noircis de vices,
„ et calomniateurs de la vertu : traînez ſur le
„ théâtre, devant le tribunal du public, ces
„ fanatiques enragés, qui jettent leur écume
„ ſur l'innocence, et ces hommes faux, qui vous
„ flattent d'un œil, et qui vous menacent de
„ l'autre, qui n'oſent parler devant un philo-
„ ſophe, et qui tâchent de le détruire en ſecret ;
„ expoſez au grand jour ces déteſtables cabales
„ qui voudraient replonger les hommes dans
„ les ténèbres.

,, Vous avez gardé trop long-temps le filence ;
,, on ne gagne rien à vouloir adoucir les per-
,, vers, il n'y a plus d'autre moyen de rendre
,, les lettres refpectables que de faire trembler
,, ceux qui les outragent : c'eſt le dernier parti
,, que prit *Pope* avant que de mourir : il rendit
,, ridicules à jamais, dans fa Dunciade, tous
,, ceux qui devaient l'être : ils n'osèrent plus fe
,, montrer, ils difparurent, toute la nation lui
,, applaudit ; car fi dans les commencemens
,, la malignité donna un peu de vogue à ces
,, lâches ennemis de *Pope*, de *Swift* et de leurs
,, amis, la raifon reprit bientôt le deffus. Les
,, *Zoïles* ne font foutenus qu'un temps. Le vrai
,, talent des vers eſt une arme qu'il faut employer
,, à venger le genre-humain. Ce n'eſt pas les
,, *Pantolabes* et les *Nomentanus* feulement qu'il
,, faut effleurer ; ce font les *Anitus* et les *Mélitus*
,, qu'il faut écrafer. Un vers bien fait tranfmet
,, à la dernière poſtérité la gloire d'un homme
,, de bien et la honte d'un méchant. Travaillez,
,, vous ne manquerez pas de matière, &c. ,,

PREFACE.

LA comédie dont nous préfentons la traduction aux amateurs de la littérature eft (a) de M. *Hume*, pafteur de l'églife d'Edimbourg, déjà connu par deux belles tragédies, jouées à Londres : il eft parent et ami de ce célèbre philofophe M. *Hume*, qui a creufé avec tant de hardieffe et de fagacité les fondemens de la métaphy-fique et de la morale : ces deux philofophes font également honneur à l'Ecoffe leur patrie.

La comédie intitulée *l'Ecoffaife* nous parut un de ces ouvrages qui peuvent réuffir dans toutes les langues, parce que l'auteur peint la nature, qui eft par-tout la même : il a la naïveté et la vérité de l'eftimable *Goldoni*, avec peut-être plus d'intrigue, de force et d'intérêt. Le dénoue-ment, le caractère de l'héroïne et celui de *Freeport* ne reffemblent à rien de ce que nous connaiffons fur les théâtres de France ; et cepen-dant c'eft la nature pure. Cette pièce paraît un peu dans le goût de ces romans anglais qui ont fait tant de fortune : ce font des touches femblables, la même peinture des mœurs, rien de recherché, nulle envie d'avoir de l'efprit, et de montrer miférablement l'auteur, quand on ne doit montrer que les perfonnages ; rien

(a) On fent bien que c'était une plaifanterie d'attribuer cette pièce à M. *Hume*.

d'étranger au fujet; point de tirade d'écolier, de ces maximes triviales qui rempliffent le vide de l'action. C'eft une juftice que nous fommes obligés de rendre à notre célèbre auteur.

Nous avouons en même temps que nous avons cru, par le confeil des hommes les plus éclairés, devoir retrancher quelque chofe du rôle de *Frélon*, qui paraiffait encore dans les derniers actes : il était puni, comme de raifon, à la fin de la pièce ; mais cette juftice qu'on lui rendait femblait mêler un peu de froideur au vif intérêt qui entraîne l'efprit au dénouement.

De plus, le caractère de *Frélon* eft fi lâche et fi odieux que nous avons voulu épargner aux lecteurs la vue trop fréquente de ce perfonnage, plus dégoûtant que comique. Nous convenons qu'il eft dans la nature ; car dans les grandes villes, où la preffe jouit de quelque liberté, on trouve toujours quelques-uns de ces miférables qui fe font un revenu de leur impudence, de ces *Arétins* fubalternes qui gagnent leur pain à dire et à faire du mal, fous le prétexte d'être utiles aux belles-lettres, comme fi les vers qui rongent les fruits et les fleurs pouvaient leur être utiles.

L'un des deux illuftres favans, et pour nous exprimer encore plus correctement, l'un de ces

deux

deux hommes de génie, qui ont préfidé au Dictionnaire encyclopédique, à cet ouvrage néceffaire au genre-humain, dont la fufpenfion fait gémir l'Europe ; l'un de ces deux grands hommes, dis-je, dans des effais qu'il s'eft amufé à faire fur l'art de la comédie, remarque très-judicieufement que l'on doit fonger à mettre fur le théâtre les conditions et les états des hommes. L'emploi du *Frélon* de M. *Hume* eft une efpèce d'état en Angleterre ; il y a même une taxe établie fur les feuilles de ces gens-là. Ni cet état ni ce caractère ne paraiffaient dignes du théâtre en France ; mais le pinceau anglais ne dédaigne rien ; il fe plaît quelque-fois à tracer des objets dont la baffeffe peut révolter quelques autres nations. Il n'importe aux Anglais que le fujet foit bas, pourvu qu'il foit vrai. Ils difent que la comédie étend fes droits fur tous les caractères et fur toutes les conditions ; que tout ce qui eft dans la nature doit être peint ; que nous avons une fauffe déli-cateffe, et que l'homme le plus méprifable peut fervir de contrafte au plus galant homme.

J'ajouterai, pour la juftification de M. *Hume*, qu'il a l'art de ne préfenter fon *Frélon* que dans des momens où l'intérêt n'eft pas encore vif et touchant. Il a imité ces peintres qui peignent un crapaud, un lézard, une couleuvre, dans un coin du tableau, en confervant aux perfonnages la nobleffe de leur caractère.

Ce qui nous a frappé vivement dans cette pièce, c'eft que l'unité de temps, de lieu et d'action y eft obfervée fcrupuleufement. Elle a encore ce mérite rare chez les Anglais, comme chez les Italiens, que le théâtre n'eft jamais vide. Rien n'eft plus commun et plus choquant que de voir deux acteurs fortir de la fcène, et deux autres venir à leur place, fans être appelés, fans être attendus ; ce défaut infupportable ne fe trouve point dans l'Ecoffaife.

Quant au genre de la pièce, il eft dans le haut comique, mêlé au genre de la fimple comédie. L'honnête homme y fourit de ce fourire de l'ame, préférable au rire de la bouche. Il y a des endroits attendriffans jufques aux larmes, mais fans pourtant qu'aucun perfonnage s'étudie à être pathétique : car de même que la bonne plaifanterie confifte à ne vouloir point être plaifant, ainfi celui qui vous émeut ne fonge point à vous émouvoir ; il n'eft point rhétoricien ; tout part du cœur. Malheur à celui qui tâche, dans quelque genre que ce puiffe être !

Nous ne favons pas fi cette pièce pourrait être repréfentée à Paris ; notre état et notre vie, qui ne nous ont pas permis de fréquenter fouvent les fpectacles, nous laiffent dans l'impuiffance de juger quel effet une pièce anglaife ferait en France.

Tout ce que nous pouvons dire, c'eft que, malgré tous les efforts que nous avons faits pour rendre exactement l'original, nous fommes très-loin d'avoir atteint au mérite de fes expreffions, toujours fortes et toujours naturelles.

Ce qui eft beaucoup plus important, c'eft que cette comédie eft d'une excellente morale, et digne de la gravité du facerdoce dont l'auteur eft revêtu, fans rien perdre de ce qui peut plaire aux honnêtes gens du monde.

La comédie ainfi traitée eft un des plus utiles efforts de l'efprit humain. Il faut convenir que c'eft un art, et un art très-difficile. Tout le monde peut compiler des faits et des raifonnemens. Il eft aifé d'apprendre la trigonométrie : mais tout art demande un talent, et le talent eft rare.

Nous ne pouvons mieux finir cette préface que par ce paffage de notre compatriote *Montagne* fur les fpectacles :

,, J'ai foufenu les premiers perfonnages ès ,, tragédies latines de *Buchanan* et de *Guerente*, ,, et de *Muret*, qui fe repréfentèrent à notre ,, collége de Guienne avec dignité. En cela, ,, *Andreas Goveanus* notre principal, comme en

,, toutes autres parties de fa charge , fut fans
,, comparaifon le plus grand principal de
,, France , et m'en tenait-on maiftre ouvrier.
,, C'eft un exercice que je ne mefloue point
,, aux jeunes enfans de maifon, et ai vu nos
,, princes s'y adonner depuis, en perfonne , à
,, l'exemple d'aucuns des anciens, honneftement
,, et louablement : il eftait loifible même d'en
,, faire meftier aux gens d'honneur et en Gréce.
,, *Arifloni tragico actori rem aperit*: *huic et genus,*
,, *et fortuna honefta erant* : *nec ars, quia nihil tale*
,, *apud Græcos pudori eft, ea deformabat.* Car j'ai
,, toujours accufé d'impertinence ceux qui con-
,, damnent ces esbatemens, et d'injuftice ceux
,, qui empêchent l'entrée de nos bonnes villes
,, aux comédiens qui le valent , et envient au
,, peuple ces plaifirs publics. Les bonnes polices
,, prennent foin d'affembler les citoyens, et les
,, rallier comme aux offices férieux de la dévo-
,, tion, auffi aux exercices et jeux. La fociété
,, et amitié s'en augmente, et puis on ne leur
,, fçaurait concéder des paffe-temps plus réglés
,, que ceux qui fe font en préfence de chacun ,
,, et à la vue même du magiftrat ; et trouverais
,, raifonnable que le prince à fes dépens en
,, gratifiaft quelquefois la commune ; et qu'aux
,, villes populeufes il y eût des lieux deflinés et
,, difpofés pour ces fpectacles , quelque diver-
,, tiffement de pires actions et occultes. Pour

,, revenir à mon propos , il n'y a tel que
,, d'allécher l'appétit et l'affection . autrement
,, on ne fait que des afnes chargés de livres, on
,, leur donne à coup de fouet en garde leur
,, pochette pleine de fcience ; laquelle , pour
,, bien faire , il ne faut pas feulement loger chez
,, foi, il la faut époufer.

PERSONNAGES.

Maître FABRICE, tenant un café avec des appartemens.

LINDANE, écossaise.

Le lord MONROSE, écossais.

Le lord MURRAI.

POLLY, suivante.

FREEPORT, *qu'on prononce* FRIPORT, gros négociant de Londres.

FRELON, écrivain de feuilles.

Ladi ALTON, *on prononce* Lédi.

Plusieurs anglais qui viennent au café.

Domestiques.

Un messager d'Etat.

La scène est à Londres.

L'ECOSSAISE,

COMEDIE.

ACTE PREMIER.

SCENE PREMIERE.

(La ſcène repréſente un café et des chambres ſur les ailes , de façon qu'on peut entrer de plain pied des appartemens dans le café.) (*)

FRELON, *dans un coin , auprès d'une table ſur laquelle il y a une écritoire et du café , liſant la gazette.*

QUE de nouvelles affligeantes ! des grâces répandues ſur plus de vingt perſonnes! aucunes ſur moi ! Cent guinées de gratification à un bas-officier , parce qu'il a fait ſon devoir; le beau mérite ! Une penſion à l'inventeur d'une machine qui ne ſert qu'à ſoulager des ouvriers ! une à un pilote! des places à des gens de lettres! et à moi rien ! Encore, encore, et à moi rien. (*il jette la gazette et ſe promène.*) Cependant je rends ſervice à l'Etat, j'écris plus de feuilles que perſonne, je fais enchérir le papier. ...

(*) On a fait hauſſer et baiſſer une toile au théâtre de Paris, pour marquer le paſſage d'une chambre à une autre ; la vraiſemblance et la décence ont été bien mieux obſervées à Lyon , à Marſeille et ailleurs. Il y avait ſur le théâtre un cabinet à côté du café. C'eſt ainſi qu'on aurait dû en uſer à Paris.

et à moi rien! Je voudrais me venger de tous ceux à qui on croit du mérite. Je gagne déjà quelque chofe à dire du mal ; fi je puis parvenir à en faire, ma fortune eft faite. J'ai loué des fots, j'ai dénigré les talens ; à peine y a-t-il de quoi vivre. Ce n'eft pas à médire, c'eft à nuire qu'on fait fortune.

(*au maître du café.*)

Bon jour, monfieur Fabrice, bon jour. Toutes les affaires vont bien, hors les miennes : j'enrage.

F A B R I C E.

M. Frélon, M. Frélon, vous vous faites bien des ennemis.

F R E L O N.

Oui, je crois que j'excite un peu d'envie.

F A B R I C E.

Non, fur mon ame, ce n'eft point du tout ce fentiment-là que vous faites naître : écoutez ; j'ai quelque amitié pour vous ; je fuis fâché d'entendre parler de vous comme on en parle. Comment faites-vous donc pour avoir tant d'ennemis, M. Frélon?

F R E L O N.

C'eft que j'ai du mérite, M. Fabrice.

F A B R I C E.

Cela peut être, mais il n'y a encore que vous qui me l'ayez dit ; on prétend que vous êtes un ignorant ; cela ne me fait rien ; mais on ajoute que vous êtes malicieux, et cela me fâche, car je fuis bon homme.

F R E L O N.

J'ai le cœur bon, j'ai le cœur tendre ; je dis un peu de mal des hommes ; mais j'aime toutes les femmes,

M. Fabrice, pourvu qu'elles foient jolies ; et pour vous
le prouver, je veux abfolument que vous m'introduifiez
chez cette aimable perfonne qui loge chez vous, et que
je n'ai pu encore voir dans fon appartement.

FABRICE.

Oh pardi, M. Frélon, cette jeune perfonne-là n'eſt
guère faite pour vous ; car elle ne fe vante jamais, et
ne dit de mal de perfonne.

FRELON.

Elle ne dit de mal de perfonne, parce qu'elle ne connaît
perfonne. N'en feriez-vous point amoureux, mon cher
M. Fabrice ?

FABRICE.

Oh non : elle a quelque chofe de fi noble dans fon
air que je n'ofe jamais être amoureux d'elle : d'ailleurs
fa vertu....

FRELON.

Ha ha ha ha, fa vertu !...

FABRICE.

Oui, qu'avez-vous à rire ? eſt-ce que vous ne croyez
pas à la vertu, vous ? Voilà un équipage de campagne
qui s'arrête à ma porte : un domeſtique en livrée qui
porte une malle : c'eſt quelque feigneur qui vient loger
chez moi.

FRELON.

Recommandez-moi vîte à lui, mon cher ami.

SCENE II.

Le lord MONROSE, FABRICE, FRELON.

MONROSE.

Vous êtes M. Fabrice, à ce que je crois ?

FABRICE.

A vous fervir, Monfieur.

MONROSE.

Je n'ai que peu de jours à refter dans cette ville.
O Ciel! daigne m'y protéger.... Infortuné que je fuis!...
On m'a dit que je ferais mieux chez vous qu'ailleurs,
que vous êtes un bon et honnête homme.

FABRICE.

Chacun doit l'être. Vous trouverez ici, Monfieur,
toutes les commodités de la vie, un appartement affez
propre, table d'hôte, fi vous daignez me faire cet honneur, liberté de manger chez vous, l'amufement de la
converfation dans le café.

MONROSE.

Avez-vous ici beaucoup de locataires ?

FABRICE.

Nous n'avons à préfent qu'une jeune perfonne, très-
belle et très-vertueufe.

FRELON.

Eh oui, très-vertueufe, hé, hé.

FABRICE.

Qui vit dans la plus grande retraite.

MONROSE.

La jeuneffe et la beauté ne font pas faites pour moi.

Qu'on me prépare, je vous prie, un appartement où je puisse être en solitude.... Que de peines!... Y a-t-il quelque nouvelle intéressante dans Londres?

FABRICE.

M. Frélon peut vous en instruire, car il en fait; c'est l'homme du monde qui parle et qui écrit le plus; il est très-utile aux étrangers.

MONROSE, *en se promenant.*

Je n'en ai que faire.

FABRICE.

Je vais donner ordre que vous soyez bien servi.

(*il sort.*)

FRELON.

Voici un nouveau débarqué : c'est un grand seigneur sans doute, car il a l'air de ne se soucier de personne. Milord, permettez que je vous présente mes hommages et ma plume.

MONROSE.

Je ne suis point milord; c'est être un sot de se glorifier de son titre, et c'est être un faussaire de s'arroger un titre qu'on n'a pas. Je suis ce que je suis; quel est votre emploi dans la maison?

FRELON.

Je ne suis point de la maison, Monsieur; je passe ma vie au café; j'y compose des brochures, des feuilles; je sers les honnêtes gens. Si vous avez quelque ami à qui vous vouliez donner des éloges, ou quelque ennemi dont on doive dire du mal, quelque auteur à protéger ou à décrier, il n'en coûte qu'une pistole par paragraphe. Si vous voulez faire quelque connaissance agréable ou utile, je suis encore votre homme.

MONROSE.

Et vous ne faites point d'autre métier dans la ville ?

FRELON.

Monſieur, c'eſt un très-bon métier.

MONROSE.

Et on ne vous a pas encore montré en public, le cou décoré d'un collier de fer de quatre pouces de hauteur ?

FRELON.

Voilà un homme qui n'aime pas la littérature.

SCENE III.

FRELON, ſe remettant à ſa table. Pluſieurs perſonnes paraiſſent dans l'intérieur du café. MONROSE avance au bord du théâtre.

MONROSE.

MES infortunes ſont-elles aſſez longues, aſſez affreuſes ? Errant, proſcrit, condamné à perdre la tête dans l'Ecoſſe ma patrie, j'ai perdu mes honneurs, ma femme, mon fils, ma famille entière ; une fille me reſte, errante comme moi ; miſérable et peut-être déshonorée ; et je mourrai donc ſans être vengé de cette barbare famille de Murrai qui m'a perſécuté, qui m'a tout ôté, qui m'a rayé du nombre des vivans ! car enfin, je n'exiſte plus ; j'ai perdu juſqu'à mon nom, par l'arrêt qui me condamne en Ecoſſe ; je ne ſuis qu'une ombre qui vient errer autour de ſon tombeau.

(un de ceux qui font entrés dans le café frappant fur l'épaule de Frélon qui écrit.)

Eh bien, tu étais hier à la pièce nouvelle ; l'auteur fut bien applaudi ; c'eft un jeune homme de mérite, et fans fortune, que la nation doit encourager.

UN AUTRE.

Je me foucie bien d'une pièce nouvelle. Les affaires publiques me défefpèrent ; toutes les denrées font à bon marché ; on nage dans une abondance pernicieufe ; je fuis perdu, je fuis ruiné.

FRELON, *écrivant.*

Cela n'eft pas vrai, la pièce ne vaut rien, l'auteur eft un fot, et fes protecteurs auffi ; les affaires publiques n'ont jamais été plus mauvaifes ; tout renchérit ; l'Etat eft anéanti, et je le prouve par mes feuilles.

UN SECOND.

Tes feuilles font des feuilles de chêne ; la vérité eft que la philofophie eft bien dangereufe, et que c'eft elle qui nous a fait perdre l'île de Minorque. (*a*)

MONROSE, *toujours fur le devant du théâtre.*

Le fils de milord Murrai me payera tous mes malheurs. Que ne puis-je au moins, avant de périr, punir par le fang du fils toutes les barbaries du père !

UN TROISIEME INTERLOCUTEUR, *dans le fond.*

La pièce d'hier m'a paru très-bonne.

FRELON.

Le mauvais goût gagne ; elle eft déteftable.

LE TROISIEME INTERLOCUTEUR.

Il n'y a de déteftable que tes critiques.

LE SECOND.

(*b*) Et moi je vous dis que les philofophes font baiffer les fonds publics, et qu'il faut envoyer un autre ambaffadeur à la Porte.

FRELON.

Il faut fiffler la pièce qui réuffit, et ne pas fouffrir qu'il fe faffe rien de bon.

(*ils parlent tous quatre en même temps.*)

UN INTERLOCUTEUR.

Va, s'il n'y avait rien de bon, tu perdrais le plus grand plaifir de la fatire. Le cinquième acte furtout a de très-grandes beautés.

LE SECOND INTERLOCUTEUR.

Je n'ai pu me défaire d'aucune de mes marchandifes.

LE TROISIEME.

Il y a beaucoup à craindre cette année pour la Jamaïque ; ces philofophes la feront prendre.

FRELON.

Le quatrième et le cinquième actes font pitoyables.

MONROSE, *fe tournant.*

Quel fabbat !

LE PREMIER INTERLOCUTEUR.

Le gouvernement ne peut pas fubfifter tel qu'il eft.

LE TROISIEME INTERLOCUTEUR.

Si le prix de l'eau des Barbades ne baiffe pas, la patrie eft perdue.

MONROSE.

Se peut-il que toujours, et en tout pays, dès que les hommes font raffemblés, ils parlent tous à la fois ! quelle rage de parler avec la certitude de n'être point entendu !

FABRICE, *arrivant avec une ſerviette.*

Meſſieurs, on a ſervi ; ſurtout ne vous querellez point à table, ou je ne vous reçois plus chez moi. (*à Monroſe.*) Monſieur veut-il nous faire l'honneur de venir dîner avec nous ?

MONROSE.

Avec cette cohue ? non, mon ami ; faites-moi apporter à manger dans ma chambre. (*il ſe retire à part et dit à Fabrice :*) Ecoutez, un mot, milord Falbrige eſt-il à Londres ?

FABRICE.

Non, mais il revient bientôt.

MONROSE.

Eſt-il vrai qu'il vient ici quelquefois ?

FABRICE.

Il m'a fait cet honneur.

MONROSE.

Cela ſuffit : bon jour. Que la vie m'eſt odieuſe !

(*il ſort.*)

FABRICE.

Cet homme-là me paraît accablé de chagrins et d'idées. Je ne ferais point ſurpris qu'il allât ſe tuer là-haut ; ce ſerait dommage, il a l'air d'un honnête homme. (*les ſurvenans ſortent pour dîner. Frélon eſt toujours à la table où il écrit. Enſuite Fabrice frappe à la porte de l'appartement de Lindane.*)

SCENE IV.

FABRICE, Mlle POLLY, FRELON.

FABRICE.

MADEMOISELLE Polly, Mademoiselle Polly!

POLLY.

Eh bien, qu'y a-t-il, notre cher hôte?

FABRICE.

Seriez-vous affez complaifante pour venir dîner en compagnie?

POLLY.

Hélas! je n'ofe, car ma maîtreffe ne mange point, comment voulez-vous que je mange? Nous fommes fi triftes!

FABRICE.

Cela vous égayera.

POLLY.

Je ne puis être gaie : quand ma maîtreffe fouffre, il faut que je fouffre avec elle.

FABRICE.

Je vous enverrai donc fecrétement ce qu'il vous faudra.   (il fort.)

FRELON, fe levant de fa table.

Je vous fuis, M. Fabrice. Ma chère Polly, vous ne voulez donc jamais m'introduire chez votre maîtreffe? vous rebutez toutes mes prières.

POLLY.

C'eft bien à vous d'ofer faire l'amoureux d'une perfonne de fa forte!

FRELON.

F R E L O N.

Eh, de quelle forte eft-elle donc ?

P O L L Y.

D'une forte qu'il faut refpecter : vous êtes fait tout au plus pour les fuivantes.

F R E L O N.

C'eft-à-dire que fi je vous en contais, vous m'aimeriez ?

P O L L Y.

Affurément non.

F R E L O N.

Et pourquoi donc ta maîtreffe s'obftine-t-elle à ne me point recevoir, et que la fuivante me dédaigne ?

P O L L Y.

Pour trois raifons ; c'eft que vous êtes bel efprit, ennuyeux et méchant.

F R E L O N.

C'eft bien à ta maîtreffe qui languit ici dans la pauvreté, et qui eft nourrie par charité, à me dédaigner.

P O L L Y.

Ma maîtreffe pauvre ! qui vous a dit cela, langue de vipère ? ma maîtreffe eft très-riche : fi elle ne fait point de dépenfe, c'eft qu'elle hait le fafte : elle eft vêtue fimplement par modeftie ; elle mange peu, c'eft par régime ; et vous êtes un impertinent.

F R E L O N.

Qu'elle ne faffe pas tant la fière : nous connaiffons fa conduite, nous favons fa naiffance, nous n'ignorons pas fes aventures.

P O L L Y.

Quoi donc ? que connaiffez-vous ? que voulez-vous dire ?

Théâtre. Tome VIII.   C

FRELON.

J'ai par-tout des correfpondances.

POLLY.

O Ciel! cet homme peut nous perdre. M. Frélon,
mon cher M. Frélon, fi vous favez quelque chofe, ne
nous trahiffez pas.

FRELON.

Ah, ah, j'ai donc deviné, il y a donc quelque chofe,
et je fuis le cher M. Frélon. Ah çà, je ne dirai rien;
mais il faut....

POLLY.

Quoi?

FRELON.

Il faut m'aimer.

POLLY.

Fi donc; cela n'eft pas poffible.

FRELON.

Ou aimez-moi, ou craignez-moi : vous favez qu'il y
a quelque chofe.

POLLY.

Non, il n'y a rien, finon que ma maîtreffe eft auffi
refpectable que vous êtes haïffable : nous fommes très
à notre aife, nous ne craignons rien, et nous nous
moquons de vous.

FRELON.

Elles font très à leur aife, de là je conclus qu'elles
meurent de faim : elles ne craignent rien, c'eft-à-dire
qu'elles tremblent d'être découvertes.... Ah, je viendrai à bout de ces aventurières, ou je ne pourrai. Je
me vengerai de leur infolence. Méprifer M. Frélon!

(il fort.)

SCENE V.

LINDANE, *fortant de fa chambre*, *dans un déshabillé des plus fimples*, POLLY.

LINDANE.

Aꜱ! ma pauvre Polly, tu étais avec ce vilain homme de Frélon : il me donne toujours de l'inquiétude : on dit que c'eft un efprit de travers et un cœur de boue , dont la langue, la plume et les démarches font également méchantes ; qu'il cherche à s'infinuer par-tout pour faire le mal s'il n'y en a point, et pour l'augmenter s'il en trouve. Je ferais fortie de cette maifon qu'il fréquente, fans la probité et le bon cœur de notre hôte.

POLLY.

Il voulait abfolument vous voir, et je le rembarrais....

LINDANE.

Il veut me voir ; et milord Murrai n'eft point venu ! il n'eft point venu depuis deux jours !

POLLY.

Non, Madame ; mais parce que Milord ne vient point, faut-il pour cela ne dîner jamais ?

LINDANE.

Ah! fouviens-toi furtout de lui cacher toujours ma mifère, et à lui, et à tout le monde ; je veux bien vivre de pain et d'eau ; ce n'eft point la pauvreté qui eft intolérable, c'eft le mépris : je fais manquer de tout, mais je veux qu'on l'ignore.

POLLY.

Hélas, ma chère maîtreffe, on s'en aperçoit affez en me voyant : pour vous, ce n'eft pas de même ; la

C 2

grandeur d'ame vous foutient, il femble que vous vous plaifiez à combattre la mauvaife fortune; vous n'en êtes que plus belle; mais moi je maigris à vue d'œil : depuis un an que vous m'avez prife à votre fervice en Ecoffe, je ne me reconnais plus.

LINDANE.

Il ne faut perdre ni le courage ni l'efpérance : je fupporte ma pauvreté, mais la tienne me déchire le cœur. Ma chère Polly, qu'au moins le travail de mes mains ferve à rendre ta deftinée moins affreufe : n'ayons d'obligation à perfonne; va vendre ce que j'ai brodé ces jours-ci. (*elle lui donne un petit ouvrage de broderie.*) Je ne réuffis pas mal à ces petits ouvrages. Que mes mains te nourriffent et t'habillent : tu m'as aidée : il eft beau de ne devoir notre fubfiftance qu'à notre vertu.

POLLY.

Laiffez-moi baifer, laiffez-moi arrofer de mes larmes ces belles mains qui ont fait ce travail précieux. Oui, Madame, j'aimerais mieux mourir auprès de vous dans l'indigence que de fervir des reines. Que ne puis-je vous confoler !

LINDANE.

Hélas ! milord Murrai n'eft point venu ! lui que je devrais haïr, lui le fils de celui qui a fait tous nos malheurs! Ah! le nom de Murrai nous fera toujours funefte : s'il vient, comme il viendra fans doute, qu'il ignore abfolument ma patrie, mon état, mon infortune.

POLLY.

Savez-vous bien que ce méchant Frélon fe vante d'en avoir quelque connaiffance ?

LINDANE.

Eh comment pourrait-il en être inftruit, puifque tu l'es à peine ? Il ne fait rien, perfonne ne m'écrit ; je fuis dans ma chambre comme dans mon tombeau : mais il feint de favoir quelque chofe pour fe rendre néceffaire. Garde-toi qu'il devine jamais feulement le lieu de ma naiffance. Chère Polly, tu le fais ; je fuis une infortunée, dont le père fut profcrit dans les derniers troubles, dont la famille eft détruite : il ne me réfte que mon courage. Mon père eft errant de défert en défert en Ecoffe. Je ferais déjà partie de Londres pour m'unir à fa mauvaife fortune, fi je n'avais pas quelque efpérance en milord Falbrige. J'ai fu qu'il avait été le meilleur ami de mon père. Perfonne n'abandonne fon ami. Falbrige eft revenu d'Efpagne, il eft à Windfor ; j'attends fon retour. Mais hélas ! Murrai ne revient point. Je t'ai ouvert mon cœur ; fonge que tu le perces du coup de la mort, fi tu laiffes jamais entrevoir l'état où je fuis.

POLLY.

Et à qui en parlerais-je ? je ne fors jamais d'auprès de vous ; et puis, le monde eft fi indifférent fur les malheurs d'autrui !

LINDANE.

Il eft indifférent, Polly, mais il eft curieux, mais il aime à déchirer les bleffures des infortunés ; et fi les hommes font compatiffans avec les femmes, ils en abufent, ils veulent fe faire un droit de nôtre mifère ; et je veux rendre cette mifère refpectable. Mais hélas ! milord Murraï ne viendra point !

SCENE VI.

LINDANE, POLLY, FABRICE *avec une ferviette.*

FABRICE.

Pardonnez... Madame... Mademoifelle... je ne fais comment vous nommer, ni comment vous parler : vous m'impofez du refpect. Je fors de table pour vous demander vos volontés ... je ne fais comment m'y prendre.

LINDANE.

Mon cher hôte, croyez que toutes vos attentions me pénètrent le cœur ; que voulez-vous de moi ?

FABRICE.

C'eft moi qui voudrais bien que vous vouluffiez avoir quelque volonté. Il me femble que vous n'avez point dîné hier.

LINDANE.

J'étais malade.

FABRICE.

Vous êtes plus que malade, vous êtes trifte... entre nous, pardonnez... il paraît que votre fortune n'eft pas comme votre perfonne.

LINDANE.

Comment ? quelle imagination ! je ne me fuis jamais plainte de ma fortune.

FABRICE.

Non, vous dis-je, elle n'eft pas fi belle, fi bonne, fi défirable que vous l'êtes.

LINDANE.

Que voulez-vous dire?

FABRICE.

Que vous touchez ici tout le monde, et que vous
l'évitez trop. Ecoutez; je ne fuis qu'un homme fimple,
qu'un homme du peuple ; mais je vois tout votre
mérite, comme fi j'étais un homme de la cour : ma
chère Dame, un peu de bonne chère : nous avons
là-haut un vieux gentilhomme avec qui vous devriez
manger.

LINDANE.

Moi, me mettre à table avec un homme, avec un
inconnu ?

FABRICE.

C'eft un vieillard qui me paraît tout votre fait. Vous
paraiffez bien affligée, il paraît bien trifte auffi : deux
afflictions mifes enfemble peuvent devenir une confolation.

LINDANE.

Je ne veux, je ne peux voir perfonne.

FABRICE.

Souffrez au moins que ma femme vous faffe fa cour;
daignez permettre qu'elle mange avec vous pour vous
tenir compagnie. Souffrez quelques foins....

LINDANE.

Je vous rends grâce avec fenfibilité ; mais je n'ai
befoin de rien.

FABRICE.

Oh je n'y tiens pas; vous n'avez befoin de rien, et
vous n'avez pas le néceffaire.

LINDANE.

Qui vous en a pu impofer fi témérairement ?

C 4

FABRICE.

Pardon !

LINDANE.

Ah ! Polly, il eſt deux heures , et milord Murrai ne viendra point !

FABRICE.

Eh bien, Madame , ce Milord dont vous parlez, je ſais que c'eſt l'homme le plus vertueux de la cour : vous ne l'avez jamais reçu ici que devant témoins ; pourquoi n'avoir pas fait avec lui honnêtement , devant témoins, quelques petits repas que j'aurais fournis ? C'eſt peut-être votre parent ?

LINDANE.

Vous extravaguez, mon cher hôte.

FABRICE, *en tirant Polly par la manche.*

Va, ma pauvre Polly, il y a un bon dîner tout prêt dans le cabinet qui donne dans la chambre de ta maîtreſſe, je t'en avertis. Cette femme-là eſt incom-préhenſible. Mais qui eſt donc cette autre dame qui entre dans mon café comme ſi c'était un homme ? elle a l'air bien furibond.

POLLY.

Ah ! ma chère maîtreſſe, c'eſt miladi Alton, celle qui voulait épouſer Milord ; je l'ai vue une fois roder près d'ici : c'eſt elle.

LINDANE.

Milord ne viendra point, c'en eſt fait, je ſuis perdue : pourquoi me ſuis-je obſtinée à vivre ?

(*elle rentre.*)

SCENE VII.

Ladi ALTON, *ayant traverfé avec colère le théâtre, et prenant Fabrice par le bras.*

SUIVEZ-MOI, il faut que je vous parle.

FABRICE.

A moi, Madame ?

Ladi ALTON.

A vous, malheureux.

FABRICE.

Quelle diableffe de femme !

Fin du premier acte.

ACTE II.

SCENE PREMIERE.

Ladi ALTON, FABRICE.

Ladi ALTON.

JE ne crois pas un mot de ce que vous me dites, M. le cafetier. Vous me mettez toute hors de moi-même.

FABRICE.

Eh bien, Madame, rentrez donc toute dans vous-même.

Ladi ALTON.

Vous m'ofez affurer que cette aventurière eft une perfonne d'honneur, après qu'elle a reçu chez elle un homme de la cour : vous devriez mourir de honte.

FABRICE.

Pourquoi, Madame ? Quand Milord y eft venu, il n'y eft point venu en fecret ; elle l'a reçu en public, les portes de fon appartement ouvertes, ma femme préfente. Vous pouvez méprifer mon état, mais vous devez eftimer ma probité ; et quant à celle que vous appelez une aventurière, fi vous connaiffiez fes mœurs, vous les refpecteriez.

Ladi ALTON.

Laiffez-moi, vous m'importunez.

FABRICE.

Oh quelle femme ! quelle femme !

Ladi ALTON, *elle va à la porte de Lindane, et frappe rudement.*

Qu'on m'ouvre.

SCENE II.

LINDANE, Ladi ALTON.

LINDANE.

Eh qui peut frapper ainsi ? et que vois-je ?

Ladi ALTON.

Connaissez-vous les grandes passions, Mademoiselle ?

LINDANE.

Hélas, Madame, voilà une étrange question.

Ladi ALTON.

Connaissez-vous l'amour véritable, non pas l'amour insipide, l'amour langoureux, mais cet amour, là, qui fait qu'on voudrait empoisonner sa rivale, tuer son amant, et se jeter ensuite par la fenêtre ?

LINDANE.

Mais c'est la rage dont vous me parlez là.

Ladi ALTON.

Sachez que je n'aime point autrement, que je suis jalouse, vindicative, furieuse, implacable.

LINDANE.

Tant pis pour vous, Madame.

Ladi ALTON.

Répondez-moi, milord Murrai n'est-il pas venu ici quelquefois ?

LINDANE.

Que vous importe, Madame ? et de quel droit venez-vous m'interroger ? fuis-je une criminelle ? êtes-vous mon juge ?

Ladi ALTON.

Je fuis votre partie : fi Milord vient encore vous voir, fi vous flattez la paffion de cet infidelle, tremblez : renoncez à lui, ou vous êtes perdue.

LINDANE.

Vos menaces m'affermiraient dans ma paffion pour lui, fi j'en avais une.

Ladi ALTON.

Je vois que vous l'aimez, que vous vous laiffez féduire par un perfide ; je vois qu'il vous trompe, et que vous me bravez : mais fachez qu'il n'eft point de vengeance à laquelle je ne me porte.

LINDANE.

Eh bien, Madame, puifqu'il eft ainfi, je l'aime.

Ladi ALTON.

Avant de me venger, je veux vous confondre ; tenez, connaiffez le traître ; voilà les lettres qu'il m'a écrites ; voilà fon portrait qu'il m'a donné ; ne le gardez pas au moins, il faut le rendre, ou je.....

LINDANE, *en rendant le portrait.*

Qu'ai-je vu, malheureufe !... Madame...

Ladi ALTON.

Eh bien ?...

LINDANE.

Je ne l'aime plus.

Ladi A L T O N.

Gardez votre réfolution et votre promeſſe : ſachez que c'eſt un homme inconſtant, dur, orgueilleux, que c'eſt le plus mauvais caractère. . . .

L I N D A N E.

Arrêtez, Madame ; ſi vous continuïez à en dire du mal, je l'aimerais peut-être encore. Vous êtes venue ici pour achever de m'ôter la vie ; vous n'aurez pas de peine. Polly, c'en eſt fait ; viens m'aider à cacher la dernière de mes douleurs.

P O L L Y.

Qu'eſt-il donc arrivé, ma chère maîtreſſe, et qu'eſt devenu votre courage ?

L I N D A N E,

On en a contre l'infortune, l'injuſtice, l'indigence ; il y a cent traits qui s'émouſſent ſur un cœur noble ; il en vient un qui porte enfin le coup de la mort.

(*elles ſortent.*)

S C E N E I I I.

Ladi A L T O N, F R E L O N.

Ladi A L T O N.

Quoi ! être trahie, abandonnée pour cette petite créature ! (*à Frélon.*) Gazetier littéraire, approchez ; m'avez-vous ſervie ? avez-vous employé vos correſpondances ? m'avez-vous obéi ? avez-vous découvert quelle eſt cette inſolente qui fait le malheur de ma vie ?

FRELON.

J'ai rempli les volontés de votre grandeur ; je fais qu'elle eſt écoſſaiſe, et qu'elle ſe cache.

Ladi ALTON.

Voilà de belles nouvelles !

FRELON.

Je n'ai rien découvert de plus juſqu'à préſent.

Ladi ALTON.

Et en quoi m'as-tu donc ſervie ?

FRELON.

Quand on découvre peu de choſe, on ajoute quelque choſe, et quelque choſe avec quelque choſe fait beaucoup. J'ai fait une hypothèſe.

Ladi ALTON.

Comment, pédant, une hypothèſe !

FRELON.

Oui, j'ai ſuppoſé qu'elle eſt mal intentionnée contre le gouvernement.

Ladi ALTON.

Ce n'eſt point ſuppoſer, rien n'eſt poſé plus vrai : elle eſt très-mal intentionnée, puiſqu'elle veut m'enlever mon amant.

FRELON.

Vous voyez bien que dans un temps de trouble, une écoſſaiſe qui ſe cache eſt une ennemie de l'Etat.

Ladi ALTON.

Je ne le vois pas ; mais je voudrais que la choſe fût.

FRELON.

Je ne le parierais pas, mais j'en jurerais.

Ladi ALTON.

Et tu ferais capable de l'affirmer devant des gens de conſéquence ?

FRELON.

Je fuis en relation avec des perfonnes de conféquence. Je connais fort la maîtreffe du valet de chambre d'un premier commis du miniftre ; je pourrais même parler aux laquais de Milord votre amant, et dire que le père de cette fille, en qualité de mal intentionné, l'a envoyée à Londres comme mal intentionnée ; je fuppoferais même que le père eft ici. Voyez-vous ? cela pourrait avoir des fuites, et on mettrait votre rivale, pour fes mauvaifes intentions, dans la prifon où j'ai déjà été pour mes feuilles.

Ladi ALTON.

Ah ! je refpire ; les grandes paffions veulent être fervies par des gens fans fcrupule (c) ; je veux que le vaiffeau aille à pleines voiles, ou qu'il fe brife. Tu as raifon ; une écoffaife qui fe cache, dans un temps où tous les gens de fon pays font fufpects, eft furement une ennemie de l'Etat ; tu n'es pas un imbécille, comme on le dit. Je croyais que tu n'étais qu'un barbouilleur de papier, mais je vois que tu as en effet des talens. Je t'ai déjà récompenfé ; je te récompenferai encore. Il faudra m'inftruire de tout ce qui fe paffe ici.

FRELON.

Madame, je vous confeille de faire ufage de tout ce que vous faurez, et même de ce que vous ne faurez pas. La vérité a befoin de quelques ornemens ; le menfonge peut être vilain, mais la fiction eft belle ; qu'eft-ce, après tout, que la vérité ? la conformité à nos idées : or ce qu'on dit eft toujours conforme à l'idée qu'on a quand on parle ; ainfi il n'y a point proprement de menfonge.

Ladi ALTON.

Tu me parais fubtil : il femble que tu ayes étudié à Saint-Omer (*). Va , dis-moi feulement ce que tu découvriras , je ne t'en demande pas davantage.

SCENE IV.

Ladi ALTON, FABRICE.

Ladi ALTON.

VOILA , je l'avoue , le plus impudent et le plus lâche coquin qui foit dans les trois royaumes. Nos dogues mordent par inftinct de courage , et lui par inftinct de baffeffe. A préfent que je fuis un peu plus de fang froid , je penfe qu'il me ferait haïr la vengeance ; je fens que je prendrais contre lui le parti de ma rivale. Elle a dans fon état humble une fierté qui me plaît : elle eft décente ; on la dit fage ; mais elle m'enlève mon amant , il n'y a pas moyen de pardonner. (*à Fabrice qu'elle aperçoit agiffant dans le café.*) Adieu , mon maître , fefons la paix ; vous êtes un honnête homme , vous , mais vous avez dans votre maifon un vilain griffonneur.

FABRICE.

Bien des gens m'ont déjà dit , Madame , qu'il eft auffi méchant que Lindane eft vertueufe et aimable.

Ladi ALTON.

Aimable ! tu me perces le cœur.

(*) Il y avait à Saint-Omer un collége de jéfuites anglais très-renommé dans toute la Grande-Bretagne.

SCENE

SCENE V.

FREEPORT *vêtu fimplement, mais proprement, avec un large chapeau*, FABRICE.

FABRICE.

AH ! Dieu foit béni, vous voilà de retour, M. Freeport ; comment vous trouvez-vous de votre voyage à la Jamaïque ?

FREEPORT.

Fort bien, M. Fabrice. J'ai gagné beaucoup, mais je m'ennuie. (*au garçon du café.*) Hé, du chocolat, les papiers publics ; on a plus de peine à s'amufer qu'à s'enrichir.

FABRICE.

Voulez-vous les feuilles de Frélon ?

FREEPORT.

Non, que m'importe ce fatras ? Je me foucie bien qu'une araignée dans le coin d'un mur marche fur fa toile pour fucer le fang des mouches. Donnez les gazettes ordinaires. Qu'y a-t-il de nouveau dans l'Etat ?

FABRICE.

Rien pour le préfent.

FREEPORT.

Tant mieux ; moins de nouvelles, moins de fottifes. Comment vont vos affaires, mon ami ? Avez-vous beaucoup de monde chez vous ? Qui logez-vous à préfent ?

Théâtre. Tome VIII. D

FABRICE.

Il eft venu ce matin un vieux gentilhomme qui ne veut voir perfonne.

FREEPORT.

Il a raifon : les hommes ne font pas bons à grand' chofe, fripons ou fots : voilà pour les trois quarts ; et pour l'autre quart il fe tient chez foi.

FABRICE.

Cet homme n'a pas même la curiofité de voir une femme charmante que nous avons dans la maifon.

FREEPORT.

Il a tort. Et quelle eft cette femme charmante ?

FABRICE.

Elle eft encore plus fingulière que lui ; il y a quatre mois qu'elle eft chez moi, et qu'elle n'eft pas fortie de fon appartement ; elle s'appelle Lindane, mais je ne crois pas que ce foit fon véritable nom.

FREEPORT.

C'eft fans doute une honnête femme, puifqu'elle loge ici.

FABRICE.

Oh ! elle eft bien plus qu'honnête ; elle eft belle, pauvre et vertueufe : entre nous, elle eft dans la dernière mifère, et elle eft fière à l'excès.

FREEPORT.

Si cela eft, elle a bien plus tort que votre vieux gentilhomme.

FABRICE.

Oh point, fa fierté eft encore une vertu de plus ; elle confifte à fe priver du néceffaire, et à ne vouloir pas qu'on le fache : elle travaille de fes mains pour gagner de quoi me payer, ne fe plaint jamais, dévore ſes larmes ; j'ai mille peines à lui faire garder pour ſes beſoins l'argent de ſon loyer ; il fauɜ des ruſes incroyables pour faire paſſer juſqu'à elle les moindres ſecours ; je lui compte tout ce que je lui fournis à moitié de ce qu'il coûte : quand elle s'en aperçoit, ce ſont des querelles qu'on ne peut apaiſer, et c'eſt la ſeule qu'elle ait eue dans la maiſon : enfin, c'eſt un prodige de malheur, de nobleſſe et de vertu ; elle m'arrache quelquefois des larmes d'admiration et de tendreſſe.

FREEPORT.

Vous êtes bien tendre ; je ne m'attendris point, moi ; je n'admire perſonne, mais j'eſtime... Ecoutez ; comme je m'ennuie, je veux voir cette femme-là ; elle m'amuſera.

FABRICE.

Oh ! Monſieur, elle ne reçoit preſque jamais de viſites. Nous avions un milord qui venait quelquefois chez elle, mais elle ne voulait point lui parler ſans que ma femme y fût préſente : depuis quelque temps il n'y vient plus, et elle vit plus retirée que jamais.

FREEPORT.

J'aime qu'on ſe retire : je hais la cohue auſſi-bien qu'elle : qu'on me la faſſe venir ; où eſt ſon appartement ?

FABRICE.

Le voici, de plain-pied au café.

FREEPORT.

Allons, je veux entrer.

FABRICE.

Cela ne ſe peut pas.

FREEPORT.

Il faut bien que cela se puisse ; où est la difficulté
d'entrer dans une chambre ? Qu'on m'apporte chez
elle mon chocolat et les gazettes. (*il tire sa montre.*)
Je n'ai pas beaucoup de temps à perdre ; mes affaires
m'appellent à deux heures.

(*il pousse la porte et entre.*)

SCENE VI.

LINDANE, *paraissant tout effrayée*, POLLY *la suit.*
FREEPORT, FABRICE.

LINDANE.

EH mon Dieu ! qui entre ainsi chez moi avec tant
de fracas ? Monsieur, vous me paraissez peu civil, et
vous devriez respecter davantage ma solitude et mon
sexe.

FREEPORT.

Pardon. (*à Fabrice.*) Qu'on m'apporte mon chocolat, vous dis-je.

FABRICE.

Oui, Monsieur, si Madame le permet.
(*Freeport s'assied près d'une table, lit la gazette, et jette un
coup d'œil sur Lindane et sur Polly : il ôte son chapeau
et le remet.*)

POLLY.

Cet homme me paraît familier.

FREEPORT.

Madame, pourquoi ne vous asseyez-vous pas quand
je suis assis ?

LINDANE.

Monfieur, c'eft que vous ne devriez pas l'être, c'eft
que je fuis très-étonnée, c'eft que je ne reçois point de
vifite d'un inconnu.

FREEPORT.

Je fuis très-connu ; je m'appelle Freeport, loyal négociant, riche ; informez-vous de moi à la bourfe.

LINDANE.

Monfieur, je ne connais perfonne en ce pays-là, et
vous me feriez plaifir de ne point incommoder une
femme à qui vous devez quelques égards.

FREEPORT.

Je ne prétends point vous incommoder ; je prends
mes aifes, prenez les vôtres ; je lis les gazettes, travaillez en tapifferie, et prenez du chocolat avec moi....
ou fans moi.... comme vous voudrez.

POLLY.

Voilà un étrange original !

LINDANE.

O Ciel ! quelle vifite je reçois ! Et Milord ne vient
point ! Cet homme bizarre m'affaffine ; je ne pourrai
m'en défaire ; comment M. Fabrice a-t-il pu fouffrir
cela ? Il faut bien s'affeoir.

(*elle s'affied, et travaille à fon ouvrage.*
(*un garçon apporte du chocolat ; Freeport en prend fans en*
offrir ; il parle et boit par reprifes.)

FREEPORT.

Ecoutez. Je ne fuis pas homme à complimens ; on
m'a dit de vous... le plus grand bien qu'on puiffe
dire d'une femme : vous êtes pauvre et vertueufe ;
mais on ajoute que vous êtes fière, et cela n'eft
pas bien.

D 3

POLLY.

Et qui vous a dit tout cela, Monſieur?

FREEPORT.

Parbleu, c'eſt le maître de la maiſon, qui eſt un très-galant homme, et que j'en crois ſur ſa parole.

LINDANE.

C'eſt un tour qu'il vous joue; il vous a trompé, Monſieur; non pas ſur la fierté, qui n'eſt que le partage de la vraie modeſtie; non pas ſur la vertu, qui eſt mon premier devoir; mais ſur la pauvreté dont il me ſoupçonne. Qui n'a beſoin de rien n'eſt jamais pauvre.

FREEPORT.

Vous ne dites pas la vérité, et cela eſt encore plus mal que d'être fière: je ſais mieux que vous que vous manquez de tout, et quelquefois même vous vous dérobez un repas.

POLLY.

C'eſt par ordre du médecin.

FREEPORT.

Taiſez-vous; eſt-ce que vous êtes fière auſſi vous?

POLLY.

Oh l'original! l'original!

FREEPORT.

En un mot, ayez de l'orgueil ou non, peu m'importe. J'ai fait un voyage à la Jamaïque, qui m'a valu cinq mille guinées; je me ſuis fait une loi (et ce doit être celle de tout bon chrétien) de donner toujours le dixième de ce que je gagne; c'eſt une dette que ma fortune doit payer à l'état malheureux où vous êtes... oui, où vous êtes, et dont vous ne voulez pas convenir. Voilà ma dette de cinq cents guinées payée. Point de remercîment, point de reconnaissance ; gardez l'argent et le secret.

(il jette une grosse bourse sur la table.)

POLLY.

Ma foi, ceci est bien plus original encore.

LINDANE, *se levant et se détournant.*

Je n'ai jamais été si confondue. Hélas! que tout ce qui m'arrive m'humilie ! quelle générosité ! mais quel outrage !

FREEPORT, *continuant à lire les gazettes, et à prendre son chocolat.*

L'impertinent gazetier ! le plat animal ! peut-on dire de telles pauvretés avec un ton si emphatique ? *Le roi est venu en haute personne.* Eh, malotru ! qu'importe que sa personne soit haute ou petite ? dis le fait tout rondement.

LINDANE, *s'approchant de lui.*

Monsieur...

FREEPORT.

Eh bien ?

LINDANE.

Ce que vous faites pour moi me surprend plus encore que ce que vous dites ; mais je n'accepterai certainement point l'argent que vous m'offrez : il faut vous avouer que je ne me crois pas en état de vous le rendre.

FREEPORT.

Qui vous parle de le rendre ?

LINDANE.

Je ressens jusqu'au fond du cœur toute la vertu de votre procédé, mais la mienne ne peut en profiter : recevez mon admiration ; c'est tout ce que je puis.

D 4

POLLY.

Vous êtes cent fois plus singulière que lui. Eh!
Madame, dans l'état où vous êtes, abandonnée de tout
le monde, avez-vous perdu l'esprit, de refuser un secours
que le ciel vous envoie par la main du plus bizarre
et du plus galant homme du monde?

FREEPORT.

Hé que veux-tu dire, toi? en quoi suis-je bizarre?

POLLY.

Si vous ne prenez pas pour vous, Madame, prenez
pour moi; je vous sers dans votre malheur, il faut que
je profite au moins de cette bonne fortune. Monsieur,
il ne faut plus dissimuler; nous sommes dans la dernière misère, et sans la bonté attentive du maître du
café, nous serions mortes de froid et de faim. Ma
maîtresse a caché son état à ceux qui pouvaient lui
rendre service; vous l'avez su malgré elle : obligez-la
malgré elle à ne pas se priver du nécessaire que le ciel
lui envoie par vos mains généreuses.

LINDANE.

Tu me perds d'honneur, ma chère Polly.

POLLY.

Et vous vous perdez de folie, ma chère maîtresse.

LINDANE.

Si tu m'aimes, prends pitié de ma gloire; ne me réduis
pas à mourir de honte pour avoir de quoi vivre.

FREEPORT, *toujours lisant.*

Que disent ces bavardes-là?

POLLY.

Si vous m'aimez, ne me réduisez pas à mourir de
faim par vanité.

LINDANE.

Polly, que dirait Milord, s'il m'aimait encore, s'il
me croyait capable d'une telle baffeffe? J'ai toujours
feint avec lui de n'avoir aucun befoin de fecours, et
j'en accepterais d'un autre, d'un inconnu!

POLLY.

Vous avez mal fait de feindre, et vous faites très-
mal de refufer. Milord ne dira rien, car il vous
abandonne.

LINDANE.

Ma chère Polly, au nom de nos malheurs, ne nous
déshonorons point : congédie honnêtement cet homme
eftimable et groffier, qui fait donner, et qui ne fait pas
vivre; dis-lui que quand une fille accepte d'un homme
de tels préfens, elle eft toujours foupçonnée d'en payer
la valeur aux dépens de fa vertu.

FREEPORT, *toujours prenant fon chocolat et lifant.*

Hem, que dit-elle là?

POLLY, *s'approchant de lui.*

Hélas, Monfieur, elle dit des chofes qui me paraif-
fent abfurdes ; elle parle de foupçons ; elle dit qu'une
fille. . . . .

FREEPORT.

Ah, ah! eft-ce qu'elle eft fille?

POLLY.

Oui, Monfieur, et moi auffi.

FREEPORT.

Tant mieux; elle dit donc qu'une fille?...

POLLY.

Qu'une fille ne peut honnêtement accepter d'un
homme:

FREEPORT.

Elle ne fait ce qu'elle dit ; pourquoi me foupçonner d'un deffein mal-honnête, quand je fais une action honnête?

POLLY.

Entendez-vous, Mademoifelle ?

LINDANE.

Oui, j'entends, je l'admire, et je fuis inébranlable dans mon refus. Polly, on dirait qu'il m'aime : oui, ce méchant homme de Frélon le dirait, je ferais perdue.

POLLY, *allant vers Freeport.*

Monfieur, elle craint que vous ne l'aimiez.

FREEPORT.

Quelle idée ! comment puis-je l'aimer ? je ne la connais pas. Raffurez-vous, Mademoifelle, je ne vous aime point du tout. Si je viens dans quelques années à vous aimer par hafard, et vous auffi à m'aimer, à la bonne heure... comme vous vous aviferez je m'aviferai. Si vous vous en paffez, je m'en pafferai. Si vous dites que je vous ennuie, vous m'ennuyerez. Si vous voulez ne me revoir jamais, je ne vous reverrai jamais. Si vous voulez que je revienne, je reviendrai. Adieu, adieu. (*il tire fa montre.*) Mon temps fe perd, j'ai des affaires, ferviteur.

LINDANE.

Allez, Monfieur, emportez mon eftime et ma reconnaiffance ; mais furtout emportez votre argent, et ne me faites pas rougir davantage.

FREEPORT.

Elle eft folle.

LINDANE.

Fabrice ! Monfieur Fabrice ! à mon fecours, venez.

FABRICE, *arrivant en hâte.*

Quoi donc, Madame ?

LINDANE, *lui donnant la bourse.*

Tenez, prenez cette bourse que Monsieur a laissée par mégarde ; remettez-la lui, je vous en charge ; assurez-le de mon estime ; et sachez que je n'ai besoin du secours de personne.

FABRICE, *prenant la bourse.*

Ah ! Monsieur Freeport, je vous reconnais bien à cette bonne action ; mais comptez que Mademoiselle vous trompe, et qu'elle en a très-grand besoin.

LINDANE.

Non, cela n'est pas vrai. Ah ! Monsieur Fabrice ! est-ce vous qui me trahissez ?

FABRICE.

Je vais vous obéir, puisque vous le voulez. (*bas à M. Freeport.*) Je garderai cet argent, et il servira, sans qu'elle le sache, à lui procurer tout ce qu'elle se refuse. Le cœur me saigne ; son état et sa vertu me pénètrent l'ame.

FREEPORT.

Elles me font aussi quelque sensation ; mais elle est trop fière. Dites-lui que cela n'est pas bien d'être fière. Adieu.

SCENE VII.

LINDANE, POLLY.

POLLY.

Vous avez-là bien opéré, Madame ; le ciel daignait vous secourir ; vous voulez mourir dans l'indigence ; vous voulez que je sois la victime d'une vertu, dans laquelle il entre peut-être un peu de vanité ; et cette vanité nous perd l'une et l'autre.

LINDANE.

C'eſt à moi de mourir, ma chère enfant ; Milord ne m'aime plus ; il m'abandonne depuis trois jours ; il a aimé mon impitoyable et ſuperbe rivale ; il l'aime encore ſans doute : c'en eſt fait ; j'étais trop coupable en l'aimant ; c'eſt une erreur qui doit finir.

(elle écrit.)

POLLY.

Elle paraît déſeſpérée ; hélas ! elle a ſujet de l'être ; ſon état eſt bien plus cruel que le mien ; une ſuivante a toujours des reſſources ; mais une perſonne qui ſe reſpecte n'en a pas.

LINDANE, *ayant plié ſa lettre.*

Je ne fais pas un bien grand ſacrifice. Tiens, quand je ne ſerai plus, porte cette lettre à celui...

POLLY.

Que dites-vous ?

LINDANE.

A celui qui eſt la cauſe de ma mort : je te recommande à lui ; mes dernières volontés le toucheront. Va. *(elle l'embraſſe.)* Sois ſûre que de tant d'amertumes, celle de n'avoir pu te récompenſer moi-même n'eſt pas la moins ſenſible à ce cœur infortuné.

POLLY.

Ah, mon adorable maîtreſſe ! que vous me faites verſer de larmes, et que vous me glacez d'effroi ! Que voulez-vous faire ? quel deſſein horrible ! quelle lettre ! Dieu me préſerve de la lui rendre jamais ! *(elle déchire la lettre.)* Hélas ! pourquoi ne vous êtes-vous pas expliquée avec Milord ? Peut-être que votre réſerve cruelle lui aura déplu.

LINDANE.

Tu m'ouvres les yeux; je lui aurai déplu fans doute; mais comment me découvrir au fils de celui qui a perdu mon père et ma famille?

POLLY.

Quoi, Madame, ce fut donc le père de Milord qui....

LINDANE.

Oui, ce fut lui-même qui perfécuta mon père, qui le fit condamner à la mort, qui nous a dégradés de noblesse, qui nous a ravi notre exiftence. Sans père, fans mère, fans bien, je n'ai que ma gloire et mon fatal amour. Je devais détefter le fils de Murrai; la fortune qui me pourfuit me l'a fait connaître; je l'ai aimé, et je dois m'en punir.

POLLY.

Que vois-je! vous pâliffez, vos yeux s'obfcurciffent....

LINDANE.

Puiffe ma douleur me tenir lieu du poifon et du fer que j'implorais!

POLLY.

A l'aide! M. Fabrice, à l'aide! ma maîtreffe s'évanouit.

FABRICE.

Au fecours! que tout le monde defcende, ma femme, ma fervante, M. le gentilhomme de là-haut, tout le monde....

(la femme et la fervante de Fabrice et Polly emmènent Lindane dans fa chambre.)

LINDANE, en fortant.

Pourquoi me rendez-vous à la vie?

SCENE VIII.

MONROSE, FABRICE.

MONROSE.

Qu'y a-t-il donc, notre hôte?

FABRICE.

C'était cette belle demoiselle dont je vous ai parlé qui s'évanouissait; mais ce ne sera rien.

MONROSE.

Ces petites fantaisies de filles passent vîte, et ne font pas dangereuses : que voulez-vous que je fasse à une fille qui se trouve mal ? est-ce pour cela que vous m'avez fait descendre? Je croyais que le feu était à la maison.

FABRICE.

J'aimerais mieux qu'il y fût que de voir cette jeune personne en danger. Si l'Ecosse a plusieurs filles comme elle, ce doit être un beau pays.

MONROSE.

Quoi! elle est d'Ecosse ?

FABRICE.

Oui, Monsieur, je ne le sais que d'aujourd'hui; c'est notre feseur de feuilles qui me l'a dit, car il fait tout, lui.

MONROSE.

Et son nom, son nom?

FABRICE.

Elle s'appelle Lindane.

MONROSE.

Je ne connais point ce nom là. (*il se promène.*) On ne prononce point le nom de ma patrie que mon cœur ne soit déchiré. Peut-on avoir été traité avec plus d'injustice et de barbarie? Tu es mort, cruel Murrai, indigne ennemi! ton fils reste; j'aurai justice ou vengeance. O ma femme! ô mes chers enfans! ma fille! j'ai donc tout perdu sans ressource! Que de coups de poignard auraient fini mes jours, si la juste fureur de me venger ne me forçait pas à porter dans l'affreux chemin du monde ce fardeau détestable de la vie!

FABRICE, *revenant.*

Tout va mieux, Dieu merci.

MONROSE.

Comment? quel changement y a-t-il dans les affaires? quelle révolution?

FABRICE.

Monsieur, elle a repris ses sens; elle se porte très-bien; encore un peu pâle, mais toujours belle.

MONROSE.

Ah! ce n'est que cela. Il faut que je sorte, que j'aille, que je hasarde.... oui.... je le veux.

(*il sort.*)

FABRICE.

Cet homme ne se soucie pas des filles qui s'évanouissent. S'il avait vu Lindane, il ne serait pas si indifférent.

Fin du second acte.

ACTE III.

SCENE PREMIERE.

Ladi ALTON, ANDRÉ.

Ladi ALTON.

Oui, puifque je ne peux voir le traître chez lui, je le verrai ici ; il y viendra fans doute. Ce barbouilleur de feuilles avait raifon ; une écoffaife cachée ici dans ce temps de trouble ! elle confpire contre l'Etat ; elle fera enlevée, l'ordre eft donné : ah ! du moins, c'eft contre moi qu'elle confpire ! c'eft de quoi je ne fuis que trop fûre. Voici André, le laquais de Milord ; je ferai inftruite de tout mon malheur. André, vous apportez ici une lettre de Milord, n'eft-il pas vrai ?

ANDRÉ.

Oui, Madame.

Ladi ALTON.

Elle eft pour moi ?

ANDRÉ.

Non, Madame, je vous jure.

Ladi ALTON.

Comment ? ne m'en avez-vous pas apporté plufieurs de fa part ?

ANDRÉ.

Oui, mais celle-ci n'eft pas pour vous ; c'eft pour une perfonne qu'il aime à la folie.

Ladi

Ladi A L T O N.

Eh bien, ne m'aimait-il pas à la folie quand il m'écrivait?

A N D R É.

Oh que non, Madame; il vous aimait si tranquillement ! mais ici ce n'est pas de même; il ne dort ni ne mange; il court jour et nuit; il ne parle que de sa chère Lindane; cela est tout différent, vous dis-je.

Ladi A L T O N.

Le perfide ! le méchant homme ! N'importe, je vous dis que cette lettre est pour moi; n'est-elle pas sans dessus?

A N D R É.

Oui, Madame.

Ladi A L T O N.

Toutes les lettres que vous m'ayez apportées n'étaient-elles pas sans dessus aussi?

A N D R É.

Oui, mais elle est pour Lindane.

Ladi A L T O N.

Je vous dis qu'elle est pour moi, et pour vous le prouver voici dix guinées de port que je vous donne.

A N D R É.

Ah oui, Madame, vous m'y faites penser, vous avez raison, la lettre est pour vous, je l'avais oublié...... mais cependant, comme elle n'était pas pour vous, ne me décelez pas; dites que vous l'avez trouvée chez Lindane.

Ladi A L T O N.

Laisse-moi faire.

A N D R É.

Quel mal, après tout, de donner à une femme une

Théâtre. Tome VIII.   E

lettre écrite pour une autre ? il n'y a rien de perdu ;
toutes ces lettres se reſſemblent. Si mademoiſelle Lindane
ne reçoit pas ſa lettre, elle en recevra d'autres. Ma commiſſion eſt faite. Oh ! je fais bien mes commiſſions,
moi !   (*il fort.*)

    Ladi A L T O N *ouvre la lettre et lit.*

    Liſons : *Ma chère , ma reſpectable , ma vertueuſe Lindane...*
il ne m'en a jamais tant écrit... *il y a deux jours , il y a
un ſiècle que je m'arrache au bonheur d'être à vos pieds , mais
c'eſt pour vos ſeuls intérêts : je ſais qui vous êtes , et ce que je
vous dois : je périrai , ou les choſes changeront. Mes amis agiſſent;
comptez ſur moi , comme ſur l'amant le plus fidelle , et ſur un
homme digne peut-être de vous ſervir.*

    (*après avoir lu.*)

    C'eſt une conſpiration, il n'en faut point douter ; elle
eſt d'Ecoſſe, ſa famille eſt mal intentionnée ; le père de
Murrai a commandé en Ecoſſe ; ſes amis agiſſent, il
court jour et nuit ; c'eſt une conſpiration. Dieu merci,
j'ai agi auſſi ; et ſi elle n'accepte pas mes offres, elle
ſera enlevée dans une heure , avant que ſon indigne
amant la ſecoure.

S C E N E   I I.

Ladi A L T O N , P O L L Y , L I N D A N E.

Ladi A L T O N *à Polly , qui paſſe de la chambre de ſa
maîtreſſe dans une chambre du café.*

M ADEMOISELLE , allez dire tout à l'heure à votre
maîtreſſe qu'il faut que je lui parle, qu'elle ne craigne
rien, que je n'ai que des choſes très-agréables à lui dire ;

qu'il s'agit de fon bonheur (*avec emportement*) et qu'il faut qu'elle vienne tout à l'heure, tout à l'heure : entendez-vous? qu'elle ne craigne point, vous dis-je.

POLLY.

Oh Madame ! nous ne craignons rien ; mais votre phyfionomie me fait trembler.

Ladi ALTON.

Nous verrons, fi je ne viens pas à bout de cette fille vertueufe, avec les propofitions que je vais lui faire.

LINDANE, *arrivant toute tremblante, foutenue par Polly.*

Que voulez-vous, Madame ? venez-vous infulter encore à ma douleur?

Ladi ALTON.

Non, je viens vous rendre heureufe. Je fais que vous n'avez rien ; je fuis riche, je fuis grande dame ; je vous offre un de mes châteaux fur les frontières d'Ecoffe avec les terres qui en dépendent ; allez-y vivre avec votre famille, fi vous en avez ; mais il faut dans l'inftant que vous abandonniez Milord pour jamais, et qu'il ignore toute fa vie votre retraite.

LINDANE.

Hélas, Madame, c'eft lui qui m'abandonne ; ne foyez point jaloufe d'une infortunée ; vous m'offrez en vain une retraite ; j'en trouverai fans vous une éternelle, dans laquelle je n'aurai pas au moins à rougir de vos bienfaits.

Ladi ALTON.

Comme vous me répondez, téméraire !

LINDANE.

La témérité ne doit point être mon partage ; mais la fermeté doit l'être. Ma naiffance vaut bien la vôtre ;

E 2

mon cœur vaut peut-être mieux ; et quant à ma fortune, elle ne dépendra jamais de perſonne, encore moins de ma rivale. *(elle ſort.)*

Ladi ALTON ſeule.

Elle dépendra de moi. Je ſuis fâchée qu'elle me réduiſe à cette extrémité. J'ai honte de m'être ſervie de ce faquin de Frélon ; mais enfin, elle m'y a forcée. Infidelle amant ! paſſion funeſte ! je ſuffoque.

SCENE III.

FREEPORT, MONROSE *paraiſſent dans le café avec* la femme de Fabrice, la ſervante, les garçons du café, *qui mettent tout en ordre ;* FABRICE, Ladi ALTON.

Ladi ALTON *à Fabrice.*

MONSIEUR Fabrice, vous me voyez ici ſouvent : c'eſt votre faute.

FABRICE.

Au contraire, Madame, nous ſouhaiterions....

Ladi ALTON.

J'en ſuis fâchée plus que vous ; mais vous m'y reverrez encore, vous dis-je. *(elle ſort.)*

FABRICE.

Tant pis. A qui en a-t-elle donc? Quelle différence d'elle à cette Lindane, ſi belle et ſi patiente !

FREEPORT.

Oui. A propos, vous m'y faites ſonger ; elle eſt, comme vous dites, belle et honnête.

FABRICE.

Je fuis fâché que ce brave gentilhomme ne l'ait pas vue ; il en aurait été touché.

MONROSE, *à part.*

Ah ! j'ai d'autres affaires en tête.... malheureux que je fuis !

FREEPORT.

Je paffe mon temps à la bourfe ou à la Jamaïque : cependant la vue d'une jeune perfonne ne laiffe pas de réjouir les yeux d'un galant homme. Vous me faites fonger, vous dis-je, à cette petite créature, beau maintien, conduite fage, belle tête, démarche noble. Il faut que je la voie un de ces jours encore une fois.... C'eft dommage qu'elle foit fi fière.

MONROSE *à Freeport.*

Notre hôte m'a confié que vous en aviez agi avec elle d'une manière admirable.

FREEPORT.

Moi ? non.... n'en auriez-vous pas fait autant à ma place ?

MONROSE.

Je le crois, fi j'étais riche, et fi elle le méritait.

FREEPORT.

Eh bien, que trouvez-vous donc là d'admirable ? (*il prend les gazettes.*) Ah, ah, voyons ce que difent les nouveaux papiers d'aujourd'hui. Hom, hom, le lord Falbrige mort !

MONROSE, *s'avançant.*

Falbrige mort ! le feul ami qui me reftait fur la terre ! le feul dont j'attendais quelque appui ! Fortune, tu ne cefferas jamais de me perfécuter !

E 3

FREEPORT.

Il était votre ami ? j'en fuis fâché.... *D'Edimbourg le 14 avril.... On cherche par-tout le lord Monrofe, condamné depuis onze ans à perdre la tête.*

MONROSE.

Jufte Ciel ! qu'entends-je ! hem, que dites-vous ? milord Monrofe condamné à....

FREEPORT.

Oui parbleu, le lord Monrofe.... lifez vous-même, je ne me trompe pas.

MONROSE *lit.*

(*froidement.*)

Oui, cela eft vrai.... (*à part.*) Il faut fortir d'ici, la maifon eft trop publique.... Je ne crois pas que la terre et l'enfer conjurés enfemble aient jamais affemblé tant d'infortunes contre un feul homme, (*à fon valet Jacq, qui eft dans un coin de la falle.*) Hé, va faire feller mes chevaux, et que je puiffe partir, s'il eft néceffaire, à l'entrée de la nuit.... Comme les nouvelles courent ! comme le mal vole !

FREEPORT.

Il n'y a point de mal à cela ; qu'importe que le lord Monrofe foit décapité ou non ? Tout s'imprime, tout s'écrit, rien ne demeure : on coupe une tête aujourd'hui, le gazetier le dit le lendemain, et le furlendemain on n'en parle plus. Si cette demoifelle Lindane n'était pas fi fière, j'irais favoir comme elle fe porte : elle eft fort jolie et fort honnête.

SCENE IV.

Les Acteurs précédens, UN MESSAGER d'Etat.

LE MESSAGER.

Vous vous appelez Fabrice ?

FABRICE.

Oui, Monsieur ; en quoi puis-je vous servir ?

LE MESSAGER.

Vous tenez un café, et des appartemens ?

FABRICE.

Oui.

LE MESSAGER.

Vous avez chez vous une jeune écossaise nommée Lindane ?

FABRICE.

Oui, assurément, et c'est notre bonheur de l'avoir chez nous.

FREEPORT.

Oui, elle est jolie et honnête. Tout le monde m'y fait songer.

LE MESSAGER.

Je viens pour m'assurer d'elle de la part du gouvernement ; voilà mon ordre.

FABRICE.

Je n'ai pas une goutte de sang dans les veines.

MONROSE, *à part.*

Une jeune écossaise qu'on arrête ! et le jour même que j'arrive ! Toute ma fureur renaît. O patrie ! ô famille ! Hélas ! que deviendra ma fille infortunée ?

elle eſt peut-être ainſi la victime de mes malheurs ; elle languit dans la pauvreté ou dans la priſon. Ah ! pourquoi eſt-elle née ?

FREEPORT.

On n'a jamais arrêté les filles par ordre du gouvernement : fi, que cela eſt vilain ! vous êtes un grand brutal, M. le Meſſager d'Etat.

FABRICE.

Ouais ! mais fi c'était une aventurière, comme le diſait notre ami Frélon ; cela va perdre ma maiſon.... me voilà ruiné. Cette dame de la cour avait ſes raiſons, je le vois bien... Non, non, elle eſt très-honnête.

LE MESSAGER.

Point de raiſonnement, en priſon, ou caution ; c'eſt la règle.

FABRICE.

Je me fais caution, moi, ma maiſon, mon bien, ma perſonne.

LE MESSAGER.

Votre perſonne, et rien, c'eſt la même choſe ; votre maiſon ne vous appartient peut-être pas ; votre bien, où eſt-il ? il faut de l'argent.

FABRICE.

Mon bon M. Freeport, donnerai-je les cinq cents guinées que je garde, et qu'elle a refuſées auſſi noblement que vous les avez offertes ?

FREEPORT.

Belle demande ! apparemment... M. le Meſſager, je dépoſe cinq cents guinées, mille, deux mille, s'il le faut ; voilà comme je ſuis fait. Je m'appelle Freeport. Je réponds de la vertu de la fille.... autant que je peux.... mais il ne faudrait pas qu'elle fût fi fière.

LE MESSAGER.

Venez, Monfieur, faire votre foumiffion.

FREEPORT.

Très-volontiers, très-volontiers.

FABRICE.

Tout le monde ne place pas ainfi fon argent.

FREEPORT.

En l'employant à faire du bien, c'eft le placer au plus haut intérêt. (*Freeport et le meffager vont compter de l'argent, et écrire au fond du café.*)

S C E N E V.

MONROSE, FABRICE.

FABRICE.

Monsieur, vous êtes étonné peut-être du procédé de M. Freeport, mais c'eft fa façon. Heureux ceux qu'il prend tout d'un coup en amitié ! Il n'eft pas complimenteur, mais il rend fervice en moins de temps que les autres ne font des proteftations de fervices.

MONROSE.

Il y a de belles ames.... Que deviendrai-je ?

FABRICE.

Gardons-nous au moins de dire à notre pauvre petite le danger qu'elle a couru.

MONROSE.

Allons, partons cette nuit même.

FABRICE.

Il ne faut jamais avertir les gens de leur danger que quand il eft paffé.

MONROSE.

Le feul ami que j'avais à Londres eft mort!... Que
fais-je ici?

FABRICE.

Nous la ferions évanouir encore une fois.

SCENE VI.

MONROSE *feul*.

ON arrête une jeune écoffaife, une perfonne qui vit
retirée, qui fe cache, qui eft fufpecte au gouvernement!
Je ne fais.... mais cette aventure me jette dans de pro-
fondes réflexions.... Tout réveille l'idée de mes malheurs,
mes afflictions, mon attendriffement, mes fureurs.

SCENE VII.

MONROSE, POLLY,

MONROSE, *apercevant Polly qui paffe*.

MADEMOISELLE, un petit mot, de grâce.... Etes-
vous cette jeune et aimable perfonne née en Ecoffe, qui....

POLLY.

Oui, Monfieur, je fuis affez jeune; je fuis Ecoffaife,
et pour aimable, bien des gens me difent que je le fuis.

MONROSE.

Ne favez-vous aucune nouvelle de votre pays?

POLLY.

Oh non, Monfieur, il y a fi long-temps que je l'ai
quitté!

MONROSE.

Et qui font vos parens, je vous prie?

POLLY.

Mon père était un excellent boulanger, à ce que j'ai ouï dire, et ma mère avait fervi une dame de qualité.

MONROSE.

Ah, j'entends, c'eſt vous apparemment qui fervez cette jeune perfonne dont on m'a tant parlé : je me méprenais.

POLLY.

Vous me faites bien de l'honneur.

MONROSE.

Vous favez fans doute qui eſt votre maîtreſſe ?

POLLY.

Oui, Monfieur, c'eſt la plus douce, la plus aimable fille, la plus courageufe dans le malheur.

MONROSE.

Elle eſt donc malheureufe ?

POLLY.

Oui, Monfieur, et moi auſſi ; mais j'aime mieux la fervir que d'être heureufe.

MONROSE.

Mais je vous demande fi vous ne connaiſſez pas fa famille ?

POLLY.

Monfieur, ma maîtreſſe veut être inconnue : elle n'a point de famille ; que me demandez-vous là ? pourquoi ces queſtions ?

MONROSE.

Une inconnue ! O Ciel, fi long-temps impitoyable ! s'il était poſſible qu'à la fin je puſſe !... mais quelles

vaines chimères! Dites-moi, je vous prie, quel eſt l'âge
de votre maîtreſſe ?

P O L L Y.

Oh pour ſon âge, on peut le dire ; car elle eſt bien
au-deſſus de ſon âge ; elle a dix-huit ans.

M O N R O S E.

Dix-huit ans !... hélas ! ce ſerait préciſément l'âge
qu'aurait ma malheureuſe Monroſe, ma chère fille, ſeul
reſte de ma maiſon, ſeul enfant que mes mains aient
pu careſſer dans ſon berceau : dix-huit ans ?...

P O L L Y.

Oui, Monſieur, et moi je n'en ai que vingt-deux :
il n'y a pas une ſi grande différence. Je ne ſais pas
pourquoi vous faites tout ſeul tant de réflexions ſur
ſon âge ?

M O N R O S E.

Dix-huit ans, et née dans ma patrie ! et elle veut
être inconnue ! je ne me poſsède plus : il faut avec
votre permiſſion que je la voye, que je lui parle tout
à l'heure.

P O L L Y.

Ces dix-huit ans tournent la tête à ce bon vieux
gentilhomme. Monſieur, il eſt impoſſible que vous
voyiez à préſent ma maîtreſſe ; elle eſt dans l'affliction
la plus cruelle.

M O N R O S E.

Ah! c'eſt pour cela même que je veux la voir.

P O L L Y.

De nouveaux chagrins qui l'ont accablée, qui ont
déchiré ſon cœur, lui ont fait perdre l'uſage de ſes ſens.
Hélas! elle n'eſt pas de ces filles qui s'évanouiſſent
pour peu de choſe. Elle eſt à peine revenue à elle, et le

peu de repos qu'elle goûte dans ce moment eſt un repos
mêlé de trouble et d'amertume : de grâce, Monſieur,
ménagez ſa faibleſſe et ſes douleurs.

MONROSE.

Tout ce que vous me dites redouble mon empreſſement. Je ſuis ſon compatriote ; je partage toutes ſes
afflictions ; je les diminuerai peut-être ; ſouffrez qu'avant
de quitter cette ville, je puiſſe entretenir votre maîtreſſe.

POLLY.

Mon cher compatriote, vous m'attendriſſez ; attendez
encore quelques momens. Les filles qui ſe ſont évanouies
ſont bien long-temps à ſe remettre avant de recevoir
une viſite. Je vais à elle : je reviendrai à vous.

SCENE VIII.

MONROSE, FABRICE.

FABRICE, *le tirant par la manche.*

Monsieur, n'y a-t-il perſonne là ?

MONROSE.

Que j'attends ſon retour avec des mouvemens d'im-
patience et de trouble !

FABRICE.

Ne nous écoute-t-on point ?

MONROSE.

Mon cœur ne peut ſuffire à tout ce qu'il éprouve.

FABRICE.

On vous cherche....

MONROSE, *se tournant,*

Qui? quoi? comment? pourquoi? que voulez-vous dire?

FABRICE.

On vous cherche, Monſieur. Je m'intéreſſe à ceux qui logent chez moi. Je ne fais qui vous êtes; mais on eſt venu me demander qui vous étiez : on rode autour de la maiſon, on s'informe, on entre, on paſſe, on repaſſe, on guette, et je ne ſerai point ſurpris ſi dans peu on vous fait le même compliment qu'à cette jeune et chère demoiſelle, qui eſt, dit-on, de votre pays.

MONROSE.

Ah! il faut abſolument que je lui parle avant de partir.

FABRICE.

Partez vîte, croyez-moi; notre ami Freeport ne ſerait peut-être pas d'humeur à faire pour vous ce qu'il a fait pour une belle perſonne de dix-huit ans.

MONROSE.

Pardon.... Je ne fais.... où j'étais.... je vous entendais à peine.... Que faire? où aller, mon cher hôte? Je ne puis partir ſans la voir.... Venez, que je vous parle un moment dans quelque endroit plus ſolitaire, et ſurtout que je puiſſe enſuite entretenir cette jeune écoſſaiſe.

FABRICE.

Ah! je vous avais bien dit que vous feriez enfin curieux de la voir. Soyez sûr que rien n'eſt plus beau et plus honnête.

Fin du troiſième acte.

ACTE IV.

SCENE PREMIERE.

FABRICE, FRELON, *dans le café à une table.*
FREEPORT, *une pipe à la main au milieu d'eux.*

FABRICE.

Je fuis obligé de vous l'avouer, M. Frélon, fi tout ce qu'on dit eft vrai, vous me feriez plaifir de ne plus fréquenter chez nous.

FRELON.

Tout ce qu'on dit eft toujours faux ; quelle mouche vous pique, M. Fabrice ?

FABRICE.

Vous venez écrire ici vos feuilles : mon café paffera pour une boutique de poifon.

FREEPORT, *fe tournant vers Fabrice.*

Ceci mérite qu'on y penfe, voyez-vous ?

FABRICE.

On prétend que vous dites du mal de tout le monde.

FREEPORT, *à Frélon.*

De tout le monde, entendez-vous ? c'eft trop.

FABRICE.

On commence même à dire que vous êtes un délateur, un fripon ; mais je ne veux pas le croire.

FREEPORT, *à Frélon.*

Un fripon.... entendez-vous, cela paffe la raillerie.

FRELON.

Je fuis compilateur illuftre, un homme de goût.

FABRICE.

De goût ou de dégoût, vous me faites tort, vous dis-je.

FRELON.

Au contraire, c'eft moi qui achalande votre café; c'eft moi qui l'ai mis à la mode; c'eft ma réputation qui vous attire du monde.

FABRICE.

Plaifante réputation! celle d'un efpion, d'un mal-honnête homme, (pardonnez, fi je répète ce qu'on dit) et d'un mauvais auteur!

FRELON.

M. Fabrice, M. Fabrice, arrêtez, s'il vous plaît; on peut attaquer mes mœurs, mais pour ma réputation d'auteur, je ne le fouffrirai jamais.

FABRICE.

Laiffez-là vos écrits; favez-vous bien, puifqu'il faut tout vous dire, que vous êtes foupçonné d'avoir voulu perdre mademoifelle Lindane?

FREEPORT.

Si je le croyais, je le noierais de mes mains, quoique je ne fois pas méchant.

FABRICE.

On prétend que c'eft vous qui l'avez accufée d'être écoffaife. et qui avez auffi accufé ce brave gentilhomme de là-haut d'être écoffais.

FRELON.

Eh bien, quel mal y a-t-il à être de fon pays?

FABRICE.

On prétend que vous avez eu plufieurs conférences

avec

avec les gens de cette dame fi colère qui eft venue ici,
et avec ceux de ce milord qui n'y vient plus; que vous
redites tout, que vous envenimez tout.

FREEPORT à *Frélon.*

Seriez-vous un fripon en effet? je ne les aime pas,
au moins.

FABRICE.

Ah! Dieu merci, je crois que j'aperçois enfin notre
milord.

FREEPORT.

Un milord! adieu. Je n'aime pas plus les grands
feigneurs que les mauvais écrivains.

FABRICE.

Celui-ci n'eft pas un grand feigneur comme un autre.

FREEPORT.

Ou comme un autre, ou différent d'un autre,
n'importe. Je ne me gêne jamais, et je fors. Mon ami,
je ne fais, il me revient toujours dans la tête une idée
de notre jeune Ecoffaife : je reviendrai inceffamment ;
oui, je reviendrai, je veux lui parler férieufement ;
ferviteur. Cette Ecoffaife eft belle et honnête. Adieu.
(*en revenant.*) Dites-lui de ma part que je penfe beaucoup
de bien d'elle.

SCENE II.

Lord MURRAI, *pensif et agité.* FRELON, *lui fesant la révérence, qu'il ne regarde pas.* FABRICE *s'éloignant un peu.*

Lord MURRAI *à Fabrice, d'un air distrait.*

JE fuis très-aife de vous revoir, mon brave et honnête homme : comment fe porte cette belle et refpectable perfonne que vous avez le bonheur de poffeder chez vous ?

FABRICE.

Milord, elle a été très-malade depuis qu'elle ne vous a vu : mais je fuis fûr qu'elle fe portera mieux aujourd'hui.

Lord MURRAI.

Grand Dieu, protecteur de l'innocence, je t'implore pour elle ; daigne te fervir de moi pour rendre juftice à la vertu, et pour tirer d'oppreffion les infortunés ! Grâces à tes bontés et à mes foins, tout m'annonce un fuccès favorable. Ami, (*à Fabrice.*) laiffez-moi parler en particulier à cet homme. (*en montrant Frélon.*)

FRELON *à Fabrice.*

Eh bien, tu vois qu'on t'avait bien trompé fur mon compte, et que j'ai du crédit à la cour.

FABRICE, *en fortant.*

Je ne vois point cela.

Lord MURRAI *à Frélon.*

Mon ami !

FRELON.

Monseigneur, permettez-vous que je vous dédie un tome?...

Lord MURRAI.

Non: il ne s'agit point de dédicace. C'est vous qui avez appris à mes gens l'arrivée de ce vieux gentilhomme venu d'Ecoffe; c'est vous qui l'avez dépeint, qui êtes allé faire le même rapport aux gens du ministre d'Etat?

FRELON.

Monseigneur, je n'ai fait que mon devoir.

Lord MURRAI, *lui donnant quelques guinées.*

Vous m'avez rendu service sans le savoir; je ne regarde pas à l'intention : on prétend que vous vouliez nuire, et que vous avez fait du bien; tenez, voilà pour le bien que vous avez fait : mais si vous vous avisez jamais de prononcer le nom de cet homme, et de mademoiselle Lindane, je vous ferai jeter par les fenêtres de votre grenier. Allez.

FRELON.

Grand-merci, Monseigneur : tout le monde me dit des injures, et me donne de l'argent; je suis bien plus habile que je ne croyais.

SCENE III.

Lord MURRAI, POLLY.

Lord MURRAI, *seul un moment.*

UN vieux gentilhomme arrivé d'Ecoffe, Lindane née dans le même pays ! Hélas ! s'il était possible que je puffe réparer les torts de mon père ! si le ciel permettait !..

Entrons. (*à Polly qui fort de la chambre de Lindane.*)
Chère Polly, n'es-tu pas bien étonnée que j'aye paffé
tant de temps fans venir ici ? deux jours entiers ! ... je
ne me le pardonnerais jamais, fi je ne les avais employés
pour la refpectable fille de milord Monrofe ; les miniftres
étaient à Vindfor, il a fallu y courir. Va, le ciel t'infpira
bien quand tu te rendis à mes prières, et que tu m'appris
le fecret de fa naiffance.

P O L L Y.

J'en tremble encore : ma maîtreffe me l'avait tant
défendu ! Si je lui donnais le moindre chagrin, je
mourrais de douleur. Hélas ! votre abfence lui a caufé
aujourd'hui un affez long évanouiffement, et je me ferais
évanouie auffi, fi je n'avais pas eu befoin de mes forces
pour la fecourir.

Lord M U R R A I.

Tiens, voilà pour l'évanouiffement où tu as eu envie
de tomber.

P O L L Y.

Milord, j'accepte vos dons ; je ne fuis pas fi fière
que la belle Lindane qui n'accepte rien, et qui feint
d'être à fon aife, quand elle eft dans la plus extrême
indigence.

Lord M U R R A I.

Jufte Ciel ! la fille de Monrofe dans la pauvreté !
malheureux que je fuis ! que m'as-tu dit ? combien je
fuis coupable ! que je vais tout réparer ! que fon fort
changera ! Hélas ! pourquoi me l'a-t-elle caché ?

P O L L Y.

Je crois que c'eft la feule fois de fa vie qu'elle vous
trompera.

Lord M U R R A I.

Entrons, entrons vîte; jetons-nous à fes pieds : c'eft trop tarder.

P O L L Y.

Ah, Milord! gardez-vous en bien : elle eft actuellement avec un gentilhomme, fi vieux, fi vieux, qui eft de fon pays, et ils fe difent des chofes fi intéreffantes!

Lord M U R R A I.

Quel eft-il ce vieux gentilhomme, pour qui je m'intéreffe déjà comme elle?

P O L L Y.

Je l'ignore.

Lord M U R R A I.

O deftinée! Jufte Ciel! pourrais-tu faire que cet homme fût ce que je défire qu'il foit? Et que fe difaient-ils, Polly?

P O L L Y.

Milord, ils commençaient à s'attendrir; et comme ils s'attendriffaient, ce bon homme n'a pas voulu que je fuffe préfente, et je fuis fortie.

S C E N E I V.

Ladi ALTON, Lord MURRAI, POLLY.

Ladi A L T O N.

AH! je vous y prends enfin, perfide! me voilà sûre de votre inconftance, de mon opprobre et de votre intrigue.

F 3

Lord MURRAI.

Oui, Madame, vous êtes sûre de tout. (à part.) Quel contre-temps effroyable !

Ladi ALTON.

Monftre, perfide !

Lord MURRAI.

Je puis être un monltre à vos yeux, et je n'en fuis pas fâché; mais pour perfide, je fuis très-loin de l'être: ce n'eft pas mon caractère. Avant d'en aimer une autre, je vous ai déclaré que je ne vous aimais plus.

Ladi ALTON.

Après une promeffe de mariage ! fcélérat ! après m'avoir juré tant d'amour !

Lord MURRAI.

Quand je vous ai juré de l'amour, j'en avais : quand je vous ai promis de vous époufer, je voulais tenir ma parole.

Ladi ALTON.

Eh, qui t'a empêché de tenir ta parole, parjure?

Lord MURRAI.

Votre caractère, vos emportemens; je me mariais pour être heureux, et j'ai vu que nous ne l'aurions été ni l'un ni l'autre.

Ladi ALTON.

Tu me quittes pour une vagabonde, pour une aventurière.

Lord MURRAI.

Je vous quitte pour la vertu, pour la douceur et pour les grâces.

Ladi ALTON.

Traître, tu n'es pas où tu crois en être ; je me vengerai plutôt que tu ne penfes.

Lord M U R R A I.

Je fais que vous êtes vindicative, envieufe plutôt
que jaloufe, emportée plutôt que tendre ; mais vous
ferez forcée à refpecter celle que j'aime.

Ladi A L T O N.

Allez, lâche, je connais l'objet de vos amours mieux
que vous ; je fais qui elle eft ; je fais qui eft l'étranger
arrivé aujourd'hui pour elle ; je fais tout : des hommes
plus puiffans que vous font inftruits de tout ; et bientôt
on vous enlèvera l'indigne objet pour qui vous m'avez
méprifée.

Lord M U R R A I.

Que veut-elle dire, Polly ? elle me fait mourir
d'inquiétude.

P O L L Y.

Et moi de peur. Nous fommes perdus.

Lord M U R R A I.

Ah ! Madame, arrêtez-vous, un mot, expliquez-
vous, écoutez....

Ladi A L T O N.

Je n'écoute point, je ne réponds rien, je ne m'explique point. Vous êtes, comme je vous l'ai déjà dit, un
inconftant, un volage, un cœur faux, un traître, un
perfide, un homme abominable.

(elle fort.)

F 4

SCENE V.

Lord MURRAI, POLLY.

Lord MURRAI.

QUE prétend cette furie ? que la jaloufie eft affreufe ! O Ciel ! fais que je fois toujours amoureux, et jamais jaloux. Que veut-elle ? elle parle de faire enlever ma chère Lindane et cet étranger ; que veut-elle dire ? fait-elle quelque chofe ?

POLLY.

Hélas ! il faut vous l'avouer ; ma maîtreffe eft arrêtée par l'ordre du gouvernement ; je crois que je le fuis auffi ; et fans un gros homme, qui eft la bonté même, et qui a bien voulu être notre caution, nous ferions en prifon à l'heure que je vous parle : on m'avait fait jurer de n'en rien dire, mais le moyen de fe taire avec vous ?

Lord MURRAI.

Qu'ai-je entendu ? quelle aventure ! et que de revers accumulés en foule ! Je vois que le nom de ta maîtreffe eft toujours fufpect. Hélas ! ma famille a fait tous les malheurs de la fienne ; le ciel, la fortune, mon amour, l'équité, la raifon, allaient tout réparer ; la vertu m'infpirait ; le crime s'oppofe à tout ce que je tente ; il ne triomphera pas. N'alarme point ta maîtreffe ; je cours chez le miniftre ; je vais tout preffer, tout faire. Je m'arrache au bonheur de la voir pour celui de la fervir. Je cours, et je revole. Dis-lui bien que je m'éloigne parce que je l'adore.   (*il fort.*)

POLLY *feule.*

Voilà d'étranges aventures ! Je vois que ce monde-ci n'eft qu'un combat perpétuel des méchans contre les bons, et qu'on en veut toujours aux pauvres filles.

SCÈNE VI.

MONROSE, LINDANE, (POLLY *refte un moment, et fort à un figne que lui fait fa maîtreffe.*)

MONROSE.

CHAQUE mot que vous m'avez dit me perce l'ame. Vous née dans le Locaber ! et témoin de tant d'horreurs, perfécutée, errante et fi malheureuse avec des fentimens fi nobles.

LINDANE.

Peut-être je dois ces fentimens même à mes malheurs ; peut-être fi j'avais été élevée dans le luxe et la molleffe, cette ame qui s'eft fortifiée par l'infortune n'eût été que faible.

MONROSE.

O vous ! digne du plus beau fort du monde, cœur magnanime, ame élevée, vous m'avouez que vous êtes d'une de ces familles profcrites, dont le fang a coulé fur les échafauds dans nos guerres civiles ; et vous vous obftinez à me cacher votre nom et votre naiffance !

LINDANE.

Ce que je dois à mon père me force au filence ; il eft profcrit lui-même ; on le cherche ; je l'expoferais peut-être fi je me nommais ; vous m'infpirez du refpect et de l'attendriffement, mais je ne vous connais pas ; je dois tout craindre. Vous voyez que je fuis fufpecte moi-même, que je fuis arrêtée et prifonnière; un mot peut me perdre.

MONROSE.

Hélas ! un mot ferait peut-être la première confolation de ma vie. Dites-moi du moins quel âge vous aviez quand la deftinée cruelle vous fépara de votre père, qui fut depuis fi malheureux ?

LINDANE.

Je n'avais que cinq ans.

MONROSE.

Grand Dieu! qui avez pitié de moi, toutes ces époques raffemblées, toutes les chofes qu'elle m'a dites, font autant de traits de lumière qui m'éclairent dans les ténèbres où je marche. O Providence! ne t'arrête point dans tes bontés.

LINDANE.

Quoi! vous verfez des larmes! Hélas! tout ce que je vous ai dit m'en fait bien répandre.

MONROSE, s'effuyant les yeux.

Achevez, je vous en conjure. Quand votre père eut quitté fa famille pour ne plus la revoir, combien reftâtes-vous auprès de votre mère ?

LINDANE.

J'avais dix ans quand elle mourut dans mes bras de douleur et de misère, et que mon frère fut tué dans une bataille.

MONROSE.

Ah! je fuccombe ! Quel moment, et quel fouvenir ! Chère et malheureufe époufe !... fils heureux d'être mort, et de n'avoir pas vu tant de défaftres ! Reconnaî-triez-vous ce portrait ? (il tire un portrait de fa poche.)

LINDANE.

Que vois-je? eſt-ce un ſonge? c'eſt le portrait même de ma mère ; mes larmes l'arroſent , et mon cœur qui ſe fend s'échappe vers vous.

MONROSE.

Oui , c'eſt-là votre mère, et je ſuis ce père infortuné dont la tête eſt proſcrite , et dont les mains tremblantes vous embraſſent.

LINDANE.

Je reſpire à peine ! Où ſuis-je ? Je tombe à vos genoux ! voici le premier inſtant heureux de ma vie.... O mon père !... hélas ! comment oſez-vous venir dans cette ville ? je tremble pour vous au moment que je goûte le bonheur de vous voir.

MONROSE.

Ma chère fille, vous connaiſſez toutes les infortunes de notre maiſon ; vous ſavez que la maiſon des Murrai, toujours jalouſe de la nôtre , nous plongea dans ce précipice : toute ma famille a été condamnée ; j'ai tout perdu. Il me reſtait un ami, qui pouvait par ſon crédit me tirer de l'abyme où je ſuis , qui me l'avait promis ; j'apprends en arrivant que la mort me l'a enlevé , qu'on me cherche en Ecoſſe, que ma tête y eſt à prix ; c'eſt ſans doute le fils de mon ennemi qui me perſécute encore ; il faut que je meure de ſa main , ou que je lui arrache la vie.

LINDANE.

Vous venez, dites-vous, pour tuer milord Murrai ?

MONROSE.

Oui , je vous vengerai, je vengerai ma famille ou je périrai ; je ne hafarde qu'un reſte de jours déjà proſcrits.

LINDANE.

O fortune! dans quelle nouvelle horreur tu me rejettes! que faire? quel parti prendre? Ah mon père!

MONROSE.

Ma fille, je vous plains d'être née d'un père si malheureux.

LINDANE.

Je fuis plus à plaindre que vous ne penfez.... Etesvous bien réfolu à cette entreprife funefte?

MONROSE.

Réfolu comme à la mort.

LINDANE.

Mon père, je vous conjure par cette vie fatale que vous m'avez donnée, par vos malheurs, par les miens qui font peut-être plus grands que les vôtres, de ne me pas expofer à l'horreur de vous perdre lorfque je vous retrouve.... ayez pitié de moi, épargnez votre vie et la mienne.

MONROSE.

Vous m'attendriffez, votre voix pénètre mon cœur; je crois entendre celle de votre mère. Hélas! que voulez-vous?

LINDANE.

Que vous ceffiez de vous expofer, que vous quittiez cette ville fi dangereufe pour vous.... et pour moi.... Oui, c'en eft fait, mon parti eft pris. Mon père, je renoncerai à tout pour vous.... oui, à tout.... je fuis prête à vous fuivre : je vous accompagnerai, s'il le faut, dans quelque île affreufe des Orcades; je vous y fervirai de mes mains; c'eft mon devoir, je le remplirai.... C'en eft fait, partons.

MONROSE.

Vous voulez que je renonce à vous venger?

LINDANE.

Cette vengeance me ferait mourir; partons, vous dis-je.

MONROSE.

Eh bien, l'amour paternel l'emporte; puifque vous avez le courage de vous attacher à ma funefte deftinée, je vais tout préparer pour que nous quittions Londres avant qu'une heure fe paffe; foyez prête, et recevez encore mes embraffemens et mes larmes.

SCENE VII.

LINDANE, POLLY.

LINDANE.

C'EN eft fait, ma chère Polly; je ne reverrai plus milord Murrai; je fuis morte pour lui.

POLLY.

Vous rêvez, Mademoifelle; vous le verrez dans quelques minutes. Il était ici tout à l'heure.

LINDANE.

Il était ici! et il ne m'a point vue! c'eft-là le comble. O mon malheureux père! que ne fuis-je partie plus tôt?

POLLY.

S'il n'avait pas été interrompu par cette déteftable miladi Alton....

LINDANE.

Quoi! c'eſt ici même qu'il l'a vue pour me braver, après avoir été trois jours ſans me voir, ſans m'écrire! Peut-on plus indignement ſe voir outrager? Va, ſois ſûre que je m'arracherais la vie dans ce moment, ſi ma vie n'était pas néceſſaire à mon père.

POLLY.

Mais, Mademoiſelle, écoutez-moi donc; je vous jure que Milord....

LINDANE.

Lui perfide! c'eſt ainſi que ſont faits les hommes! Père infortuné, je ne penſerai déſormais qu'à vous.

POLLY.

Je vous jure que vous avez tort, que Milord n'eſt point perfide, que c'eſt le plus aimable homme du monde, qu'il vous aime de tout ſon cœur, qu'il m'en a donné des marques.

LINDANE.

La nature doit l'emporter ſur l'amour; je ne ſais où je vais; je ne ſais ce que je deviendrai: mais ſans doute je ne ſerai jamais ſi malheureuſe que je le ſuis.

POLLY.

Vous n'écoutez rien: reprenez vos eſprits, ma chère maîtreſſe: on vous aime.

LINDANE.

Ah Polly, es-tu capable de me ſuivre?

POLLY.

Je vous ſuivrai juſqu'au bout du monde; mais on vous aime, vous dis-je.

LINDANE.

Laiffe-moi : ne me parle point de milord : hélas !
quand il m'aimerait, il faudrait partir encore. Ce gentilhomme que tu as vu avec moi....

POLLY.

Eh bien ?

LINDANE.

Viens, tu apprendras tout : les larmes, les foupirs
me fuffoquent. Suis-moi, et fois prête à partir.

Fin du quatrième acte.

ACTE V.

SCENE PREMIERE.

LINDANE, FREEPORT, FABRICE.

FABRICE.

CELA perce le cœur, Mademoifelle ; Polly fait votre paquet ; vous nous quittez.

LINDANE.

Mon cher hôte, et vous, Monfieur, à qui je dois tant ; vous qui avez déployé un caractère fi généreux ; vous qui ne me laiffez que la douleur de ne pouvoir reconnaître vos bienfaits ; je ne vous oublierai de ma vie.

FREEPORT.

Qu'eft-ce donc que tout cela ? qu'eft-ce que c'eft que ça ? qu'eft-ce que ça ? Si vous êtes contente de nous, il ne faut point vous en aller ; eft-ce que vous craignez quelque chofe ? vous avez tort ; une fille n'a rien à craindre.

FABRICE.

M. Freeport, ce vieux gentilhomme qui eft de fon pays, fait auffi fon paquet. Mademoifelle pleurait, et ce Monfieur pleurait auffi, et ils partent enfemble : je pleure auffi en vous parlant.

FREEPORT.

Je n'ai pleuré de ma vie ; fi ! que cela eft fot de pleurer ! les yeux n'ont point été donnés à l'homme

pour

pour cette befogne. Je fuis affligé, je ne le cache pas ; et quoiqu'elle foit fière, comme je le lui ai dit, elle eft fi honnête qu'on eft fâché de la perdre. Je veux que vous m'écriviez, fi vous vous en allez, Mademoifelle. Je vous ferai toujours du bien.... Nous nous retrouverons peut-être un jour, que fait-on ? ne manquez pas de m'écrire.... n'y manquez pas.

LINDANE.

Je vous le jure avec la plus vive reconnaiffance ; et fi jamais la fortune....

FREEPORT.

Ah ! mon ami Fabrice, cette perfonne-là eft très-bien née. Je ferais très-aife de recevoir de vos lettres. N'allez pas y mettre de l'efprit au moins.

FABRICE.

Mademoifelle, pardonnez, mais je fonge que vous ne pouvez partir, que vous êtes ici fous la caution de M. Freeport, et qu'il perd cinq cents guinées fi vous nous quittez.

LINDANE.

O Ciel! autre infortune ! autre humiliation ! quoi ! il faudrait que je fuffe enchaînée ici, et que Milord... et mon père....

FREEPORT à *Fabrice.*

Oh qu'à cela ne tienne ; quoiqu'elle ait je ne fais quoi qui me touche, qu'elle parte fi elle en a envie ; il ne faut point gêner les filles ; je me foucie de cinq cents guinées comme de rien. (*bas à Fabrice.*) Fourre-lui encore les cinq cents autres guinées dans fa valife. Allez, Mademoifelle, partez quand il vous plaira ; écrivez-moi ; revoyez-moi quand vous reviendrez.... car j'ai conçu pour vous beaucoup d'eftime et d'affection.

Théâtre. Tome VIII.   G

SCENE II.

Lord MURRAI, et fes gens, *dans l'enfoncement :*
LINDANE, et les Acteurs précédens, *fur le devant.*

Lord MURRAI, *à fes gens.*

RESTEZ ici, vous : vous, courez à la chancellerie,
et rapportez-moi le parchemin qu'on expédie dès qu'il
fera fcellé. Vous, qu'on aille préparer tout dans la
nouvelle maifon que je viens de louer. (*il tire un papier
de fa poche et le lit.*) Quel bonheur d'affurer le bonheur
de Lindane !

LINDANE à *Polly.*

Hélas ! en le voyant je me fens déchirer le cœur.

FREEPORT.

Ce Milord-là vient toujours mal à propos ; il eft fi
beau et fi bien mis qu'il me déplaît fouverainement ;
mais après tout, que cela me fait-il ? j'ai quelque affection.... mais je n'aime point, moi. Adieu, Mademoifelle.

LINDANE.

Je ne partirai point fans vous témoigner encore ma
reconnaiffance et mes regrets.

FREEPORT.

Non, non, point de ces cérémonies-là, vous m'atten-
dririez peut-être. Je vous dis que je n'aime point....
je vous verrai pourtant encore une fois : je refterai dans
la maifon, je veux vous voir partir. Allons, Fabrice,
aider ce bon gentilhomme de là-haut. Je me fens, vous
dis-je, de la bonne volonté pour cette demoifelle.

SCENE III.

Lord MURRAI, LINDANE, POLLY.

Lord MURRAI.

ENFIN donc, je goûte en liberté le charme dé votre vue. Dans quelle maison vous êtes ! elle ne vous convient pas ; une plus digne de vous vous attend. Quoi ! belle Lindane, vous baiffez les yeux, et vous pleurez ! quel eft ce gros homme qui vous parlait ? vous aurait-il caufé quelque chagrin ? il en porterait la peine fur l'heure.

LINDANE, *en effuyant fes larmes.*

Hélas ! c'eft un bon homme, un homme groffièrement vertueux, qui a eu pitié de moi dans mon cruel malheur, qui ne m'a point abandonnée, qui n'a pas infulté à mes difgrâces, qui n'a point parlé ici long-temps à ma rivale en dédaignant de me voir, qui, s'il m'avait aimé, n'aurait point paffé trois jours fans m'écrire.

Lord MURRAI.

Ah ! croyez que j'aimerais mieux mourir que de mériter le moindre de vos reproches. Je n'ai été abfent que pour vous, je n'ai fongé qu'à vous, je vous ai fervie malgré vous. Si en revenant ici j'ai trouvé cette femme vindicative et cruelle qui voulait vous perdre, je ne me fuis échappé un moment que pour prévenir fes deffeins funeftes. Grand Dieu ! moi ne vous avoir pas écrit !

LINDANE.

Non.

G 2

Lord MURRAI.

Elle a, je le vois bien, intercepté mes lettres ; fa méchanceté augmente encore, s'il fe peut, ma tendreffe : qu'elle rappelle la vôtre. Ah ! cruelle, pourquoi m'avez-vous caché votre nom illuftre, et l'état malheureux où vous êtes, fi peu fait pour ce grand nom ?

LINDANE.

Qui vous l'a dit ?

Lord MURRAI, *montrant Polly.*

Elle-même, votre confidente.

LINDANE.

Quoi ! tu m'as trahie ?

POLLY.

Vous vous trahiffiez vous-même ; je vous ai fervie.

LINDANE.

Eh bien, vous me connaiffez ; vous favez quelle haine a toujours divifé nos deux maifons ; votre père a fait condamner le mien à la mort ; il m'a réduite à cet état que j'ai voulu vous cacher ; et vous fon fils ! vous ! vous ofez m'aimer.

Lord MURRAI.

Je vous adore, et je le dois ; c'eft à mon amour à réparer les cruautés de mon père : c'eft une juftice de la Providence ; mon cœur, ma fortune, mon fang eft à vous. Confondons enfemble deux noms ennemis. J'apporte à vos pieds le contrat de notre mariage ; daignez l'honorer de ce nom qui m'eft fi cher. Puiffent les remords et l'amour du fils réparer les fautes du père !

LINDANE.

Hélas ! et il faut que je parte, et que je vous quitte pour jamais.

Lord M U R R A I.

Que vous partiez ! que vous me quittiez ! vous me
verrez plutôt expirer à vos pieds. Hélas ! daignez-vous
m'aimer ?

POLLY.

Vous ne partirez point, Mademoiselle, j'y mettrai
bon ordre ; vous prenez toujours des réfolutions défef-
pérées. Milord, fecondez-moi bien.

Lord M U R R A I.

Eh, qui a pu vous infpirer le deffein de me fuir,
de rendre tous mes foins inutiles ?

LINDANE.

Mon père.

Lord M U R R A I.

Votre père ? eh, où eft-il ? que veut-il ? que ne me
parlez-vous ?

LINDANE.

Il eft ici ; il m'emmène, c'en eft fait.

Lord M U R R A I,

Non, je jure par vous qu'il ne vous enlèvera pas.
Il eft ici ? conduifez-moi à fes pieds.

LINDANE.

Ah ! cher amant, gardez qu'il ne vous voie ; il n'eft
venu ici que pour finir fes malheurs en vous arrachant
la vie, et je ne fuyais avec lui que pour détourner
cette horrible réfolution.

Lord M U R R A I.

La vôtre eft plus cruelle ; croyez que je ne le crains
pas, et que je le ferai rentrer en lui-même. (en fe retournant.) Quoi ! on n'eft pas encore revenu ? Ciel, que le
mal fe fait rapidement, et le bien avec lenteur !

G 3

LINDANE.

Le voici qui vient me chercher ; fi vous m'aimez, ne vous montrez pas à lui, privez-vous de ma vue, épargnez-lui l'horreur de la vôtre, écartez-vous du moins pour quelque temps.

Lord MURRAI.

Ah! que c'eft avec regret! mais vous m'y forcez ; je vais rentrer ; je vais prendre des armes qui pourront faire tomber les fiennes de fes mains.

SCENE IV.

MONROSE, LINDANE.

MONROSE.

ALLONS, ma chère fille, feul foutien, unique con-folation de ma déplorable vie! partons.

LINDANE.

Malheureux père d'une infortunée! je ne vous aban-donnerai jamais. Cependant daignez fouffrir que je refte encore.

MONROSE.

Quoi! après m'avoir fi fort preffé vous-même de partir, après m'avoir offert de me fuivre dans les déferts où nous allons cacher nos difgrâces! avez-vous changé de deffein? avez-vous retrouvé et perdu en fi peu de temps le fentiment de la nature?

LINDANE.

Je n'ai point changé, j'en fuis incapable.... je vous fuivrai.... mais, encore une fois, attendez quelque temps ; accordez cette grâce à celle qui vous doit des jours fi remplis d'orages ; ne me refufez pas des inftans précieux.

MONROSE.

Ils font précieux en effet, et vous les perdez ; fongez-vous que nous fommes à chaque moment en danger d'être découverts, que vous avez été arrêtée, qu'on me cherche, que vous pouvez voir demain votre père périr par le dernier fupplice ?

LINDANE.

Ces mots font un coup de foudre pour moi ; je n'y réfifte plus. J'ai honte d'avoir tardé.... cependant j'avais quelque efpoir.... n'importe, vous êtes mon père, je vous fuis. Ah malheureufe !

SCENE V.

FREEPORT et FABRICE *paraiffant d'un côté, tandis que* MONROSE *et fa fille parlent de l'autre.*

FREEPORT à *Fabrice.*

Sa fuivante a pourtant remis fon paquet dans fa chambre ; elles ne partiront point ; j'en fuis bien aife : je m'accoutumais à elle : je ne l'aime point, mais elle eft fi bien née que je la voyais partir avec une efpèce d'inquiétude que je n'ai jamais fentie, une efpèce de trouble.... je ne fais quoi de fort extraordinaire.

MONROSE à *Freeport.*

Adieu, Monfieur, nous partons le cœur plein de vos bontés ; je n'ai jamais connu de ma vie un plus digne homme que vous. Vous me faites pardonner au genre-humain.

G 4

FREEPORT.

Vous partez donc avec cette dame : je n'approuve
point cela : vous devriez refter : il me vient des idées
qui vous conviendront peut-être : demeurez.

SCENE VI et dernière.

Les Acteurs précédens, le lord MURRAI *dans le fond,*
recevant un rouleau de parchemin de la main de fes gens.

Lord MURRAI.

Ah ! je le tiens enfin ce gage de mon bonheur. Soyez
béni ! ô Ciel ! qui m'avez fecondé.

FREEPORT.

Quoi ! verrai-je toujours ce maudit Milord ? Que cet
homme me choque avec fes grâces !

MONROSE *à fa fille, tandis que milord Murrai*
parle à fon domeftique.

Quel eft cet homme, ma fille ?

LINDANE.

Mon père, c'eft.... ô Ciel ! ayez pitié de nous.

FABRICE.

Monfieur, c'eft milord Murrai, le plus galant homme
de la cour, le plus généreux.

MONROSE.

Murrai ! grand Dieu ! mon fatal ennemi, qui vient
encore infulter à tant de malheurs ! (*il tire fon épée.*) Il
aura le refte de ma vie, ou moi la fienne.

5

LINDANE.

Que faites-vous, mon père ? arrêtez.

MONROSE.

Cruelle fille, c'eſt ainſi que vous me trahiſſez ?

FABRICE, *ſe jetant au-devant de Monroſe.*

Monſieur, point de violence dans ma maiſon, je vous en conjure, vous me perdriez.

FREEPORT.

Pourquoi empêcher les gens de ſe battre quand ils en ont envie ? les volontés ſont libres, laiſſez-les faire.

Lord MURRAI, *toujours au fond du théâtre,*
à Monroſe.

Vous êtes le père de cette reſpectable perſonne, n'eſt-il pas vrai ?

LINDANE.

Je me meurs !

MONROSE.

Oui, puiſque tu le fais, je ne le déſavoue pas. Viens, fils cruel d'un père cruel, achève de te baigner dans mon ſang.

FABRICE.

Monſieur, encore une fois. . . . .

Lord MURRAI.

Ne l'arrêtez pas, j'ai de quoi le déſarmer. (*il tire ſon épée.*)

LINDANE *entre les bras de Polly.*

Cruel !. . . vous oſeriez !. . .

Lord MURRAI.

Oui, j'oſe. . . . Père de la vertueuſe Lindane, je ſuis le fils de votre ennemi : (*il jette ſon épée.*) c'eſt ainſi que je me bats contre vous.

FREEPORT.

En voici bien d'une autre !

Lord MURRAI.

Percez mon cœur d'une main, mais de l'autre, prenez cet écrit, lifez, et connaiffez-moi. (*il lui donne le rouleau.*)

MONROSE.

Que vois-je ? ma grâce ! le rétabliffement de ma maifon ! O Ciel ! et c'eft à vous, c'eft à vous, Murrai, que je dois tout ? Ah mon bienfaiteur !... (*il veut fe jeter à fes pieds.*) vous triomphez de moi plus que fi j'étais tombé fous vos coups. (*d*)

LINDANE.

Ah que je fuis heureufe ! mon amant eft digne de moi.

Lord MURRAI.

Embraffez-moi, mon père.

MONROSE.

Hélas ! et comment reconnaître tant de générofité ?

Lord MURRAI, *en montrant Lindane.*

Voilà ma récompenfe.

MONROSE.

Le père et la fille font à vos genoux pour jamais.

FREEPORT *à Fabrice.*

Mon ami, je me doutais bien que cette demoifelle n'était pas faite pour moi ; mais après tout elle eft tombée en bonnes mains, et cela me fait plaifir.

Fin du cinquième et dernier acte.

VARIANTES

DE L'ECOSSAISE.

(*a*) Edition de 1768.

UN SECOND.

Tes feuilles font des feuilles de chêne : la vérité
eft que le grand Turc arme puiffamment pour faire
une defcente à la Virginie, et que c'eft ce qui fait
tomber les fonds publics.

(*b*)   LE SECOND.

Et moi je vous dis que les fonds baiffent, et qu'il
faut envoyer un autre ambaffadeur à la Porte.

(*c*)   ACTE II, SCENE III, *édition de* 1760.

Ladi ALTON.

Ah! je refpire : les grandes paffions veulent être
fervies par des gens fans fcrupule. *Je n'aime ni les
demi-vengeances ni les demi-fripons.* Je veux que le
vaiffeau aille à pleines voiles , &c.

(*d*)   *Ibid.* ACTE V, SCENE VI.

MONROSE.

.... Ah, mon bienfaiteur ! ôtez-moi plutôt cette
vie pour me punir d'avoir attenté à la vôtre.

Fin des variantes.

Eh ! relevez-vous donc . . . .

Le Droit du Seigneur act.e 3.e Sce. 6.e

J. M. Moreau le jeune, Inv.　　　1785.　　　J. L. Delignon. Sculp.

LE DROIT

DU

SEIGNEUR,

COMEDIE.

Repréfentée à Paris, en 1762, en cinq actes, fous le nom de l'ECUEIL DU SAGE, qui n'était pas fon véritable titre ; remife au théâtre en 1778, en trois actes, après la mort de l'auteur.

PERSONNAGES.

Le marquis du CARRAGE.

Le chevalier de GERNANCE.

METAPROSE, bailli.

MATHURIN, fermier.

DIGNANT, ancien domeſtique.

ACANTE, élevée chez *Dignant*.

BERTHE, ſeconde femme de *Dignant*.

COLETTE.

CHAMPAGNE.

Domeſtiques.

La ſcène eſt en Picardie, et l'action du temps de
Henri II.

LE DROIT

DU

SEIGNEUR,

COMEDIE.

ACTE PREMIER.

SCENE PREMIERE.

MATHURIN, LE BAILLI.

MATHURIN.

Ecoutez-moi, monfieur le Magifter ;
Vous favez tout , du moins vous avez l'air
De tout favoir ; car vous lifez fans ceffe
Dans l'almanach. D'où vient que ma maîtreffe
S'appelle Acante , et n'a point d'autre nom ?
D'où vient cela ?

LE BAILLI.

Plaifante queftion !
Eh, que t'importe ?

MATHURIN.

Oh ! cela me tourmente :
J'ai mes raifons.

LE BAILLI.

Elle s'appelle Acante.

C'eſt un beau nom ; il vient du grec *Antos*,
Que les latins ont depuis nommé *Flos*.
Flos ſe traduit par *Fleur* ; et ta future
Eſt une fleur que la belle nature
Pour la cueillir façonna de ſa main ;
Elle fera l'honneur de ton jardin.
Qu'importe un nom ? chaque père à ſa guiſe
Donne des noms aux enfans qu'on baptiſe.
Acante a pris ſon nom de ſon parrain,
Comme le tien te nomma Mathurin.

MATHURIN.

Acante vient du grec ?

LE BAILLI.

Choſe certaine.

MATHURIN.

Et Mathurin, d'où vient-il ?

LE BAILLI.

Ah ! qu'il vienne
De Picardie ou d'Artois, un ſavant
A ces noms-là s'arrête rarement.
Tu n'as point de nom, toi ; ce n'eſt qu'aux belles
D'en avoir un, car il faut parler d'elles.

MATHURIN.

Je ne ſais, mais ce nom grec me déplaît.
Maître, je veux qu'on ſoit ce que l'on eſt ;
Ma maîtreſſe eſt villageoiſe, et je gage
Que ce nom-là n'eſt pas de mon village.
Acante, ſoit. Son vieux père Dignant
Semble accorder ſa fille en rechignant ;
Et cette fille, avant d'être ma femme,
Paraît auſſi rechigner dans ſon ame.

Oui,

Oui, cette Acante, en un mot, cette fleur,
Si je l'en crois, me fait beaucoup d'honneur
De fupporter que Mathurin la cueille.
Elle eft hautaine et dans foi fe recueille,
Me parle peu, fait de moi peu de cas ;
Et quand je parle, elle n'écoute pas :
Et n'eût été Berthe fa belle-mère
Qui haut la main régente fon vieux père,
Ce mariage en mon chef réfolu
N'aurait été, je crois, jamais conclu.

LE BAILLI.

Il l'eft enfin, et de manière exacte ;
Chez fes parens je t'en drefferai l'acte ;
Car fi je fuis le magifter d'ici,
Je fuis bailli, je fuis notaire auffi ;
Et je fuis prêt dans mes trois caractères
A te fervir dans toutes tes affaires.
Que veux-tu ? dis.

MATHURIN.

Je veux qu'inceffamment
On me marie.

LE BAILLI.

Ah ! vous êtes preffant.

MATHURIN.

Et très-preffé.... Voyez-vous ? l'âge avance.
J'ai dans ma ferme acquis beaucoup d'aifance ;
J'ai travaillé vingt ans pour vivre heureux ;
Mais l'être feul !... il vaut mieux l'être deux.

Il faut fe marier avant qu'on meure.

LE BAILLI.

C'eft très-bien dit : et quand donc ?

MATHURIN.

Tout à l'heure.

LE BAILLI.

Oui ; mais Colette à votre facrement ,
Mons Mathurin, peut mettre empêchement.
Elle vous aime avec quelque tendreffe ,
Vous et vos biens ; elle eut de vous promeffe
De l'époufer.

MATHURIN.

Oh bien , je dépromets.
Je veux, pour moi, m'arranger déformais ,
Car je fuis riche et coq de mon village.
Colette veut m'avoir par mariage ,
Et moi je veux du conjugal lien
Pour mon plaifir, et non pas pour le fien.
Je n'aime plus Colette : c'eft Acante ,
Entendez-vous ? qui feule ici me tente.
Entendez-vous , Magifter trop rétif ?

LE BAILLI.

Oui , j'entends bien : vous êtes trop hâtif ;
Et pour figner vous devriez attendre
Que Monfeigneur daignât ici fe rendre ;
Il vient demain , ne faites rien fans lui.

MATHURIN.

C'eft pour cela que j'époufe aujourd'hui.

LE BAILLI.

Comment ?

MATHURIN.

Eh oui : ma tête eft peu favante ;
Mais on connaît la coutume impudente
De nos feigneurs de ce canton picard.
C'eft bien affez qu'à nos biens on ait part,
Sans en avoir encore à nos époufes.
Des Mathurins les têtes font jaloufes :
J'aimerais mieux demeurer vieux garçon
Que d'être époux avec cette façon.
Le vilain droit !

LE BAILLI.

Mais il eft fort honnête.
Il eft permis de parler tête à tête
A fa fujette, afin de la tourner
A fon devoir, et de l'endoctriner.

MATHURIN.

Je n'aime point qu'un jeune homme endoctrine
Cette difciple à qui je me deftine ;
Cela me fâche.

LE BAILLI.

Acante a trop d'honneur
Pour te fâcher : c'eft le droit du feigneur ;
Et c'eft à nous, en perfonnes difcrètes,
A nous foumettre aux lois qu'on nous a faites.

MATHURIN.

D'où vient ce droit ?

LE BAILLI.

Ah ! depuis bien long-temps
C'eft établi.... ça vient du droit des géns.

MATHURIN.

Mais fur ce pied, dans toutes les familles
Chacun pourrait endoctriner les filles.

H 2

LE BAILLI.

Oh ! point du tout.... c'eſt une invention
Qu'on inventa pour les gens d'un grand nom.
Car vois-tu bien, autrefois les ancêtres
De Monſeigneur s'étaient rendus les maîtres
De nos aïeux, régnaient ſur nos hameaux.

MATHURIN.

Ouais ! nos aïeux étaient donc de grands ſots !

LE BAILLI.

Pas plus que toi. Les ſeigneurs du village
Devaient avoir un droit de vaſſelage.

MATHURIN.

Pourquoi cela ? ſommes-nous pas pétris
D'un ſeul limon, de lait comme eux nourris ?
N'avons-nous pas comme eux des bras, des jambes ?
Et mieux tournés, et plus forts, plus ingambes ?
Une cervelle avec quoi nous penſons
Beaucoup mieux qu'eux ? car nous les attrapons.
Sommes-nous pas cent contre un ? ça m'étonne
De voir toujours qu'une ſeule perſonne
Commande en maître à tous ſes compagnons,
Comme un berger fait tondre ſes moutons.
Quand je ſuis ſeul, à tout cela je penſe
Profondément. Je vois notre naiſſance
Et notre mort, à la ville, au hameau,
Se reſſembler comme deux gouttes d'eau.
Pourquoi la vie eſt-elle différente ?
Je n'en vois pas la raiſon : ça tourmente.
Les Mathurins et les godelureaux ;
Et les baillis, ma foi ſont tous égaux.

LE BAILLI.

C'eſt très-bien dit, Mathurin, mais je gage,
Si tes valets te tenaient ce langage,
Qu'un nerf de bœuf appliqué ſur le dos
Réfuterait puiſſamment leurs propos :
Tu les ferais rentrer vîte à leur place.

MATHURIN.

Oui, vous avez raiſon ; ça m'embarraſſe ;
Oui, ça pourrait me donner du ſouci.
Mais palſembleu, vous m'avoûrez auſſi
Que quand chez moi mon valet ſe marie,
C'eſt pour lui ſeul, non pour ma ſeigneurie ;
Qu'à ſa moitié je ne prétends en rien ;
Et que chacun doit jouir de ſon bien.

LE BAILLI.

Si les petits à leurs femmes ſe tiennent,
Compère, aux grands les nôtres appartiennent.
Que ton eſprit eſt bas, lourd et brutal !
Tu n'as pas lu le code *féodal*.

MATHURIN.

Féodal ! qu'eſt-ce ?

LE BAILLI.

Il tient ſon origine
Du mot *fides* de la langue latine :
C'eſt comme qui dirait....

MATHURIN.

Sais-tu qu'avec
Ton vieux latin et ton ennuyeux grec,
Si tu me dis des ſottiſes pareilles,
Je pourrais bien frotter tes deux oreilles.
(*il menace le Bailli, qui parle toujours en reculant ; et
Mathurin court après lui.*)

H 3

LE BAILLI.

Je fuis bailli, ne t'en avife pas.
Fides veut dire *foi.* Conviens-tu pas
Que tu dois foi, que tu dois plein hommage
A Monfeigneur le marquis du Carrage?
Que tu lui dois dixmes, champart, argent?
Que tu lui dois....

MATHURIN.

Baillif outrecuidant,
Oui, je dois tout; j'en enrage dans l'ame;
Mais palfandié je ne dois point ma femme,
Maudit Bailli!

LE BAILLI, *en s'en allant.*

Va, nous favons la loi;
Nous aurons bien ta femme ici fans toi.

SCENE II.

MATHURIN *feul.*

Chien de Bailli! que ton latin m'irrite!
Ah! fans latin marions-nous bien vîte;
Parlons au père, à la fille furtout,
Car ce que je veux, moi, j'en viens à bout.
Voilà comme je fuis.... J'ai, dans ma tête,
Prétendu faire une fortune honnête,
La voilà faite. Une fille d'ici
Me tracaffait, me donnait du fouci,
C'était Colette, et j'ai vu la friponne
Pour mes écus muguetter ma perfonne;
J'ai voulu rompre, et je romps: j'ai l'efpoir
D'avoir Acante, et je m'en vais l'avoir,

Car je m'en vais lui parler. Sa manière
Eſt dédaigneuſe, et ſon allure eſt fière :
Moi, je le ſuis; et dès que je l'aurai,
Tout auſſitôt je vous la réduirai :
Car je le veux. Allons....

SCENE III.

MATHURIN, COLETTE, *courant après.*

COLETTE.

Je t'y prends, traître.

MATHURIN, *ſans la regarder.*

Allons.

COLETTE.

Tu feins de ne me pas connaître?

MATHURIN.

Si fait.... bonjour.

COLETTE.

Mathurin, Mathurin !
Tu cauſeras ici plus d'un chagrin.
De tes bonjours je ſuis fort étonnée,
Et tes bonjours valaient mieux l'autre année.
C'était tantôt un bouquet de jaſmin,
Que tu venais me placer de ta main;
Puis des rubans pour orner ta bergère ;
Tantôt des vers que tu me feſais faire
Par le Bailli qui n'y comprenait rien,
Ni toi ni moi; mais tout allait fort bien ;

H 4

Tout eft paffé, lâche! tu me délaiffes?

MATHURIN.

Oui, mon enfant.

COLETTE.

Après tant de promeffes,
Tant de bouquets acceptés et rendus,
C'en eft donc fait? je ne te plais donc plus?

MATHURIN.

Non, mon enfant.

COLETTE.

Et pourquoi, miférable?

MATHURIN.

Mais, je t'aimais; je n'aime plus. Le diable
A t'époufer me pouffa vivement;
En fens contraire il me pouffe à préfent;
Il eft le maître.

COLETTE.

Eh va, va, ta Colette
N'eft plus fi fotte, et fa raifon s'eft faite.
Le diable eft jufte, et tu diras pourquoi
Tu prends les airs de te moquer de moi.
Pour avoir fait à Paris un voyage,
Te voilà donc petit-maître au village?
Tu penfes donc que le droit t'eft acquis
D'être en amour fripon comme un marquis?
C'eft bien à toi d'avoir l'ame inconftante!
Toi, Mathurin, me quitter pour Acante!

MATHURIN.

Oui, mon enfant.

COLETTE.

Et quelle est la raison ?

MATHURIN.

C'est que je suis le maître en ma maison :
Et pour quelqu'un de notre Picardie
Tu m'as parue un peu trop dégourdie.
Tu m'aurais fait trop d'amis, entre nous ;
Je n'en veux point, car je suis né jaloux.
Acante, enfin, aura la préférence :
La chose est faite ; adieu, prends patience.

COLETTE.

Adieu ! non pas, traître, je te suivrai,
Et contre ton contrat je m'inscrirai.
Mon père était procureur : ma famille
A du crédit, et j'en ai, je suis fille :
Et Monseigneur donne protection,
Quand il le faut, aux filles du canton ;
Et devant lui nous ferons comparaître
Un gros fermier qui fait le petit-maître,
Fait l'inconstant, se mêle d'être un fat.
Je te ferai rentrer dans ton état :
Nous apprendrons à ta mine insolente
A te moquer d'une pauvre innocente.

MATHURIN.

Cette innocente est dangereuse ; il faut
Voir le beau-père, et conclure au plutôt.

SCENE IV.

MATHURIN, DIGNANT, ACANTE, COLETTE.

MATHURIN.

Allons, beau-père, allons bacler la chofe.

COLETTE.

Vous ne baclerez rien, non, je m'oppofe
A fes contrats, à fes noces, à tout.

MATHURIN.

Quelle innocente !

COLETTE.

Oh! tu n'es pas au bout.

(à Acante.)

Gardez-vous bien, s'il vous plaît, ma voifine,
De vous laiffer enjoler fur fa mine :
Il me trompa quatorze mois entiers.
Chaffez cet homme.

ACANTE.

Hélas ! très-volontiers.

MATHURIN.

Très-volontiers !.... tout ce train-là me laffe :
Je fuis têtu ; je veux que tout fe paffe
A mon plaifir, fuivant mes volontés ;
Car je fuis riche.... Or, beau-père, écoutez ;
Pour honorer en moi mon mariage,
Je me décraffe, et j'achète au bailliage
L'emploi brillant de receveur royal
Dans le grenier à fel ; ça n'eft pas mal.

Mon fils fera confeiller, et ma fille
Relèvera quelque noble famille :
Mes petits-fils deviendront préfidens.
De Monfeigneur un jour les defcendans
Feront leur cour aux miens ; et quand j'y penfe,
Je me rengorge, et me quarre d'avance.

DIGNANT.

Quarre-toi bien ; mais fonge qu'à préfent
On ne peut rien fans le confentement
De Monfeigneur; il eft encor ton maître.

MATHURIN.

Et pourquoi ça ?

DIGNANT.

Mais, c'eft que ça doit être.
A tous feigneurs tous honneurs.

COLETTE à *Mathurin.*

Oui, vilain.
Il t'en cuira, je t'en réponds.

MATHURIN.

Voifin,
Notre Bailli t'a donné fa folie.
Eh dis-moi donc, s'il prend en fantaifie
A Monfeigneur d'avoir femme au logis,
A-t-il befoin de prendre ton avis?

DIGNANT.

C'eft différent : je fus fon domeftique
De père en fils dans cette terre antique.
Je fuis né pauvre, et je deviens caffé.
Le peu d'argent que j'avais amaffé
Fut employé pour élever Acante.
Notre Bailli dit qu'elle eft fort favante,

Et qu'entre nous, son éducation
Est au-dessus de sa condition.
C'est ce qui fait que ma seconde épouse,
Sa belle-mère, est fâchée et jalouse,
Et la maltraite, et me maltraite aussi :
De tout cela je suis fort en souci.
Je voudrais bien te donner cette fille,
Mais je ne puis établir ma famille
Sans Monseigneur ; je vis de ses bontés ;
Je lui dois tout ; j'attends ses volontés :
Sans son aveu nous ne pouvons rien faire.

ACANTE.

Ah ! croyez-vous qu'il le donne, mon père ?

COLETTE.

Eh bien, fripon, tu crois que tu l'auras ?
Moi, je te dis que tu ne l'auras pas.

MATHURIN.

Tout le monde est contre moi, ça m'irrite.

SCENE V.

Les Acteurs précédens, Mᵐᵉ BERTHE.

MATHURIN à Berthe qui arrive.

Ma belle-mère, arrivez, venez vîte.
Vous n'êtes plus la maîtresse au logis.
Chacun rebèque, et je vous avertis
Que si la chose en cet état demeure,
Si je ne suis marié tout à l'heure,

Je ne le ferai point, tout eſt fini,
Tout eſt rompu.

BERTHE

Qui m'a déſobéi?
Qui contredit, s'il vous plaît, quand j'ordonne?
Serait-ce vous, mon mari? vous?

DIGNANT.

Perſonne;
Nous n'avons garde; et Mathurin veut bien
Prendre ma fille à peu-près avec rien;
J'en ſuis content, et je dois me promettre
Que Monſeigneur daignera le permettre.

BERTHE.

Allez, allez, épargnez-vous ce ſoin;
C'eſt de moi ſeule ici qu'on a beſoin;
Et quand la choſe une fois ſera faite,
Il faudra bien, ma foi, qu'il la permette.

DIGNANT.

Mais....

BERTHE.

Mais il faut ſuivre ce que je dis.
Je ne veux plus ſouffrir dans mon logis,
A mes dépens, une fille indolente,
Qui ne fait rien, de rien ne ſe tourmente,
Qui s'imagine avoir de la beauté
Pour être en droit d'avoir de la fierté.
Mademoiſelle, avec ſa froide mine,
Ne daigne pas aider à la cuiſine;
Elle ſe mire, ajuſte ſon chignon,
Fredonne un air en brodant un jupon,
Ne parle point, et le ſoir en cachette
Lit des romans que le Bailli lui prête.

Eh bien, voyez, elle ne répond rien.
Je me repens de lui faire du bien.
Elle eſt muette ainſi qu'une pécore.

MATHURIN.

Ah c'eſt tout jeune, et ça n'a pas encore
L'eſprit formé ; ça vient avec le temps.

DIGNANT.

Ma bonne, il faut quelques ménagemens
Pour une fille ; elles ont d'ordinaire
De l'embarras dans cette grande affaire ;
C'eſt modeſtie et pudeur que cela.
Comme elle, enfin, vous paſsâtes par là ;
Je m'en ſouviens, vous étiez fort revêche.

BERTHE.

Eh! finiſſons. Allons, qu'on ſe dépêche :
Quels ſots propos ! Suivez-moi promptement
Chez le Bailli.

COLETTE à Acante.

N'en fais rien, mon enfant.

BERTHE.

Allons, Acante.

ACANTE.

O Ciel ! que dois-je faire ?

COLETTE.

Refuſe tout, laiſſe ta belle-mère,
Viens avec moi.

BERTHE à Acante.

Quoi donc ! ſans fourciller ?
Mais parlez donc.

ACANTE.

A qui puis-je parler ?

DIGNANT.

Chez le Bailli, ma bonne, allons l'attendre,
Sans la gêner ; et laiffons-lui reprendre
Un peu d'haleine.

ACANTE.

Ah! croyez que mes fens
Sont pénétrés de vos foins indulgens ;
Croyez qu'en tout je diftingue mon père.

MATHURIN.

Madame Berthe, on ne diftingue guère
Ni vous ni moi : la belle a le maintien
Un peu bien fec, mais cela n'y fait rien ;
Et je réponds, dès qu'elle fera nôtre,
Qu'en peu de temps je la rendrai tout autre.

(*ils fortent.*)

ACANTE.

Ah! que je fens de trouble et de chagrin !
Me faudra-t-il époufer Mathurin ?

SCENE VI.

ACANTE, COLETTE.

COLETTE.

AH! n'en fais rien, crois-moi, ma chère amie.
Du mariage aurais-tu tant d'envie?
Tu peux trouver beaucoup mieux.... que fait-on ?
Aimerais-tu ce méchant ?

ACANTE.

Mon Dieu non.

Mais vois-tu bien, je ne fuis plus foufferte
Dans le logis de la marâtre Berthe;
Je fuis chaffée, il me faut un abri,
Et par befoin je dois prendre un mari.
C'eft en pleurant que je caufe ta peine.
D'un grand projet j'ai la cervelle pleine;
Mais je ne fais comment m'y prendre, hélas!
Que devenir!... Dis-moi, ne fais-tu pas
Si Monfeigneur doit venir dans fes terres?

COLETTE.

Nous l'attendons.

ACANTE.

Bientôt?

COLETTE.

Je ne fais guères
Dans mon taudis les nouvelles de cour:
Mais s'il revient ce doit être un grand jour.
Il met, dit-on, la paix dans les familles;
Il rend juftice, il a grand foin des filles.

ACANTE.

Ah! s'il pouvait me protéger ici!

COLETTE.

Je prétends bien qu'il me protége auffi.

ACANTE.

On dit qu'à Metz il a fait des merveilles
Qui dans l'armée ont très-peu de pareilles;
Que Charles-Quint a loué fa valeur.

COLETTE.

Qu'eft-ce que Charles-Quint?

ACANTE.

Un empereur

Qui

Qui nous a fait bien du mal.

COLETTE.

Et qu'importe?
Ne m'en faites pas, vous, et que je forte
A mon honneur du cas trifte où je fuis.

ACANTE.

Comme le tien, mon cœur eft plein d'ennuis.
Non loin d'ici quelquefois on me mène
Dans un château de la jeune Dormène.....

COLETTE.

Près de nos bois?... ah! le plaifant château!
De Mathurin le logis eft plus beau ;
Et Mathurin eft bien plus riche qu'elle.

ACANTE.

Oui, je le fais ; mais cette demoifelle
Eft autre chofe ; elle eft de qualité ;
On la refpecte avec fa pauvreté.
Elle a chez elle une vieille perfonne
Qu'on nomme Laure, et dont l'ame eft fi bonne :
Laure eft auffi d'une grande maifon.

COLETTE.

Qu'importe encor?

ACANTE.

Les gens d'un certain nom,
J'ai remarqué cela, chère Colette,
En favent plus, ont l'ame autrement faite,
Ont de l'efprit, des fentimens plus grands,
Meilleurs que nous.

COLETTE.

Oui, dès leurs premiers ans,
Avec grand foin leur ame eft façonnée ;
La nôtre, hélas! langüit abandonnée.

Comme on apprend à chanter, à danfer,
Les gens du monde apprennent à penfer.

ACANTE.

Cette Dormène et cette vieille dame
Semblent donner quelque chofe à mon ame;
Je crois en valoir mieux quand je les voi;
J'ai de l'orgueil; et je ne fais pourquoi....
Et les bontés de Dormène et de Laure
Me font haïr, mille fois plus encore,
Madame Berthe et monfieur Mathurin.

COLETTE.

Quitte-les tous.

ACANTE.

Je n'ofe; mais enfin
J'ai quelque efpoir: que ton confeil m'affifte.
Dis-moi d'abord, Colette, en quoi confifte
Ce fameux droit du feigneur?

COLETTE.

Oh! ma foi,
Va confulter de plus doctes que moi.
Je ne fuis point mariée; et l'affaire,
A ce qu'on dit, eft un très-grand myftère.
Seconde-moi, fais que je vienne à bout
D'être époufée, et je te dirai tout.

ACANTE.

Ah! j'y ferai mon poffible.

COLETTE.

Ma mère
Eft très-alerte, et conduit mon affaire:
Elle me fait, par un acte plaintif,
Poufler mon droit par-devant le Baillif:

J'aurai, dit-elle, un mari par justice.

ACANTE.

Que de bon cœur j'en fais le sacrifice !
Chère Colette, agissons bien à point,
Toi pour l'avoir, moi pour ne l'avoir point.
Tu gagneras assez à ce partage,
Mais en perdant, je gagne davantage.

Fin du premier acte.

ACTE II.

SCENE PREMIERE.

LE BAILLI, PHLIPE fon valet, enfuite COLETTE.

LE BAILLI.

MA robe, allons.... du refpect.... vîte Phlipe.
C'eft en bailli qu'il faut que je m'équipe :
J'ai des cliens qu'il faut expédier.
Je fuis bailli, je te fais mon huiffier.
Amène-moi Colette à l'audience.
(*il s'affied devant une table, et feuillette un grand livre.*)
L'affaire eft grave, et de grande importance.
De matrimonio.... chapitre deux.
Empêchemens..... Ces cas-là font verreux.
Il faut favoir de la jurifprudence.
(*à Colette.*)
Approchez-vous.... faites la révérence,
Colette ; il faut d'abord dire fon nom.

COLETTE.

Vous l'avez dit, je fuis Colette.

LE BAILLI *écrit.*

Bon.

Colette.... Il faut dire enfuite fon âge.
N'avez-vous pas trente ans, et davantage ?

COLETTE.

Fi donc, Monfieur, j'ai vingt ans tout au plus.

LE BAILLI, *écrivant.*

Çà, vingt ans, paffe : ils font bien révolus ?

COLETTE.

L'âge, Monfieur, ne fait rien à la chofe ;
Et jeune ou non, fachez que je m'oppofe
A tout contrat qu'un Mathurin fans foi
Fera jamais avec d'autres que moi.

LE BAILLI.

Vos oppofitions feront notoires.
Çà, vous avez des raifons péremptoires ?

COLETTE.

J'ai cent raifons.

LE BAILLI.

   Dites-les.... Aurait-il....

COLETTE.

Oh ! oui, Monfieur.

LE BAILLI.

    Mais vous coupez le fil,
A tout moment, de notre procédure.

COLETTE.

Pardon, Monfieur.

LE BAILLI.

   Vous a-t-il fait injure ?

COLETTE.

Oh tant ! j'aurais plus d'un mari fans lui ;
Et me voilà pauvre fille aujourd'hui.

LE BAILLI.

Il vous a fait fans doute des promeffes ?

COLETTE.

Mille pour une, et pleines de tendreffes.
Il promettait, il jurait que dans peu
Il me prendrait en légitime nœud.

I 3

LE BAILLI, *écrivant.*

En légitime nœud.... quelle malice !
Çà, produifez fes lettres en juftice.

COLETTE.

Je n'en ai point ; jamais il n'écrivait,
Et je croyais tout ce qu'il me difait.
Quand tous les jours on parle tête à tête
A fon amant, d'une manière honnête,
Pourquoi s'écrire ? à quoi bon ?

LE BAILLI.

Mais du moins,
Au lieu d'écrits , vous avez des témoins ?

COLETTE.

Moi ? point du tout : mon témoin c'eft moi-même.
Eft-ce qu'on prend des témoins quand on s'aime ?
Et puis, Monfieur, pouvais-je deviner
Que Mathurin osât m'abandonner ?
Il me parlait d'amitié, de conftance ;
Je l'écoutais, et c'était en préfence
De mes moutons, dans fon pré, dans le mien ;
Ils ont tout vu, mais ils ne difent rien.

LE BAILLI.

Non plus qu'eux tous je n'ai donc rien à dire.
Votre complainte en droit ne peut fuffire.
On ne produit ni témoins ni billets,
On ne vous a rien fait, rien écrit....

COLETTE.

Mais,
Un Mathurin aura donc l'infolence
Impunément d'abufer l'innocence ?

LE BAILLI.

En abufer! mais vraiment, c'eft un cas
Epouvantable, et vous n'en parliez pas!
Inftrumentons.... Laquelle nous remontre
Que Mathurin, en plus d'une rencontre,
Se prévalant de fa fimplicité,
A méchamment contre icelle attenté;
Laquelle infifte, et répète dommages,
Frais, intérêts, pour raifon des outrages
Contre les lois faits par le fuborneur,
Dit Mathurin, à fon préfent honneur.

COLETTE.

Rayez cela; je ne veux pas qu'on dife
Dans le pays une telle fottife.
Mon honneur eft très-intact; et pour peu
Qu'on l'eût bleffé, l'on aurait vu beau jeu.

LE BAILLI.

Que prétendez-vous donc?

COLETTE.

Etre vengée.

LE BAILLI.

Pour fe venger il faut être outragée,
Et par écrit coucher en mots exprès
Quels attentats encontre vous font faits;
Articuler les lieux, les circonftances,
Quis, *quid*, *ubi*, les excès, infolences,
Enormités, fur quoi l'on jugera.

COLETTE.

Ecrivez donc tout ce qu'il vous plaira.

LE BAILLI.

Ce n'eft pas tout: il faut favoir la fuite
Que ces excès pourraient avoir produite.

I 4

COLETTE.

Comment, produite? Eh rien ne produit rien.
Traître Bailli, qu'entendez-vous?

LE BAILLI.

Fort bien.

Laquelle fille a dans ses procédures
Perdu le sens, et nous dit des injures;
Et n'apportant nulle preuve du fait,
L'empêchement est nul, de nul effet.

(*il se lève.*)

Depuis une heure en vain je vous écoute:
Vous n'avez rien prouvé, je vous déboute.

COLETTE.

Me débouter, moi?

LE BAILLI.

Vous.

COLETTE.

Maudit Baillif!

Je suis déboutée?

LE BAILLI.

Oui, quand le plaintif
Ne peut donner des raisons qui convainquent,
On le déboute, et les adverses vainquent.
Sur Mathurin n'ayant point action,
Nous procédons à la conclusion.

COLETTE.

Non, non, Bailli, vous aurez beau conclure,
Instrumenter et signer, je vous jure
Qu'il n'aura point son Acante.

LE BAILLI.

Il l'aura,
De Monseigneur le droit se maintiendra.

Je fuis Baillif, et j'ai les droits du maître:
C'eft devant moi qu'il faudra comparaître.
Confolez-vous, fachez que vous aurez
A faire à moi quand vous vous marîrez.

COLETTE.

J'aimerais mieux le refte de ma vie
Demeurer fille.

LE BAILLI.

Oh je vous en défie.

SCENE II.

COLETTE *feule*.

AH! comment faire? où reprendre mon bien?
J'ai protefté; cela ne fert de rien.
On va figner. Que je fuis tourmentée!

SCENE III.

COLETTE, ACANTE.

COLETTE.

A Mon fecours! me voilà déboutée.

ACANTE.

Déboutée!

COLETTE.

Oui, l'ingrat vous eft promis.
On me déboute.

ACANTE.

Hélas! je fuis bien pis.

De mes chagrins mon ame eſt oppreſſée;
Ma chaîne eſt prête, et je ſuis fiancée,
Ou je vais l'être au moins dans un moment.

C O L E T T E.

Ne hais-tu pas mon lâche?

A C A N T E.

Honnêtement.

Entre nous deux, juges-tu ſur ma mine
Qu'il ſoit bien doux d'être ici Mathurine?

C O L E T T E.

Non pas pour toi; tu portes dans ton air
Je ne ſais quoi de brillant et de fier;
A Mathurin cela ne convient guère,
Et ce maraud était mieux mon affaire.

A C A N T E.

J'ai par malheur de trop hauts ſentimens.
Dis-moi, Colette, as-tu lu des romans?

C O L E T T E.

Moi? non, jamais.

A C A N T E.

Le bailli Métaproſe

M'en a prêté.... Mon Dieu, la belle choſe!

C O L E T T E.

En quoi ſi belle?

A C A N T E.

On y voit des amans,

Si courageux, ſi tendres, ſi galans!

C O L E T T E.

Oh Mathurin n'eſt pas comme eux.

A C A N T E.

Colette,

Que les romans rendent l'ame inquiéte!

C O L E T T E.

Et d'où vient donc ?

A C A N T E.

Ils forment trop l'efprit.
En les lifant le mien bientôt s'ouvrit.
A réfléchir que de nuits j'ai paffées !
Que les romans font naître de penfées !
Que les héros de ces livres charmans
Reffemblent peu, Colette, aux autres gens !
Cette lumière était pour moi féconde ;
Je me voyais dans un tout autre monde ;
J'étais au ciel.... Ah ! qu'il m'était bien dur
De retomber dans mon état obfcur !
Le cœur tout plein de ce grand étalage,
De me trouver au fond de mon village !
Et de defcendre, après ce vol divin,
Des Amadis à maître Mathurin !

C O L E T T E.

Votre propos me ravit ; et je jure
Que j'ai déjà du goût pour la lecture.

A C A N T E.

T'en fouvient-il, autant qu'il m'en fouvient,
Que ce marquis, ce beau feigneur qui tient
Dans le pays le rang, l'état d'un prince,
De fa préfence honora la province ?
Il s'eft paffé jufte un an et deux mois
Depuis qu'il vint pour cette feule fois.
T'en fouvient-il ? nous le vîmes à table ;
Il m'accueillit ; ah, qu'il était affable !
Tous fes difcours étaient des mots choifis,
Que l'on n'entend jamais dans ce pays.

C'était, Colette, une langue nouvelle,
Supérieure, et pourtant naturelle;
J'aurais voulu l'entendre tout le jour.

COLETTE.

Tu l'entendras sans doute à son retour.

ACANTE.

Ce jour, Colette, occupe ta mémoire,
Où Monseigneur, tout rayonnant de gloire,
Dans nos forêts suivi d'un peuple entier,
Le fer en main courait le sanglier?

COLETTE.

Oui, quelque idée et confuse et légère
Peut m'en rester.

ACANTE.

   Je l'ai distincte et claire.
Je crois le voir avec cet air si grand,
Sur ce cheval superbe et bondissant;
Près d'un gros chêne il perce de sa lance
Le sanglier qui contre lui s'élance.
Dans ce moment j'entendis mille voix,
Que répétaient les échos de nos bois;
Et de bon cœur (il faut que j'en convienne)
J'aurais voulu qu'il démêlât la mienne.
De son départ je fus encor témoin;
On l'entourait, je n'étais pas bien loin.
Il me parla.... Depuis ce jour, ma chère,
Tous les romans ont le don de me plaire.
Quand je les lis, je n'ai jamais d'ennui;
Il me paraît qu'ils me parlent de lui.

COLETTE.

Ah qu'un roman est beau!

ACANTE.

C'eſt la peinture
Du cœur humain, je crois, d'après nature.

COLETTE.

D'après nature!... Entre nous deux, ton cœur
N'aime-t-il pas en ſecret Monſeigneur?

ACANTE.

Oh non, je n'oſe ; et je ſens la diſtance
Qu'entre nous deux mit ſon rang, ſa naiſſance.
Crois-tu qu'on ait des ſentimens ſi doux
Pour ceux qui ſont trop au-deſſus de nous?
A cette erreur trop de raiſon s'oppoſe.
Non, je ne l'aime point.... mais il eſt cauſe
Que l'ayant vu, je ne puis à préſent
En aimer d'autre.... et c'eſt un grand tourment.

COLETTE.

Mais de tous ceux qui le ſuivaient, ma bonne,
Aucun n'a-t-il cajolé ta perſonne?
J'avoûrai, moi, que l'on m'en a conté.

ACANTE.

Un étourdi prit quelque liberté ;
Il s'appelait le chevalier Gernance;
Son fier maintien, ſes airs, ſon inſolence,
Me révoltaient, loin de m'en impoſer.
Il fut ſurpris de ſe voir mépriſer ;
Et réprimant ſa pourſuite hardie,
Je lui fis voir combien la modeſtie
Etait plus fière, et pouvait d'un coup d'œil
Faire trembler l'impudence et l'orgueil.
Ce Chevalier ſerait aſſez paſſable,
Et d'autres mœurs l'auraient pu rendre aimable.

Ah! la douceur eſt l'appât qui nous prend,
Que Monſeigneur, ô Ciel, eſt différent!

COLETTE.

Ce Chevalier n'était donc guère ſage?
Çà, qui des deux te déplaît davantage,
De Mathurin ou de cet effronté?

ACANTE.

Oh Mathurin!... c'eſt ſans difficulté.

COLETTE.

Mais Monſeigneur eſt bon : il eſt le maître;
Pourrait-il pas te dépêtrer du traître?
Tu me parais ſi belle.

ACANTE.

Hélas!

COLETTE.

Je croi
Que tu pourras mieux réuſſir que moi.

ACANTE.

Eſt-il bien vrai qu'il arrive?

COLETTE.

Sans doute,
Car on le dit.

ACANTE.

Penſes-tu qu'il m'écoute?

COLETTE.

J'en ſuis certaine, et je retiens ma part
De ſes bontés.

ACANTE.

Nous le verrons trop tard;
Il n'arrivera point; on me fiance,
Tout eſt conclu, je ſuis ſans eſpérance.

Berthe eſt terrible en ſa mauvaiſe humeur ;
Mathurin preſſe, et je meurs de douleur.

COLETTE.

Eh moque-toi de Berthe.

ACANTE.

Hélas ! Dormène,
Si je lui parle, entrera dans ma peine.
Je veux prier Dormène de m'aider
De ſon appui, qu'elle daigne accorder
Aux malheureux : cette dame eſt ſi bonne !
Laure, ſurtout, cette vieille perſonne,
Qui m'a toujours montré tant d'amitié,
De moi, ſans doute, aura quelque pitié,
Car ſais-tu bien que cette dame Laure
Très-tendrement de ſes bontés m'honore ?
Entre ſes bras elle me tient ſouvent,
Elle m'inſtruit, et pleure en m'inſtruiſant.

COLETTE.

Pourquoi pleurer ?

ACANTE.

Mais de ma deſtinée.
Elle voit bien que je ne ſuis pas née
Pour Mathurin.... crois-moi, Colette, allons
Lui demander des conſeils, des leçons....
Veux-tu me ſuivre ?

COLETTE.

Ah oui, ma chère Acante,
Enfuyons-nous, la choſe eſt très-prudente.
Viens, je connais des chemins détournés
Tout près d'ici. (a)

SCENE IV.

ACANTE, COLETTE, BERTHE, DIGNANT, MATHURIN.

BERTHE, *arrêtant Acante.*

QUEL chemin vous prenez!
Etes-vous folle? et quand on doit se rendre
A son devoir, faut-il se faire attendre?
Quelle indolence! et quel air de froideur!
Vous me glacez; votre mauvaise humeur
Jusqu'à la fin vous sera reprochée.
On vous marie, et vous êtes fâchée!
Hom, l'idiote! Allons, çà, Mathurin,
Soyez le maître, et donnez-lui la main.

MATHURIN *approche sa main, et veut l'embrasser.*
Ah! palsamdié....

BERTHE.

Voyez la malhonnête!
Elle rechigne et détourne la tête!

ACANTE.

Pardon, mon père, hélas! vous excusez
Mon embarras, vous le favorisez,
Et vous sentez quelle douleur amère
Je dois souffrir en quittant un tel père.

BERTHE.

Et rien pour moi?

MATHURIN.

MATHURIN.

Ni rien pour moi non plus ?

COLETTE.

Non, rien, méchant, tu n'auras qu'un refus.

MATHURIN.

On me fiance.

COLETTE.

Et va, va, fiançailles
Affez fouvent ne font pas époufailles.
Laiffe-moi faire.

DIGNANT.

Eh ! qu'eft-ce que j'entends ?
C'eft un courrier : c'eft, je penfe, un des gens
De Monfeigneur ; oui, c'eft le vieux Champagne.

SCENE V.

Les Acteurs précédens, CHAMPAGNE.

CHAMPAGNE.

Oui, nous avons terminé la campagne ;
Nous avons fauvé Metz, mon maître et moi ;
Et nous aurons la paix. Vive le roi !
Vive mon maître !... il a bien du courage ;
Mais il eft trop férieux pour fon âge :
J'en fuis fâché. Je fuis bien aife auffi,
Mon vieux Dignant, de te trouver ici :
Tu me parais en grande compagnie.

DIGNANT.

Oui.... Vous ferez de la cérémonie.

Théâtre. Tome VIII.   K

Nous marions Acante.

CHAMPAGNE.

Bon, tant mieux!

Nous danferons, nous ferons tous joyeux.
Ta fille eft belle.... Ha, ha, c'eft toi, Colette;
Ma chère enfant, ta fortune eft donc faite?
Mathurin eft ton mari?

COLETTE.

Mon Dieu, non.

CHAMPAGNE.

Il fait fort mal.

COLETTE.

Le traître, le fripon
Croit dans l'inftant prendre Acante pour femme.

CHAMPAGNE.

Il fait fort bien; je réponds fur mon amê
Que cet hymen à mon maître agréra,
Et que la noce à fes frais fe fera.

ACANTE.

Comment! il vient?

CHAMPAGNE.

Peut-être ce foir même.

DIGNANT.

Quoi! ce feigneur, ce bon maître que j'aime,
Je puis le voir encore avant ma mort?
S'il eft ainfi, je bénirai mon fort.

ACANTE.

Puifqu'il revient, permettez, mon cher père,
De vous prier (devant ma belle-mère)
De vouloir bien ne rien précipiter
Sans fon aveu, fans l'ofer confulter.

C'eſt un devoir dont il faut qu'on s'acquitte ;
C'eſt un reſpect, ſans doute, qu'il mérite.

MATHURIN.

Foin du reſpect.

DIGNANT.

Votre avis eſt ſenſé ;
Et comme vous en ſecret j'ai penſé.

MATHURIN.

Et moi, l'ami, je penſe le contraire.

COLETTE à *Acante.*

Bon, tenez ferme.

MATHURIN.

Eſt un ſot qui diffère.
Je ne veux point ſoumettre mon honneur,
Si je le puis, à ce droit du ſeigneur.

BERTHE.

Eh pourquoi tant s'effaroucher ? la choſe
Eſt bonne au fond, quoique le monde en cauſe,
Et notre honneur ne peut s'en tourmenter.
J'en fis l'épreuve ; et je puis proteſter
Qu'à mon devoir quand je me fus rendue,
On s'en alla dès l'inſtant qu'on m'eut vue.

COLETTE.

Je le crois bien.

BERTHE.

Cependant la raiſon
Doit conſeiller de fuir l'occaſion.
Hâtons la noce, et n'attendons perſonne.
Préparez tout, mon mari, je l'ordonne.

K 2

MATHURIN.
(à Colette en s'en allant.)
C'eſt très-bien dit. Eh bien, l'aurai-je enfin ?

COLETTE.
Non, tu ne l'auras pas, non, Mathurin.
(ils ſortent.)

CHAMPAGNE.
Oh, oh, nos gens viennent en diligence.
Eh quoi, déjà le chevalier Gernance ?

SCENE VI.

LE CHEVALIER, CHAMPAGNE.

CHAMPAGNE.

Vous êtes fin, monſieur le Chevalier,
Très-à-propos vous venez le premier.
Dans tous vos faits votre beau talent brille.
Vous vous doutez qu'on marie une fille ;
Acante eſt belle, au moins.

LE CHEVALIER.

Eh oui vraiment,
Je la connais ; j'apprends en arrivant
Que Mathurin ſe donne l'inſolence
De s'appliquer ce bijou d'importance ;
Mon bon deſtin nous a fait accourir
Pour y mettre ordre : il ne faut pas ſouffrir
Qu'un riche ruſtre ait les tendres prémices
D'une beauté qui ferait les délices
Des plus hupés et des plus délicats.
Pour le marquis, il ne ſe hâte pas ;

C'eſt, je l'avoue, un grave perſonnage,
Preſſé de rien, bien compaſſé, bien ſage,
Et voyageant comme un ambaſſadeur.
Parbleu, jouons un tour à ſa lenteur :
Tiens, il me vient une bonne penſée ;
C'eſt d'enlever *preſto* la fiancée,
De la conduire en quelque vieux château,
Quelque maſure.

CHAMPAGNE.

Oui : le projet eſt beau.

LE CHEVALIER.

Un vieux château, vers la forêt prochaine,
Tout délabré, que poſsède Dormène
Avec ſa vieille....

CHAMPAGNE.

Oui, c'eſt Laure, je crois.

LE CHEVALIER.

Oui.

CHAMPAGNE.

Cette vieille était jeune autrefois ;
Je m'en ſouviens, votre étourdi de père
Eut avec elle une certaine affaire
Où chacun d'eux fit un mauvais marché.
Ma foi, c'était un maître débauché,
Tout comme vous, buvant, aimant les belles,
Les enlevant, et puis ſe moquant d'elles.
Il mangea tout, et ne vous laiſſa rien.

LE CHEVALIER.

J'ai le marquis, et c'eſt avoir du bien.
Sans nul ſouci je vis de ſes largeſſes.
Je n'aime point l'embarras des richeſſes :

K 3

Eſt riche aſſez qui ſait toujours jouir.
Le premier bien, crois-moi, c'eſt le plaiſir.

CHAMPAGNE.

Et que ne prenez-vous cette Dormène?
Bien plus qu'Acante elle en vaudrait la peine;
Elle eſt très-fraiche, elle eſt de qualité;
Cela convient à votre dignité.
Laiſſez pour nous les filles du village.

LE CHEVALIER.

Vraiment Dormène eſt un très-doux partage;
C'eſt très-bien dit. Je crois que j'eus un jour,
S'il m'en ſouvient, pour elle un peu d'amour.
Mais, entre nous, elle ſent trop ſa Dame.
On ne pourrait en faire que ſa femme.
Elle eſt bien pauvre, et je le ſuis auſſi;
Et pour l'hymen j'ai fort peu de ſouci.
Mon cher Champagne, il me faut une Acante;
Cette conquête eſt beaucoup plus plaiſante:
Oui, cette Acante aujourd'hui m'a piqué.
Je me ſentis l'an paſſé provoqué
Par ſes refus, par ſa petite mine.
J'aime à dompter cette pudeur mutine.
J'ai deux coquins, qui font trois avec toi,
Déterminés, alertes comme moi;
Nous tiendrons prêt à cent pas un carroſſe,
Et nous fondrons tous quatre ſur la noce.
Cela ſera plaiſant; j'en ris déjà.

CHAMPAGNE.

Mais croyez-vous que Monſeigneur rira?

LE CHEVALIER.

Il faudra bien qu'il rie, et que Dormène
En rie encor, quoique prude et hautaine;

Et je prétends que Laure en rie auffi.
Je viens de voir à cinq cents pas d'ici
Dormène et Laure en très-mince équipage,
Qui s'en allaient vers le prochain village,
Chez quelque vieille : il faut prendre ce temps.

CHAMPAGNE.

C'eft bien penfé ; mais vos déportemens
Sont dangereux, je crois, pour ma perfonne.

LE CHEVALIER.

Bon ! l'on fe fâche, on s'apaife, on pardonne.
Tous les gens gais ont le don merveilleux
De mettre en train tous les gens férieux.

CHAMPAGNE.

Fort bien.

LE CHEVALIER.

L'efprit le plus atrabilaire
Eft fubjugué, quand on cherche à lui plaire.
On s'épouvante, on crie, on fuit d'abord,
Et puis l'on foupe, et puis l'on eft d'accord.

CHAMPAGNE.

On ne peut mieux : mais votre belle Acante
Eft bien revêche.

LE CHEVALIER.

Et c'eft ce qui m'enchante.
La réfiftance eft un charme de plus ;
Et j'aime affez une heure de refus.
Comment fouffrir la ftupide innocence
D'un fot tendron fefant la révérence,
Baiffant les yeux, muette à mon afpect,
Et recevant mes faveurs par refpect ?
Mon cher Champagne, à mon dernier voyage,
D'Acante ici j'éprouvai le courage.

K 4

Va, fous mes lois je la ferai plier.
Rentre pour moi dans ton premier métier,
Sois mon trompette, et fonne les alarmes.
Point de quartier, marchons, alerte, aux armes,
Vîte.

CHAMPAGNE.

Je crois que nous fommes trahis;
C'eft du fecours qui vient aux ennemis;
J'entends grand bruit, c'eft Monfeigneur.

LE CHEVALIER.

N'importe:
Sois prêt ce foir à me fervir d'efcorte.

Fin du fecond acte.

ACTE III.

SCENE PREMIERE.

LE MARQUIS, le chevalier GERNANCE.

LE MARQUIS.

CHER Chevalier, que mon cœur eſt en paix!
Que mes regards ſont ici ſatisfaits!
Que ce château qu'ont habité nos pères,
Que ces forêts, ces plaines me ſont chères!
Que je voudrais oublier pour toujours
L'illuſion, les manéges des cours!
Tous ces grands riens, ces pompeuſes chimères,
Ces vanités, ces ombres paſſagères,
Au fond du cœur laiſſent un vide affreux.
C'eſt avec nous que nous ſommes heureux.
Dans ce grand monde où chacun veut paraître,
On eſt eſclave, et chez moi je ſuis maître.
Que je voudrais que vous euſſiez mon goût!

LE CHEVALIER.

Eh oui, l'on peut ſe réjouir par-tout,
En garniſon, à la cour, à la guerre,
Long-temps en ville, et huit jours dans ſa terre.

LE MARQUIS.

Que vous et moi nous ſommes différens!

LE CHEVALIER.

Nous changerons peut-être avec le temps.

En attendant vous favez qu'on apprête
Pour ce jour même une très-belle fête?
C'eft une noce.

LE MARQUIS.

Oui, Mathurin vraiment
Fait un beau choix, et mon contentement
Eft tout acquis à ce doux mariage.
L'époux eft riche, et fa maîtreffe eft fage;
C'eft un bonheur bien digne de mes vœux,
En arrivant de faire deux heureux.

LE CHEVALIER.

Acante encore en peut faire un troifième.

LE MARQUIS.

Je vous reconnais là, toujours vous-même.
Mon cher parent, vous m'avez fait cent fois
Trembler pour vous par vos galans exploits.
Tout peut paffer dans des villes de guerre;
Mais nous devons l'exemple dans ma terre.

LE CHEVALIER.

L'exemple du plaifir apparemment?

LE MARQUIS.

Au moins, mon cher, que ce foit prudemment;
Daignez en croire un parent qui vous aime.
Si vous n'avez du refpect pour vous-même,
Quelque grand nom que vous puiffiez porter,
Vous ne pourrez vous faire refpecter.
Je ne fuis pas difficile et févère,
Mais, entre nous, fongez que votre père,
Pour avoir pris le train que vous prenez,
Se vit au rang des plus infortunés,
Perdit fes biens, languit dans la mifère,
Fit de douleur expirer votre mère,

Et près d'ici mourut affaffiné.
J'étais enfant : fon fort infortuné
Fut à mon cœur une leçon terrible
Qui fe grava dans mon ame fenfible.
Utilement témoin de fes malheurs,
Je m'inftruifais en répandant des pleurs.,
Si comme moi cette fin déplorable
Vous eût frappé, vous feriez raifonnable.

LE CHEVALIER.

Oui, je veux l'être un jour, c'eft mon deffein ;
J'y penfe quelquefois, mais c'eft en vain ;
Mon feu m'emporte.

LE MARQUIS.

Eh bien, je vous préfage
Que vous ferez las du libertinage.

LE CHEVALIER.

Je le voudrais, mais on fait comme on peut :
Ma foi, n'eft pas raifonnable qui veut.

LE MARQUIS.

Vous vous trompez. De fon cœur on eft maître ;
J'en fis l'épreuve : eft fage qui veut l'être ;
Et croyez-moi, cette Acante, entre nous,
Eut des attraits pour moi comme pour vous :
Mais ma raifon ne pouvait me permettre
Un fol amour qui m'allait compromettre.
Je rejetai ce défir paffager,
Dont la pourfuite aurait pu m'affliger,
Dont le fuccès eût perdu cette fille,
Eût fait fa honte aux yeux de fa famille,
Et l'eût privée à jamais d'un époux.

LE CHEVALIER.

Je ne fuis pas fi timide que vous.

La même pâte, il faut que j'en convienne,
N'a point formé votre branche et la mienne.
Quoi, vous penfez être dans tous les temps
Maître abfolu de vos yeux, de vos fens!

LE MARQUIS.

Et pourquoi non?

LE CHEVALIER.

Très-fort je vous refpecte;
Mais la fageffe eft tant foit peu fufpecte.
Les plus prudens fe laiffent captiver,
Et le vrai fage eft encore à trouver.
Craignez furtout le titre ridicule
De philofophe.

LE MARQUIS.

O l'étrange fcrupule!
Ce noble nom, ce nom tant combattu,
Que veut-il dire? amour de la vertu.
Le fat en raille avec étourderie,
Le fot le craint, le fripon le décrie;
L'homme de bien dédaigne les propos
Des étourdis, des fripons et des fots;
Et ce n'eft pas fur les difcours du monde
Que le bonheur et la vertu fe fonde.
Ecoutez-moi. Je fuis las aujourd'hui
Du train des cours, où l'on vit pour autrui;
Et j'ai penfé, pour vivre à la campagne,
Pour être heureux, qu'il faut une compagne.
J'ai le projet de m'établir ici,
Et je voudrais vous marier auffi.

LE CHEVALIER.

Très-humble ferviteur.

LE MARQUIS.

Ma fantaisie
N'est pas de prendre une jeune étourdie.

LE CHEVALIER.

L'étourderie a du bon.

LE MARQUIS.

Je voudrais
Un esprit doux, plus que de doux attraits.

LE CHEVALIER.

J'aimerais mieux le dernier.

LE MARQUIS.

La jeunesse,
Les agrémens n'ont rien qui m'intéresse.

LE CHEVALIER.

Tant pis.

LE MARQUIS.

Je veux affermir ma maison
Par un hymen qui soit tout de raison.

LE CHEVALIER.

Oui, tout d'ennui.

LE MARQUIS.

J'ai pensé que Dormène
Serait très-propre à former cette chaîne.

LE CHEVALIER.

Notre Dormène est bien pauvre.

LE MARQUIS.

Tant mieux.
C'est un bonheur si pur, si précieux,
De relever l'indigente noblesse,
De préférer l'honneur à la richesse !
C'est l'honneur seul qui chez nous doit former
Tout notre sang : lui seul doit animer

Ce fang reçu de nos braves ancêtres,
Qui dans les camps doit couler pour fes maîtres.

LE CHEVALIER.

Je penfe ainfi : les Français libertins
Sont gens d'honneur. Mais dans vos beaux deffeins,
Vous avez donc, malgré votre réferve,
Un peu d'amour?

LE MARQUIS.

Qui, moi? Dieu m'en préferve!
Il faut favoir être maître chez foi;
Et fi j'aimais, je recevrais la loi.
Se marier par amour, c'eft folie.

LE CHEVALIER.

Ma foi, Marquis, votre philofophie
Me paraît tout à rebours du bon fens.
Pour moi, je crois au pouvoir de nos fens;
Je les confulte en tout, et j'imagine
Que tous ces gens fi graves par la mine,
Pleins de morale et de réflexions,
Sont deftinés aux grandes paffions.
Les étourdis efquivent l'efclavage,
Mais un coup d'œil peut fubjuguer un fage.

LE MARQUIS.

Soit; nous verrons.

LE CHEVALIER.

Voici d'autres époux;
Voici la noce; allons, égayons-nous.
C'eft Mathurin, c'eft la gentille Acante,
C'eft le vieux père, et la mère, et la tante,
C'eft le Bailli, Colette et tout le bourg.

SCENE II.

LE MARQUIS, LE CHEVALIER, LE BAILLI
à la tête des habitans.

LE MARQUIS.

J'EN fuis touché. Bonjour, enfans, bonjour.

LE BAILLI.

Nous venons tous avec conjouiffance,
Nous préfenter devant votre excellence,
Comme les Grecs jadis devant Cyrus....
Comme les Grecs.

LE MARQUIS.

Les Grecs font fuperflus.

Je fuis picard; je revois avec joie
Tous mes vaffaux.

LE BAILLI.

Les Grecs de qui la proie....

LE CHEVALIER.

Ah finiffez!... Notre gros Mathurin,
La belle Acante eft votre proie enfin?

MATHURIN.

Oui-dà, Monfieur, la fiançaille eft faite,
Et nous prions que Monfeigneur permette
Qu'on nous finiffe.

COLETTE.

Oh tu ne l'auras pas;

Je te le dis, tu me demeureras.
Oui, Monfeigneur, vous me rendrez juftice;
Vous ne fouffrirez pas qu'il me trahiffe;
Il m'a promis....

MATHURIN.

Bon, j'ai promis en l'air.

LE MARQUIS.

Il faut, Bailli, tirer la chofe au clair.
A-t-il promis?

LE BAILLI.

La chofe eft conftatée.
Colette eft folle, et je l'ai déboutée.

COLETTE.

Ça n'y fait rien, et Monfeigneur faura
Qu'on force Acante à ce beau marché-là,
Qu'on la maltraite, et qu'on la violente
Pour époufer.

LE MARQUIS.

Eft-il vrai, belle Acante?

ACANTE.

Je dois d'un père avec raifon chéri
Suivre les lois; il me donne un mari.

MATHURIN.

Vous voyez bien qu'en effet elle m'aime.

LE MARQUIS.

Sa réponfe eft d'une prudence extrême;
Eh bien, chez moi la noce fe fera.

LE CHEVALIER.

Bon, bon, tant mieux.

LE MARQUIS à *Acante.*

Votre père verra
Que j'aime en lui la probité, le zèle
Et les travaux d'un ferviteur fidelle.
Votre fageffe à mes yeux fatisfaits
Augmente encor le prix de vos attraits.

Comptez

Comptez, amis, qu'en faveur de la fille
Je prendrai foin de toute la famille.

COLETTE.

Et de moi donc?

LE MARQUIS.

De vous, Colette, auffi.
Cher Chevalier, retirons-nous d'ici;
Ne troublons point leur naïve allégreffe.

LE BAILLI.

Et votre droit, Monfeigneur, le temps preffe.

MATHURIN.

Quel chien de droit! Ah! me voilà perdu.

COLETTE.

Va, tu verras.

BERTHE.

Mathurin, que crains-tu?

LE MARQUIS.

Vous aurez foin, Baillif, en homme fage,
D'arranger tout fuivant l'antique ufage;
D'un fi beau droit je veux m'autorifer
Avec décence, et n'en point abufer.

LE CHEVALIER.

Ah quel Caton! mais mon Caton, je penfe,
La fuit des yeux, et non fans complaifance.
Mon cher coufin....

LE MARQUIS.

Eh bien?

LE CHEVALIER.

Gageons tous deux
Que vous allez devenir amoureux.

Théâtre. Tome VIII.   L

LE MARQUIS.

Moi ! mon cousin.

LE CHEVALIER.

Oui, vous.

LE MARQUIS.

L'extravagance !

LE CHEVALIER.

Vous le ferez, j'en ris déjà d'avance.
Gageons, vous dis-je, une discrétion.

LE MARQUIS.

Soit.

LE CHEVALIER.

Vous perdrez.

LE MARQUIS.

Soyez bien sûr que non.

SCENE III.

LE BAILLI, les autres Acteurs.

MATHURIN.

Que disent-ils ?

LE BAILLI.

Ils disent que sur l'heure
Chacun s'en aille et qu'Acante demeure.

MATHURIN.

Moi, que je sorte !

LE BAILLI.
Oui sans doute.

COLETTE.

Oui, fripon.

Oh ! nous aimons la loi, nous.

MATHURIN *au Bailli.*

' Mais doit-on....

BERTHE.

Eh quoi, benêt, te voilà bien à plaindre !

DIGNANT.

Allez, d'Acante on n'aura rien à craindre.
Trop de vertu règne au fond de son cœur ;
Et notre maître est tout rempli d'honneur.

(*à Acante.*)

Quand près de vous il daignera se rendre,
Quand sans témoin il pourra vous entendre,
Remettez-lui ce paquet cacheté :

(*lui donnant des papiers cachetés.*)

C'est un devoir de votre piété ;
N'y manquez pas.... O fille toujours chère !...
Embrassez-moi.

ACANTE.

Tous vos ordres, mon père,
Seront suivis ; ils sont pour moi sacrés :
Je vous dois tout.... D'où vient que vous pleurez ?

DIGNANT.

Ah ! je le dois.... de vous je me sépare ;
C'est pour jamais : mais si le ciel avare,
Qui m'a toujours refusé ses bienfaits,
Pouvait sur vous les verser désormais ;
Si votre sort est digne de vos charmes,
Ma chère enfant, je dois sécher mes larmes.

L 2

BERTHE.

Marchons, marchons ; tous ces beaux complimens
Sont pauvretés qui font perdre du temps.
Venez, Colette.

COLETTE à *Acante.*

Adieu, ma chère amie.
Je recommande à votre prud'hommie
Mon Mathurin ; vengez-moi des ingrats.

ACANTE.

Le cœur me bat.... que deviendrai-je, hélas !

SCENE VI.

LE BAILLI, MATHURIN, ACANTE.

MATHURIN.

Je n'aime point cette cérémonie,
Maître Bailli, c'est une tyrannie.

LE BAILLI.

C'est la condition, *fine qua non.*

MATHURIN.

Sine qua non; quel diable de jargon !
Morbleu, ma femme est à moi.

LE BAILLI.

Pas encore :
Il faut premier que Monseigneur l'honore
D'un entretien, selon les nobles us,
En ce châtel de tous les temps reçus.

MATHURIN.

Ces maudits us, quels font-ils?

LE BAILLI.

L'époufée
Sur une chaife eft fagement placée;
Puis Monfeigneur dans un fauteuil à bras
Vient vis-à-vis fe camper à fix pas.

MATHURIN.

Quoi, pas plus loin?

LE BAILLI.

C'eft la règle.

MATHURIN.

Allons, paffe.

Et puis après?

LE BAILLI.

Monfeigneur avec grâce
Fait un préfent de bijoux, de rubans,
Comme il lui plaît.

MATHURIN.

Paffe pour des préfens.

LE BAILLI.

Puis il lui parle; il vous la confidère;
Il examine à fond fon caractère;
Puis il l'exhorte à la vertu.

MATHURIN.

Fort bien;
Et quand finit, s'il vous plaît, l'entretien?

LE BAILLI.

Expreffément la loi veut qu'on demeure
Pour l'exhorter l'efpace d'un quart d'heure.

L 3

MATHURIN.

Un quart d'heure eſt beaucoup. Et le mari
Peut-il au moins ſe tenir près d'ici
Pour écouter ſa femme?

LE BAILLI.

La loi porte
Que s'il oſait ſe tenir à la porte,
Se préſenter avant le temps marqué,
Faire du bruit, ſe tenir pour choqué,
S'émanciper à ſottiſes pareilles,
On fait couper ſur le champ ſes oreilles.

MATHURIN.

La belle loi! les beaux droits que voilà!
Et ma moitié ne dit mot à cela?

ACANTE.

Moi j'obéis, et je n'ai rien à dire.

LE BAILLI.

Déniche; il faut qu'un mari ſe retire:
Point de raiſons.

MATHURIN, ſortant.

Ma femme heureuſement
N'a point d'eſprit, et ſon air innocent,
Sa converſation ne plaira guère.

LE BAILLI.

Veux-tu partir?

MATHURIN.

Adieu donc, ma très-chère;
Songe ſurtout au pauvre Mathurin,
Ton fiancé.

(il ſort.)

ACANTE.

J'y ſonge avec chagrin.

Quelle fera cette étrange entrevue?
La peur me prend ; je fuis tout éperdue.

LE BAILLI.

Affeyez-vous ; attendez en ce lieu
Un maître aimable et vertueux. Adieu.

SCENE V.

ACANTE *feule*.

Il eft aimable.... ah ! je le fais fans doute.
Pourrai-je hélas ! mériter qu'il m'écoute ?
Entrera-t-il dans mes vrais intérêts,
Dans mes chagrins et dans mes torts fecrets ?
Il me croira du moins fort imprudente
De refufer le fort qu'on me préfente,
Un mari riche, un état affuré.
Je le prévois, je ne remporterai
Que des refus avec bien peu d'eftime ;
Je vais déplaire à ce cœur magnanime ;
Et fi mon ame avait ofé former
Quelque fouhait, c'eft qu'il pût m'eftimer.
Mais pourra-t-il me blâmer de me rendre
Chez cette dame et fi noble et fi tendre,
Qui fuit le monde, et qu'en ce trifte jour
J'implorerai pour le fuir à mon tour ?...
Où fuis-je ?... on ouvre !... à peine j'envifage
Celui qui vient.... je ne vois qu'un nuage.

S C E N E V I.

LE MARQUIS, ACANTE.

LE MARQUIS.

Asseyez-vous. Lorſqu'ici je vous vois,
C'eſt le plus beau, le plus cher de mes droits.
J'ai commandé qu'on porte à votre père
Les faibles dons qu'il convient de vous faire ;
Ils paraîtront bien indignes de vous.

ACANTE, *s'aſſeyant.*

Trop de bontés ſe répandent ſur nous ;
J'en ſuis confuſe ; et ma reconnaiſſance
N'a pas beſoin de tant de bienfeſance ;
Mais avant tout il eſt de mon devoir
De vous prier de daigner recevoir
Ces vieux papiers que mon père préſente
Très-humblement.

LE MARQUIS, *les mettant dans ſa poche.*

Donnez-les, belle Acante ;
Je les lirai ; c'eſt ſans doute un détail
De mes forêts : ſes ſoins et ſon travail
M'ont toujours plu ; j'aurai de ſa vieilleſſe
Les plus grands ſoins ; comptez ſur ma promeſſe.
Mais eſt-il vrai qu'il vous donne un époux
Qui, vous cauſant d'invincibles dégoûts,
De votre hymen rend la chaîne odieuſe ?
J'en ſuis fâché.... Vous deviez être heureuſe.

ACANTE.

Ah! je le fuis un moment, Monfeigneur,
En vous parlant, en vous ouvrant mon cœur;
Mais tant d'audace eft-elle ici permife?

LE MARQUIS.

Ne craignez rien; parlez avec franchife;
Tous vos fecrets feront en fureté.

ACANTE.

Qui douterait de votre probité?
Pardonnez donc à ma plainte importune.
Ce mariage aurait fait ma fortune,
Je le fais bien; et j'avoûrai furtout
Que c'eft trop tard expliquer mon dégoût;
Que dans les champs élevée et nourrie,
Je ne dois point dédaigner une vie
Qui fous vos lois me retient pour jamais,
Et qui m'eft chère encor par vos bienfaits.
Mais après tout, Mathurin, le village,
Ces payfans, leurs mœurs et leur langage
Ne m'ont jamais infpiré tant d'horreur;
De mon efprit c'eft une injufte erreur;
Je la combats; mais elle a l'avantage.
En frémiffant je fais ce mariage.

LE MARQUIS, *approchant fon fauteuil.*

Mais vous n'avez pas tort.

ACANTE *à genoux.*

J'ofe à genoux
Vous demander, non pas un autre époux,
Non d'autres nœuds; tous me feraient horribles:
Mais que je pùiffe avoir des jours paifibles;
Le premier bien ferait votre bonté,
Et le fecond de tous la liberté.

LE MARQUIS, *la relevant avec empreſſement.*
Eh, relevez-vous donc.... Que tout m'étonne
Dans vos deſſeins, et dans votre perſonne,
      (*ils s'approchent.*)
Dans vos diſcours, ſi nobles, ſi touchans,
Qui ne ſont point le langage des champs :
Je l'avoûrai, vous ne paraiſſez faite
Pour Mathurin ni pour cette retraite.
D'où tenez-vous, dans ce ſéjour obſcur,
Un ton ſi noble, un langage ſi pur ?
Par-tout on a de l'eſprit ; c'eſt l'ouvrage
De la nature, et c'eſt votre partage :
Mais l'eſprit ſeul ſans éducation
N'a jamais eu ni ce tour ni ce ton,
Qui me ſurprend.... je dis plus, qui m'enchante.

           A C A N T E.
Ah ! que pour moi votre ame eſt indulgente !
Comme mon ſort, mon eſprit eſt borné.
Moins on attend, plus on eſt étonné. (*b*)

          L E M A R Q U I S.
Quoi, dans ces lieux la nature bizarre
Aura voulu mettre une fleur ſi rare,
Et le deſtin veut ailleurs l'enterrer !
Non, belle Acante, il vous faut demeurer.
      (*il s'approche.*)

           A C A N T E.
Pour épouſer Mathurin ?

         L E M A R Q U I S.
                 Sa perſonne
Mérite peu la femme qu'on lui donne :
Je l'avoûrai. ,

ACANTE.

Mon père quelquefois
Me conduifait tout auprès de vos bois,
Chez une dame aimable et retirée,
Pauvre, il eft vrai, mais noble et révérée,
Pleine d'efprit, de fentimens, d'honneur;
Elle daigne m'aimer : votre faveur,
Votre bonté peut me placer près d'elle.
Ma belle-mère eft avare et cruelle :
Elle me hait; et je hais malgré moi
Ce Mathurin qui compte fur ma foi :
Voilà mon fort, vous en êtes le maître.
Je ne ferai point heureufe peut-être;
Je fouffrirai, mais je fouffrirai moins,
En devant tout à vos généreux foins.
Protégez-moi, croyez qu'en ma retraite
Je refterai toujours votre fujette.

LE MARQUIS.

Tout me furprend. Dites-moi, s'il vous plaît,
Celle qui prend à vous tant d'intérêt,
Qui vous chérit, ayant fu vous connaître ;
Serait-ce point Dormène ?

ACANTE.
Oui.

LE MARQUIS.
Mais peut-être....

Il eft aifé d'ajufter tout cela.
Oui.... votre idée eft très-bonne.... oui, voilà
Un vrai moyen de rompre avec décence
Ce fot hymen, cette indigne alliance.
J'ai des projets.... en un mot, voulez-vous
Près de Dormène un deftin noble et doux?

ACANTE.

J'aimerais mieux la fervir, fervir Laure,
Laure fi bonne, et qu'à jamais j'honore,
Manquer de tout, goûter dans leur féjour
Le feul bonheur de vous faire ma cour,
Que d'accepter la richeffe importune
De tout mari qui ferait ma fortune.

LE MARQUIS.

Acante, allez.... vous pénétrez mon cœur;
Oui, vous pourrez, Acante, avec honneur
Vivre auprès d'elle.... et dans mon château même.

ACANTE.

Auprès de vous! ah Ciel!

LE MARQUIS *s'approche un peu.*

Elle vous aime;
Elle a raifon.... J'ai, vous dis-je, un projet;
Mais je ne fais s'il aura fon effet.
Et cependant vous voilà fiancée,
Et votre chaîne eft déjà commencée,
La noce prête et le contrat figné.
Le ciel voulut que je fuffe éloigné
Lorfqu'en ces lieux on parait la victime;
J'arrive tard, et je m'en fais un crime.

ACANTE.

Quoi! vous daignez me plaindre? ah qu'à mes yeux
Mon mariage en eft plus odieux!
Qu'il le devient chaque inftant davantage!

LE MARQUIS. (*ils s'approchent.*)

Mais après tout, puifque de l'efclavage

(*il s'approche.*)
Avec décence on pourra vous tirer....

ACANTE, *s'approchant un peu.*
Ah! le voudriez-vous?

LE MARQUIS.
J'ofe efpérer....
Que vos parens, la raifon, la loi même,
Et plus encor votre mérite extrême.....
(*il s'approche encore.*)
Oui, cet hymen eft trop mal afforti.
(*elle s'approche.*)
Mais.... le temps preffe; il faut prendre un parti.
Ecoutez-moi....
(*ils fe trouvent tout près l'un de l'autre.*)

ACANTE.
Jufte Ciel! fi j'écoute!

SCENE VII.

LE MARQUIS, ACANTE, LE BAILLI, MATHURIN.

MATHURIN, *entrant brufquement.*

JE crains, ma foi, que l'on ne me déboute.
Entrons, entrons; le quart d'heure eft fini.

ACANTE.
Eh quoi! fitôt?

LE MARQUIS, *tirant fa montre.*
Il eft vrai, mon ami.

MATHURIN.

Maître Bailli, ces fiéges font bien proches;
Eſt-ce encore un des droits?

LE BAILLI.

Point de reproches,
Mais du reſpect.

MATHURIN.

Mon Dieu! nous en aurons;
Mais aurons-nous ma femme?

LE MARQUIS.

Nous verrons.

MATHURIN.

Ce *nous verrons* eſt d'un mauvais préſage.
Qu'en dites-vous, Bailli?

LE BAILLI.

L'ami, ſois ſage.

MATHURIN.

Que je fis mal, ô Ciel! quand je naquis,
De naître hélas! le vaſſal d'un marquis! (*c*)

(*ils ſortent.*)

SCENE VIII.

LE MARQUIS *ſeul.*

Non, je ne perdrai point cette gageure....
Amoureux! moi! quel conte! ah je m'aſſure
Que ſur ſoi-même on garde un plein pouvoir;
Pour être ſage, on n'a qu'à le vouloir.
Il eſt bien vrai qu'Acante eſt aſſez belle....
Et de la grâce! ah! nul n'en a plus qu'elle....

Et de l'efprit!... quoi, dans le fond des bois!
Pour avoir vu Dormène quelquefois,
Que de progrès! qu'il faut peu de culture
Pour feconder les dons de la nature!
J'eftime Acante : oui, je dois l'eftimer ;
Mais, grâce au ciel, je fuis très-loin d'aimer :
A fuir l'amour j'ai mis toute ma gloire.

SCENE IX.

LE MARQUIS, DIGNANT, BERTHE,
MATHURIN.

BERTHE.

Ah voici bien pardienne une autre hiftoire!

LE MARQUIS.

Quoi ?

BÉRTHE.

Pour le coup c'eft le droit du Seigneur.
On nous enlève Acante.

LE MARQUIS.

Ah!

BERTHE.

Votre honneur
Sera honteux de cette vilenie ;
Et je n'aurais pas cru cette infamie
D'un grand feigneur, fi bon, fi libéral.

LE MARQUIS.

Comment? qu'eft-il arrivé?

BERTHE.

Bien du mal....

Savez-vous pas qu'à peine chez fon père
Elle arrivait pour finir notre affaire,
Quatre coquins, alertes, bien tournés,
Effrontément me l'ont prife à mon nez,
Tout en riant, et vîte l'ont conduite
Je ne fais où.

LE MARQUIS.

Qu'on aille à leur pourfuite....
Holà! quelqu'un.... ne perdez point de temps,
Allez, courez, que mes gardes, mes gens
De tous côtés marchent en diligence.
Volez, vous dis-je, et s'il faut ma préfence,
J'irai moi-même.

BERTHE *à fon mari.*

Il parle tout de bon;
Et l'on croirait, mon cher, à la façon
Dont Monfeigneur regarde cette injure,
Que c'eft à lui qu'on a pris la future.

LE MARQUIS.

Et vous fon père, et vous qui l'aimiez tant,
Vous qui perdez une fi chère enfant,
Un tel tréfor, un cœur noble, un cœur tendre,
Avez-vous pu fouffrir, fans la défendre,
Que de vos bras on osât l'arracher?
Un tel malheur femble peu vous toucher.
Que devient donc l'amitié paternelle?
Vous m'étonnez.

DIGNANT.

Mon cœur gémit fur elle :
Mais je me trompe, ou j'ai dû preffentir
Que par votre ordre on la fefait partir.

LE MARQUIS.

Par mon ordre?

DIGNANT.

Oui.

LE MARQUIS.

. Quelle injure nouvelle!
Tous ces gens-ci perdent-ils la cervelle?
Allez-vous en, laiffez-moi, fortez tous.
Ah! s'il fe peut, modérons mon courroux....
Non, vous, reftez.

MATHURIN.

Qui? moi?

LE MARQUIS *à Dignant.*

Non, vous, vous dis-je.

S C E N E X.

LE MARQUIS *fur le devant*, DIGNANT *au fond.*

LE MARQUIS.

Je vois d'où part l'attentat qui m'afflige.
Le chevalier m'avait prefque promis
De fe porter à des coups fi hardis.
Il croit au fond que cette gentilleffe
Eft pardonnable au feu de fa jeuneffe;
Il ne fait pas combien j'en fuis choqué:
A quel excès ce fou-là m'a manqué!
Jufqu'à quel point fon procédé m'offenfe!
Il déshonore, il trahit l'innocence;

Théâtre. Tome VIII.   M

Voilà le prix de mon affection
Pour un parent indigne de mon nom !
Il eſt pétri des vices de ſon père ;
Il a ſes traits, ſes mœurs, ſon caractère ;
Il périra malheureux comme lui.
Je le renonce, et je veux qu'aujourd'hui
Il ſoit puni de tant d'extravagance.

DIGNANT.

Puis-je en tremblant prendre ici la licence
De vous parler ?

LE MARQUIS.

Sans doute, tu le peux :
Parle-moi d'elle.

DIGNANT.

Au tranſport douloureux
Où votre cœur devant moi s'abandonne,
Je ne reconnais plus votre perſonne.
Vous avez lu ce qu'on vous a porté,
Ce gros paquet qu'on vous a préſenté ?

LE MARQUIS.

Eh mon ami ! ſuis-je en état de lire ?

DIGNANT.

Vous me faites frémir.

LE MARQUIS.

Que veux-tu dire ?

DIGNANT.

Quoi, ce paquet n'eſt pas encore ouvert ?

LE MARQUIS.

Non.

DIGNANT.

Juſte Ciel ! ce dernier coup me perd !

LE MARQUIS.

Comment !... j'ai cru que c'était un mémoire
De mes forêts.

DIGNANT.

Hélas ! vous deviez croire
Que cet écrit était intéressant.

LE MARQUIS.

Eh ! lifons vîte.... Une table à l'inftant ;
Approchez donc cette table.

DIGNANT.

Ah mon maître !
Qu'aura-t-on fait , et qu'allez-vous connaître ?

LE MARQUIS *assis examine le paquet.*

Mais ce paquet, qui n'eft pas à mon nom,
Eft cacheté des fceaux de ma maifon ?

DIGNANT.

Oui.

LE MARQUIS.

Lifons donc.

DIGNANT.

Cet étrange myftère
En d'autres temps aura de quoi vous plaire ;
Mais à préfent il devient bien affreux.

LE MARQUIS, *lifant.*

Je ne vois rien jufqu'ici que d'heureux....
Je vois d'abord que le ciel la fit naître
D'un fang illuftre.... et cela devait être.
Oui, plus je lis, plus je bénis les cieux....
Quoi ! Laure a mis ce dépôt précieux

M 2

Entre vos mains ! quoi ! Laure eſt donc ſa mère ?

LE MARQUIS.

DIGNANT.

Oui.

LE MARQUIS.

Mais pourquoi lui ſerviez-vous de père ?
Indignement pourquoi la marier ?

DIGNANT.

J'en avais l'ordre ; et j'ai dû vous prier
En ſa faveur.... Sa mère infortunée
A l'indigence était abandonnée.
Ne ſubſiſtant que des nobles ſecours
Que par mes mains vous verſiez tous les jours.

LE MARQUIS.

Il eſt trop vrai : je ſais bien que mon père
Fut envers elle autrefois trop ſévère....
Quel ſouvenir !... que ſouvent nous voyons
D'affreux ſecrets dans d'illuſtres maiſons !...
Je le ſavais : le père de Gernance
De Laure, hélas ! ſéduiſit l'innocence ;
Et mes parens , par un zèle inhumain,
Avaient puni cet hymen clandeſtin.
Je lis , je tremble. Ah douleur trop amère !
Mon cher ami , quoi ! Gernance eſt ſon frère !

DIGNANT.

Tout eſt connu.

LE MARQUIS.

Quoi ! c'eſt lui que je vois !...
Ah ! ce ſera pour la dernière fois....
Sachons dompter le courroux qui m'anime.
Il ſemble , ô Ciel ! qu'il connaiſſe ſon crime !

Que dans ſes yeux je lis d'égarement !
Ah ! l'on n'eſt pas coupable impunément.
Comme il rougit, comme il pâlit.... le traître !
A mes regards il tremble de paraître.
C'eſt quelque choſe.

SCENE XI.

LE MARQUIS, LE CHEVALIER.

LE CHEVALIER, *de loin, ſe cachant le viſage.*

A<small>H</small> ! Monſieur.

LE MARQUIS.

Eſt-ce vous ?

Vous, malheureux ?

LE CHEVALIER.

Je tombe à vos genoux.....

LE MARQUIS.

Qu'avez-vous fait ?

LE CHEVALIER.

Une faute, une offenſe,

Dont je reſſens l'indigne extravagance,
Qui pour jamais m'a ſervi de leçon,
Et dont je viens vous demander pardon.

LE MARQUIS.

Vous des remords ! vous ! eſt-il bien poſſible ?

LE CHEVALIER.

Rien n'eſt plus vrai.

LE MARQUIS.

Votre faute eſt horrible,

M 3

Plus que vous ne penſez : mais votre cœur
Eſt-il fenſible à mes foins, à l'honneur,
A l'amitié? Vous fentez-vous capable
D'oſer me faire un aveu véritable,
Sans rien cacher?

LE CHEVALIER.

Comptez ſur ma candeur ;
Je ſuis un libertin, mais point menteur ;
Et mon eſprit, que le trouble environne,
Eſt trop ému pour abuſer perſonne.

LE MARQUIS.

Je prétends tout ſavoir.

LE CHEVALIER.

Je vous dirai
Que de débauche et d'ardeur enivré,
Plus que d'amour, j'avais fait la folie
De dérober une fille jolie
Au poſſeſſeur de ſes jeunes appas,
(Qu'à môn avis, il ne mérite pas.)
Je l'ai conduite à la forêt prochaine,
Dans ce château de Laure et de Dormène ;
C'eſt une faute, il eſt vrai, j'en convien ;
Mais j'étais fou ; je ne penſais à rien.
Cette Dormène, et Laure ſa compagne,
Etaient encor bien loin dans la campagne,
En étourdi je n'ai point perdu temps ;
J'ai commencé par des propos galans.
Je m'attendais aux communes alarmes,
Aux cris perçans, à la colère, aux larmes ;
Mais qu'ai-je vu ! la fermeté, l'honneur,
L'air indigné, mais calme avec grandeur.

Tout ce qui fait refpecter l'innocence
S'armait pour elle, et prenait fa défenfe.
J'ai recouru dans ces premiers momens
A l'art de plaire, aux égards féduifans,
Aux doux propos, à cette déférence
Qui fait fouvent pardonner la licence.
Mais pour réponfe, Acante à deux genoux
M'a conjuré de la rendre chez vous;
Et c'eft alors que fes yeux moins févères
Ont répandu des pleurs involontaires.

LE MARQUIS.
Que dites-vous?

LE CHEVALIER.
   Elle voulait en vain
Me les cacher de fa charmante main;
Dans cet état, fa grâce attendriffante
Enhardiffait mon ardeur imprudente;
Et tout honteux de ma ftupidité,
J'ai voulu prendre un peu de liberté.
Ciel, comme elle a tancé ma hardieffe!
Oui, j'ai cru voir une chafte déeffe,
Qui rejetait de fon augufte autel
L'impur encens qu'offrait un criminel.

LE MARQUIS.
Ah! pourfuivez.

LE CHEVALIER.
   Comment fe peut-il faire
Qu'ayant vécu prefque dans la mifère,
Dans la baffeffe et dans l'obfcurité,
Elle ait cet air et cette dignité,
Ces fentimens, cet efprit, ce langage,
Je ne dis pas au-deffus du village,

M 4

De son état, de son nom, de son sang,
Mais convenable au plus illustre rang?
Non, il n'est point de mère respectable
Qui, condamnant l'erreur d'un fils coupable,
Le rappelât avec plus de bonté
A la vertu dont il s'est écarté;
N'employant point l'aigreur et la colère,
Fière et décente, et plus sage qu'austère:
De vous surtout elle a parlé long-temps.

LE MARQUIS.

De moi?...

LE CHEVALIER.

Montrant à mes égaremens
Votre vertu, qui devait, disait-elle,
Etre à jamais ma honte ou mon modèle.
Tout interdit, plein d'un secret respect,
Que je n'avais senti qu'à son aspect,
Je suis honteux; mes fureurs se captivent.
Dans ce moment les deux dames arrivent;
Et me voyant maître de leur logis,
Avec Acante et deux ou trois bandits,
D'un juste effroi leur ame s'est remplie;
La plus âgée en tombe évanouie.

Acante en pleurs la presse dans ses bras;
Elle revient des portes du trépas:
Alors sur moi fixant sa triste vue,
Elle retombe, et s'écrie éperdue:
Ah! je crois voir Gernance.... c'est son fils,
C'est lui... je meurs.... à ces mots je frémis;
Et la douleur, l'effroi de cette Dame,
Au même instant ont passé dans mon ame.

Je tombe aux pieds de Dormène, et je fors,
Confus, foumis, pénétré de remords.

LE MARQUIS.

Ce repentir dont votre ame eft faifie
Charme mon cœur, et nous réconcilie.
Tenez, prenez ce paquet important,
Lifez bien vîte, et pefez mûrement.....
Pauvre jeune homme! hélas! comme il foupire!...
(*il lui montre l'endroit où il eft dit qu'il eft frère d'Acante.*)
Tenez, c'eft là, là furtout qu'il faut lire.

LE CHEVALIER.

Ma fœur, Acante!...

LE MARQUIS.

Oui, jeune libertin.

LE CHEVALIER.

Oh! par ma foi je ne fuis pas devin....
Il faut tout réparer. Mais par l'ufage
Je ne faurais la prendre en mariage.
Je fuis fon frère, et vous êtes coufin :
Payez pour moi.

LE MARQUIS.

Comment finir enfin
Honnêtement cette étrange aventure?
Ah! la voici... j'ai perdu la gageure.

SCENE XII *et dernière.*

Les Acteurs précédens, ACANTE, COLETTE.

ACANTE.

Ou fuis-je hélas ! et quel nouveau malheur !
Je vois mon père avec mon ravisseur !

DIGNANT.

Madame, hélas ! vous n'avez plus de père.

ACANTE.

Madame, à moi ! qu'entends-je ? quel myſtère ?

LE MARQUIS.

Il eſt bien grand. Tout éprouve en ce jour
Les coups du ſort, et ſurtout de l'amour.
Je me ſoumets à leur pouvoir ſuprême.
Eh quel mortel fait ſon deſtin ſoi-même ?...
Nous ſommes tous, Madame, à vos genoux.
Au lieu d'un père, acceptez un époux.

ACANTE.

Ciel ! eſt-ce un rêve ?

LE MARQUIS.

On va tout vous apprendre.
Mais à nos vœux commencez par vous rendre,
Et par régner pour jamais ſur mon cœur.

ACANTE.

Moi ! comment croire un tel excès d'honneur.

LE MARQUIS.

Vous, libertin, je vais vous rendre ſage ;
Et dès demain je vous mets en ménage

Avec Dormène ; elle s'y réfoudra.

LE CHEVALIER.

J'épouferai tout ce qu'il vous plaira.

COLETTE.

Et moi donc ?

LE MARQUIS.

Toi ! ne crois pas, ma mignonne,
Qu'en fefant tous les lots je t'abandonne.
Ton Mathurin te quittait aujourd'hui ;
Je te le donne ; il t'aura malgré lui.
Tu peux compter fur une dot honnête...
Allons danfer, et que tout foit en fête.
J'avais cherché la fageffe ; et mon cœur
Sans rien chercher a trouvé le bonheur.

Fin du troifième et dernier acte.

VARIANTES

DU DROIT DU SEIGNEUR.

Nous avons cru devoir placer en entier dans les *variantes* les deux derniers actes de cette pièce, tels qu'on les trouve dans les premières éditions. Par ce moyen les lecteurs auront la pièce en trois actes et en cinq.

(*a*) Me donna des conseils.

COLETTE.

A notre âge
Il faut de bons amis ; rien n'est plus sage.
Tu trembles ?

ACANTE.

Oui.

COLETTE.

Par ces lieux détournés
Viens avec moi.

(*b*) Moins on attend , plus on est étonné.
Un peu de soins , peut-être , et de lecture,
Ont pu dans moi corriger la nature.
C'est vous surtout , vous qui dans ce moment
Formez en moi l'esprit, le sentiment,
Qui m'élevez , qui dans moi faites naître
L'ambition d'imiter un tel maître.

(*c*)

LE MARQUIS.

Nous verrons.
Hé !

(*il sonne.*)

UN DOMESTIQUE.

Monseigneur.

LE MARQUIS.

Que l'on remène Acante
Chez ses parens.

MATHURIN.

Quais ! ceci me tourmente.

ACANTE, *s'en allant.*

Ciel ! prends pitié de mes fecrets ennuis.

LE MARQUIS, *fortant d'un autre côté.*

Sortons, cachons le défordre où je fuis.

Ah, que j'ai peur de perdre la gageure !

SCENE VIII.

MATHURIN, LE BAILLI.

MATHURIN.

Dis-moi, Bailli ; ce que cela figure ?
Notre feigneur eft forti bien fournois.
Il me parlait poliment autrefois ;
J'aimais affez fes honnêtes manières ;
Et même à cœur il prenait mes affaires :
Je me marie.... il s'en va tout penfif.

LE BAILLI.

C'eft qu'il penfe beaucoup.

MATHURIN.

Maître Baillif,

Je penfe auffi. Ce *nous verrons* m'affomme :
Quand on eft prêt, *nous verrons !* ah, quel homme !
Que je fis mal, ô Ciel ! quand je naquis
Chez mes parens, de naître en ce pays !
J'aurais bien dû choifir quelque village
Où j'aurais pu contracter mariage
Tout uniment, comme cela fe doit,
A mon plaifir, fans qu'un autre eût le droit
De difpofer de moi-même, à mon âge,
Et de fourrer fon nez dans mon ménage,

LE BAILLI.

C'eft pour ton bien.

MATHURIN.

Mon ami Baillival,

Pour notre bien, on nous fait bien du mal.

ACTE IV.

SCENE PREMIERE.

LE MARQUIS *seul.*

Non, je ne perdrai point cette gageure.
Amoureux ! moi ! quel conte ! ah, je m'affure
Que fur foi-même on garde un plein pouvoir ;
Pour être fage, on n'a qu'à le vouloir.
Il eft bien vrai qu'Acante eft affez belle.....
Et de la grâce ! ah ! nul n'en a plus qu'elle...
Et de l'efprit !... quoi, dans le fond des bois !
Pour avoir vu Dormène quelquefois,
Que de progrès ! qu'il faut peu de culture
Pour feconder les dons de la nature !
J'eftime Acante : oui, je dois l'eftimer ;
Mais, grâce au ciel, je fuis très-loin d'aimer.
(il s'affied à une table.)
Ah ! refpirons. Voyons, fur toute chofe,
Quel plan de vie enfin je me propofe...
De ne dépendre en ces lieux que de moi,
De n'en fortir que pour fervir mon roi,
De m'attacher par un fage hymenée
Une compagne agréable et bien née,
Pauvre de bien, mais riche de vertu,
Dont la nobleffe et le fort abattu
A mes bienfaits doivent des jours profpères :
Dormène feule a tous ces caractères ;
Le ciel pour moi la réferve aujourd'hui.
Allons la voir.... d'abord écrivons-lui
Un compliment.... mais que puis-je lui dire ?
(en fe cognant le front avec la main.)
Acante eft là qui m'empêche d'écrire ;
Oui, je la vois ; comment la fuir ? par où ?
(il fe relève.)
Qui fe croit fage, ô Ciel ! eft un grand fou.
Achevons donc..., Je me vaincrai fans doute.
(il finit fa lettre.)
Holà ! quelqu'un.... Je fais bien qu'il en coûte.

SCENE II.

LE MARQUIS, UN DOMESTIQUE.

LE MARQUIS.

Tenez, portez cette lettre à l'inftant.

LE DOMESTIQUE.

Où?

LE MARQUIS.

Chez Acante.

LE DOMESTIQUE,

Acante? mais vraiment...

LE MARQUIS.

Je n'ai point dit Acante ; c'eft Dormène
A qui j'écris.... on a bien de la peine
Avec fes gens.... tout le monde en ces lieux
Parle d'Acante ; et l'oreille et les yeux
Sont remplis d'elle, et brouillent ma mémoire.

SCENE III.

LE MARQUIS, DIGNANT, BERTHE, MATHURIN.

MATHURIN.

Ah! voici bien pardienne une autre hiftoire!

LE MARQUIS.

Quoi?

MATHURIN.

Pour le coup c'eft le droit du feigneur :
On m'a volé ma femme.

BERTHE.

Oui, votre honneur
Sera honteux de cette vilenie ;
Et je n'aurais pas cru cette infamie

D'un grand feigneur, fi bon, fi libéral.

LE MARQUIS.

Comment ? qu'eft-il arrivé ?

BERTHE.

Bien du mal.

MATHURIN.

Vous le favez comme moi.

LE MARQUIS.

Parle, traître,

Parle.

MATHURIN.

Fort bien, vous vous fâchez, mon maître ;
Oh c'eft à moi d'être fâché.

LE MARQUIS.

Comment ?

Explique-toi.

MATHURIN.

C'eft un enlèvement.
Savez-vous pas qu'à peine chez fon père
Elle arrivait pour finir notre affaire,
Quatre coquins, alertes, bien tournés,
Effrontément me l'ont prife à mon nez,
Tout en riant, et vîte l'ont conduite
Je ne fais où.

LE MARQUIS.

Qu'on aille à leur pourfuite....
Holà ! quelqu'un.... ne perdez point de temps ;
Allez, courez, que mes gardes, mes gens,
De tous côtés marchent en diligence.
Volez, vous dis-je, et s'il faut ma préfence,
J'irai moi-même.

BERTHE à fon mari.

Il parle tout de bon ;
Et l'on croirait, mon cher, à la façon
Dont Monfeigneur regarde cette injure,
Que c'eft à lui qu'on a pris la future.

LE

LE MARQUIS.

Et vous son père, et vous qui l'aimiez tant,
Vous qui perdez une si chère enfant,
Un tel trésor, un cœur noble, un cœur tendre,
Avez-vous pu souffrir, sans la défendre,
Que de vos bras on osât l'arracher ?
Un tel malheur semble peu vous toucher.
Que devient donc l'amitié paternelle ?
Vous m'étonnez.

DIGNANT.

Tout mon cœur est pour elle,
C'est mon devoir ; et j'ai dû pressentir
Que par votre ordre on la fesait partir.

LE MARQUIS.

Par mon ordre ?

DIGNANT.

Oui.

LE MARQUIS.

Quelle injure nouvelle !
Tous ces gens-ci perdent-ils la cervelle ?
Allez-vous en, laissez-moi, sortez tous.
Ah ! s'il se peut, modérons mon courroux....
Non, vous, restez.

MATHURIN.

Qui ? moi ?

LE MARQUIS à *Dignant.*

Non, vous, vous dis-je.

SCENE IV.

LE MARQUIS *sur le devant,* DIGNANT *au fond.*

LE MARQUIS.

Je vois d'où part l'attentat qui m'afflige.
Le chevalier m'avait presque promis
De se porter à des coups si hardis.
Il croit au fond que cette gentillesse
Est pardonnable au feu de sa jeunesse.

Il ne fait pas combien j'en fuis choqué :
A quel excès ce fou-là m'a manqué !
Jufqu'à quel point fon procédé m'offenfe !
Il déshonore , il trahit l'innocence ;
Il perd Acante : et pour percer mon cœur,
Je n'ai paffé que pour fon raviffeur !
Un étourdi , que la débauche anime,
Me fait porter la peine de fon crime !
Voilà le prix de mon affection
Pour un parent indigne de mon nom !
Il eft pétri des vices de fon père ;
Il a fes traits , fes mœurs, fon caractère ;
Il périra malheureux comme lui.
Je le renonce , et je veux qu'aujourd'hui
Il foit puni de tant d'extravagance.

DIGNANT.

Puis-je en tremblant prendre ici la licence
De vous parler ?

LE MARQUIS.

       Sans doute , tu le peux :
Parle-moi d'elle.

DIGNANT.

       Au tranfport douloureux
Où votre cœur devant moi s'abandonne ,
Je ne reconnais plus votre perfonne.
Vous avez lu ce qu'on vous a porté ,
Ce gros paquet qu'on vous a préfenté ? . . .

LE MARQUIS.

Eh , mon ami ! fuis-je en état de lire ?

DIGNANT.

Vous me faites frémir.

LE MARQUIS.

       Que veux-tu dire ?

DIGNANT.

Quoi, ce paquet n'eft pas encore ouvert ?

LE MARQUIS.

Non.

DIGNANT.

       Jufte Ciel ! ce dernier coup me perd !

LE MARQUIS.

Comment ?.... j'ai cru que c'était un mémoire
De mes forêts.

DIGNANT.

Hélas ! vous deviez croire
Que cet écrit était intéreffant.

LE MARQUIS.

Eh ! lifons vîte.... Une table à l'inftant ;
Approchez donc cette table.

DIGNANT.

Ah, mon maître !
Qu'aura-t-on fait, et qu'allez-vous connaître ?

LE MARQUIS *affis examine le paquet.*

Mais ce paquet, qui n'eft pas à mon nom,
Eft cacheté des fceaux de ma maifon ?

DIGNANT.

Oui.

LE MARQUIS.

Lifons donc.

DIGNANT.

Cet étrange myftère
En d'autres temps aurait de quoi vous plaire ;
Mais à préfent il devient bien affreux.

LE MARQUIS, *lifant.*

Je ne vois rien jufqu'ici que d'heureux.
Je vois d'abord que le ciel la fit naître
D'un fang illuftre : et cela devait être.
Oui, plus je lis, plus je bénis les cieux.
Quoi ! Laure a mis ce dépôt précieux
Entre vos mains ! quoi ! Laure eft donc fa mère ?
Mais pourquoi donc lui ferviez-vous de père ?
Indignement pourquoi la marier ?

DIGNANT.

J'en avais l'ordre, et j'ai dû vous prier
En fa faveur.

N 2

U N   D O M E S T I Q U E.

En ce moment Dormène
Arrive ici, tremblante, hors d'haleine,
Fondant en pleurs : elle veut vous parler.

L E   M A R Q U I S.

Ah ! c'eft à moi de l'aller confoler.

S C E N E   V.

LE MARQUIS, DIGNANT, DORMENE.

L E   M A R Q U I S *à Dormène qui entre.*

PARDONNEZ-MOI, j'allais chez vous, Madame,
Mettre à vos pieds le courroux qui m'enflamme.
Acante... à peine encore entré chez moi,
J'attendais peu l'honneur que je reçoi...
Une aventure affez défagréable...
Me trouble un peu.... Que Gernance eft coupable !

D O R M E N E.

De tous mes biens il me refte l'honneur ;
Et je ne doutais pas qu'un fi grand cœur
Ne refpectât le malheur qui m'opprime,
Et d'un parent ne déteftât le crime.
Je ne viens point vous demander raifon
De l'attentat commis dans ma maifon....

L E   M A R Q U I S.

Comment ? chez vous ?

D O R M E N E.

C'eft dans ma maifon même
Qu'il a conduit le trifte objet qu'il aime.

L E   M A R Q U I S.

Le traître !

D O R M E N E.

Il eft plus criminel cent fois
Qu'il ne croit l'être.. Hélas ! ma faible voix

En vous parlant expire dans ma bouche.
LE MARQUIS.
Votre douleur fenfiblement me touche ;
Daignez parler, et ne redoutez rien.
DORMENE.
Apprenez donc....

SCENE VI.

LE MARQUIS, DORMENE, DIGNANT, *quelques* Domeftiques *entrent précipitamment avec* MATHURIN.

MATHURIN.
Tout va bien, tout va bien,
Tout eft en paix, la femme eft retrouvée ;
Votre parent nous l'avait enlevée :
Il nous la rend ; c'eft peut-être un peu tard.
Chacun fon bien ; tu dieu, quel égrillard !
LE MARQUIS à *Dignant.*
Courez foudain recevoir votre fille ;
Qu'elle demeure au fein de fa famille.
Veillez fur elle ; ayez foin d'empêcher
Qu'aucun mortel ofe s'en approcher.
MATHURIN.
Excepté moi ?
LE MARQUIS.
Non ; l'ordre que je donne
Eft pour vous-même.
MATHURIN.
Ouais ! tout ceci m'étonne.
LE MARQUIS.
Obéiffez...
MATHURIN.
Par ma foi tous ces grands
Sont dans le fond de bien vilaines gens.
Droit du Seigneur, femme que l'on enlève !
Défenfe à moi de lui parler.... Je crève.

N 3

Mais je l'aurai, car je suis fiancé :
Confolons-nous, tout le mal eft paffé.

(*il fort.*)

LE MARQUIS.

Elle revient ; mais l'injure cruelle
Du chevalier retombera fur elle ;
Voilà le monde : et de tels attentats
Faits à l'honneur ne fe réparent pas.

(*à Dormène.*)

Eh bien parlez, parlez ; daignez m'apprendre
Ce que je brûle et que je crains d'entendre :
Nous fommes feuls.

DORMENE.

Il le faut donc, Monfieur ?
Apprenez donc le comble du malheur :
C'eft peu qu'Acante, en fecret étant née
De cette Laure illuftre infortunée,
Soit fous vos yeux prête à fe marier
Indignement à ce riche fermier ;
C'eft peu qu'au poids de fa trifte misère
On ajoutât ce fardeau néceffaire ;
Votre parent qui voulait l'enlever,
Votre parent qui vient de nous prouver
Combien il tient de fon coupable père ,
Gernance enfin.....

LE MARQUIS.

Gernance !

DORMENE.

Il eft fon frère.

LE MARQUIS.

Quel coup horrible ! ô Ciel ! qu'avez-vous dit ?

DORMENE.

Entre vos mains vous avez cet écrit,
Qui montre affez ce que nous devons craindre :
Lifez, voyez combien Laure eft à plaindre ;

(*le Marquis lit.*)

C'eft ma parente ; et mon cœur eft lié
A tous fes maux que fent mon amitié.

Elle mourra de l'affreufe aventure
Qui fous fes yeux outrage la nature.

LE MARQUIS.

Ah, qu'ai-je lu ! que fouvent nous voyons
D'affreux fecrets dans d'illuftres maifons !
De tant de coups mon ame eft oppreffée ;
Je ne vois rien, je n'ai point de penfée.
Ah ! pour jamais il faut quitter ces lieux :
Ils m'étaient chers, ils me font odieux.
Quel jour pour nous ! quel parti dois-je prendre ?
Le malheureux ofe chez moi fe rendre !
Le voyez-vous ?

DORMENE.

Ah ! Monfieur, je le voi,
Et je frémis.

LE MARQUIS.

Il paffe, il vient à moi.
Daignez rentrer, Madame, et que fa vue
N'accroiffe pas le chagrin qui vous tue ;
C'eft à moi feul de l'entendre ; et je crois
Que ce fera pour la dernière fois.
Sachons dompter le courroux qui m'anime.

(en regardant de loin.)

Il femble, ô Ciel ! qu'il connaiffe fon crime.
Que dans fes yeux je lis d'égarement !
Ah ! l'on n'eft pas coupable impunément.
Comme il rougit ! comme il pâlit... le traître !
A mes regards il tremble de paraître :
C'eft quelque chofe.

(tandis qu'il parle, Dormène fe retire en regardant attentive-
ment Gernance.)

N 4

S C E N E V I I.

LE MARQUIS, LE CHEVALIER.

LE CHEVALIER, *de loin, se cachant le visage.*

A_H ! Monsieur.

LE MARQUIS.

Est-ce vous ?

Vous, malheureux ?

LE CHEVALIER.

Je tombe à vos genoux....

LE MARQUIS.

Qu'avez-vous fait ?

LE CHEVALIER.

Une faute, une offense,
Dont je ressens l'indigne extravagance,
Qui pour jamais m'a servi de leçon,
Et dont je viens vous demander pardon.

LE MARQUIS.

Vous des remords ! vous ! est-il bien possible ?

LE CHEVALIER.

Rien n'est plus vrai.

LE MARQUIS.

Votre faute est horrible
Plus que vous ne pensez : mais votre cœur
Est-il sensible à mes soins, à l'honneur,
A l'amitié ? vous sentez-vous capable
D'oser me faire un aveu véritable,
Sans rien cacher ?

LE CHEVALIER.

Comptez sur ma candeur ;
Je suis un libertin, mais point menteur ;
Et mon esprit, que le trouble environne,
Est trop ému pour abuser personne.

LE MARQUIS.

Je prétends tout favoir.

LE CHEVALIER.

Je vous dirai
Que de débauche et d'ardeur enivré,
Plus que d'amour, j'avais fait la folie
De dérober une fille jolie
Au poffeffeur de fes jeunes appas,
(Qu'à mon avis, il ne mérite pas.)
Je l'ai conduite à la forêt prochaine,
Dans ce château de Laure et de Dormène ;
C'eft une faute, il eft vrai, j'en convien ;
Mais j'étais fou, je ne penfais à rien.
Cette Dormène et Laure fa compagne
Etaient encor bien loin dans la campagne.
En étourdi je n'ai point perdu temps ;
J'ai commencé par des propos galans.
Je m'attendais aux communes alarmes,
Aux cris perçans, à la colère, aux larmes ;
Mais qu'ai-je ouï ! la fermeté, l'honneur,
L'air indigné, mais calme avec grandeur.
Tout ce qui fait refpecter l'innocence
S'armait pour elle, et prenait fa défenfe.
J'ai recouru dans ces premiers momens
A l'art de plaire, aux égards féduifans,
Aux doux propos, à cette déférence
Qui fait fouvent pardonner la licence.
Mais pour réponfe, Acante à deux genoux
M'a conjuré de la rendre chez vous ;
Et c'eft alors que fes yeux moins févères
Ont répandu des pleurs involontaires.

LE MARQUIS.

Que dites-vous ?

LE CHEVALIER.

Elle voulait en vain
Me les cacher de fa charmante main ;
Dans cet état, fa grâce attendriffante
Enhardiffait mon ardeur imprudente ;

Et tout honteux de ma ftupidité ,
J'ai voulu prendre un peu de liberté.
Ciel ! comme elle a tancé ma hardieffe !
Oui , j'ai cru voir une chafte déeffe ,
Qui rejetait de fon augufte autel
L'impur encens qu'offrait un criminel.

LE MARQUIS.

Ah ! pourfuivez.

LE CHEVALIER.
   Comment fe peut-il faire
Qu'ayant vécu prefque dans la misère,
Dans la baffeffe et dans l'obfcurité ,
Elle ait cet air et cette dignité ,
Ces fentimens , cet efprit , ce langage ,
Je ne dis pas au-deffus du village ,
De fon état, de fon nom , de fon fang ,
Mais convenable au plus illuftre rang ?
Non , il n'eft point de mère refpectable ,
Qui , condamnant l'erreur d'un fils coupable ,
Le rappelât avec plus de bonté
A la vertu dont il s'eft écarté :
N'employant point l'aigreur et la colère ,
Fière et décente , et plus fage qu'auftère.
De vous furtout elle a parlé long-temps. . . . .

LE MARQUIS.

De moi ?. . . .

LE CHEVALIER.
   Montrant à mes égaremens
Votre vertu , qui devait , difait-elle ,
Etre à jamais ma honte où mon modèle.
Tout interdit, plein d'un fecret refpect,
Que je n'avais fenti qu'à fon afpect,
Je fuis honteux , mes fureurs fe captivent.
Dans ce moment les deux dames arrivent ;
Et me voyant maître de leur logis ,
Avec Acante et deux ou trois bandits ,
D'un jufte effroi leur ame s'eft remplie ;
La plus âgée en tombe évanouie.

Acante en pleurs la preffe dans fes bras ;
Elle revient des portes du trépas.
Alors fur moi fixant fa trifte vue,
Elle retombe et s'écrie éperdue :
Ah ! je crois voir Gernance.... c'eft fon fils.
C'eft lui.... je meurs.... à ces mots je frémis ;
Et la douleur, l'effroi de cette dame
Au même inftant ont paffé dans mon ame.
Je tombe aux pieds de Dormène, et je fors,
Confus, foumis, pénétré de remords.

LE MARQUIS.

Ce repentir dont votre ame eft faifie
Charme mon cœur, et nous réconcilie.
Tenez, prenez ce paquet important,
Lifez-le feul, pefez-le mûrement ;
Et fi pour moi vous confervez, Gernance,
Quelque amitié, quelque condefcendance,
Promettez-moi, lorfqu'Acante en ces lieux
Pourra paraître à vos coupables yeux,
D'avoir fur vous un affez grand empire
Pour lui cacher ce que vous allez lire.

LE CHEVALIER.

Oui, je vous le promets, oui.

LE MARQUIS.

Vous verrez
L'abyme affreux d'où vos pas font tirés.

LE CHEVALIER.

Comment ?

LE MARQUIS.

Allez, vous tremblerez, vous dis-je.

SCENE VIII.

LE MARQUIS *feul.*

QUEL jour pour moi ! tout m'étonne et m'afflige.
La belle Acante eft donc de ma maifon !
Mais fa naiffance avait flétri fon nom ;
Son noble fang fut fouillé par fon père ;
Rien n'eft plus beau que le nom de fa mère ;

Mais ce beau nom a perdu tous ses droits
Par un hymen que réprouvent nos lois.
La triste Laure, ô pensée accablante !
Fut criminelle en fesant naître Acante ;
Je le sais trop, l'hymen fut condamné ;
L'amant de Laure est mort assassiné.
De maux cruels quel tissu lamentable !
Acante, hélas ! n'en est pas moins aimable,
Moins vertueuse ; et je sais que son cœur
Est respectable au sein du déshonneur ;
Il ennoblit la honte de ses pères ;
Et cependant, ô préjugés sévères !
O loi du monde ! injuste et dure loi !
Vous l'emportez....

SCENE IX.

LE MARQUIS, DORMENE.

LE MARQUIS.

Madame, instruisez-moi :
Parlez, Madame, avez-vous vu son frère ?

DORMENE.

Oui, je l'ai vu, sa douleur est sincère.
Il est bien étourdi ; mais, entre nous,
Son cœur est bon ; il est conduit par vous.

LE MARQUIS.

Eh, mais Acante !

DORMENE.

Elle ne peut connaître
Jusqu'à présent le sang qui la fit naître.

LE MARQUIS.

Quoi, sa naissance illégitime !

DORMENE.

Hélas !
Il est trop vrai.

LE MARQUIS.

Non, elle ne l'est pas.

DORMÈNE.

Que dites-vous ?

LE MARQUIS, *relifant un papier qu'il a gardé.*
    Sa mère était fans crime ;
Sa mère au moins crut l'hymen légitime ;
On la trompa ; fon deftin fut affreux.
Ah ! quelquefois le ciel moins rigoureux
Daigne approuver ce qu'un monde profane
Sans connaiffance avec fureur condamne.

DORMENE.

Laure n'eft point coupable, et fes parens
Se font conduits avec elle en tyrans.

LE MARQUIS.

Mais marier fa fille en un village !
A ce beau fang faire un pareil outrage !

DORMENE.

Elle eft fans biens ; l'âge, la pauvreté,
Un long malheur abaiffe la fierté.

LE MARQUIS.

Elle eft fans biens ! votre noble courage
La recueillit.

DORMENE.
    Sa mifère partage
Le peu que j'ai.

LE MARQUIS.
    Vous trouvez le moyen,
Ayant fi peu, de faire encor du bien.
Riches et grands, que le monde contemple,
Imitez donc un fi touchant exemple.
Nous contentons à grands frais nos défirs ;
Sachons goûter de plus nobles plaifirs.
Quoi ! pour aider l'amitié, la mifère,
Dormène a pu s'ôter le néceffaire ;
Et vous n'ofez donner le fuperflu.
O jufte Ciel ! qu'avez-vous réfolu ?
Que faire enfin ?

DORMENE.
    Vous êtes jufte et fage.
Votre famille a fait plus d'un outrage

Au sang de Laure, et ce sang généreux
Fut par vous seuls jusqu'ici malheureux.

LE MARQUIS.

Comment ? comment ?

DORMENE.

Le comte votre père,
Homme inflexible en son humeur sévère,
Opprima Laure, et fit par son crédit
Casser l'hymen ; et c'est lui qui ravit
A cette Acante, à cette infortunée,
Les nobles droits du sang dont elle est née.

LE MARQUIS.

Ah ! c'en est trop.... mon cœur est ulcéré,
Oui, c'est un crime.... il sera réparé,
Je vous le jure.

DORMENE.

Et que voulez-vous faire ?

LE MARQUIS.

Je veux.....

DORMENE.

Quoi donc ?

LE MARQUIS.

Mais.... lui servir de père.

DORMENE.

Elle en est digne.

LE MARQUIS.

Oui.... mais je ne dois pas
Aller trop loin.

DORMENE.

Comment trop loin ?

LE MARQUIS.

Hélas!...
Madame, un mot : conseillez-moi de grâce ;
Que feriez-vous, s'il vous plaît, à ma place ?

DORMENE.

En tous les temps je me ferais honneur
De consulter votre esprit, votre cœur.

LE MARQUIS.

Ah!...

DORMENE.

Qu'avez-vous ?

LE MARQUIS.

Je n'ai rien.... mais, Madame,
En quel état eſt Acante ?

DORMENE.

Son ame
Eſt dans le trouble, et ſes yeux dans les pleurs.

LE MARQUIS.

Daignez m'aider à calmer ſes douleurs.
Allons, j'ai pris mon parti : je vous laiſſe ;
Soyez ici ſouveraine maîtreſſe,
Et pardonnez à mon eſprit confus,
Un peu chagrin, mais plein de vos vertus.
(il ſort.)

SCENE X.

DORMENE ſeule.

Dans cet état quel chagrin peut le mettre ?
Qu'il eſt troublé ! j'en juge par ſa lettre ;
Un ſtyle aſſez confus, des mots rayés,
De l'embarras, d'autres mots oubliés.
J'ai lu pourtant le mot de mariage.
Dans le pays il paſſe pour très-ſage.
Il veut me voir, me parler, et ne dit
Pas un ſeul mot ſur tout ce qu'il m'écrit !
Et pour Acante il paraît bien ſenſible !
Quoi ! voudrait-il.... cela n'eſt pas poſſible.
Aurait-il eu d'abord quelque deſſein
Sur ſon parent.... demandait-il ma main ?
Le chevalier jadis m'a courtiſée,
Mais qu'eſpérer de ſa tête inſenſée ?
L'amour encor n'eſt point connu de moi ;

Je dus toujours en avoir de l'effroi ;
Et le malheur de Laure eft un exemple
Qu'en frémiffant tous les jours je contemple :
Il m'avertit d'éviter tout lien :
Mais qu'il eft trifte, ô Ciel ! de n'aimer rien !

ACTE V.

SCENE PREMIERE.

LE MARQUIS, LE CHEVALIER.

LE MARQUIS.

Fesons la paix, Chevalier, je confeffe
Que tout mortel eft pétri de faibleffe,
Que le fage eft peu de chofe ; entre nous,
J'étais tout prêt de l'être moins que vous.

LE CHEVALIER.

Vous avez donc perdu votre gageure ?
Vous aimez donc ?

LE MARQUIS.

Oh non, je vous le jure :
Mais par l'hymen tout prêt de me lier,
Je ne veux plus jamais me marier.

LE CHEVALIER.

Votre inconftance eft étrange et foudaine.
Paffe pour moi : mais que dira Dormène ?
N'a-t-elle pas certains mots par écrit,
Où par hafard le mot d'hymen fe lit ?

LE MARQUIS.

Il eft trop vrai ; c'eft-là ce qui me gêne.
Je prétendais m'impofer cette chaîne ;
Mais à la fin m'étant bien confulté,
Je n'ai de goût que pour la liberté.

LE CHEVALIER.

La liberté d'aimer ?

LE MARQUIS.

Eh bien, si j'aime,
Je suis encor le maître de moi-même,
Et je pourrai réparer tout le mal.
Je n'ai parlé d'hymen qu'en général,
Sans m'engager, et sans me compromettre.
Car en effet, si j'avais pu promettre,
Je ne pourrais balancer un moment :
A gens d'honneur promesse vaut serment.
Cher Chevalier, j'ai conçu dans ma tête
Un beau dessein, qui paraît fort honnête,
Pour me tirer d'un pas embarrassant ;
Et tout le monde ici sera content.

LE CHEVALIER.

Vous moquez-vous ? contenter tout le monde !
Quelle folie !

LE MARQUIS.

En un mot, si l'on fronde
Mon changement, j'ose espérer au moins
Faire approuver ma conduite et mes soins.
Colette vient, par mon ordre on l'appelle ;
Je vais l'entendre et commencer par elle.

SCENE II.

LE MARQUIS, LE CHEVALIER, COLETTE.

LE MARQUIS.

VENEZ, Colette.

COLETTE.

Oh j'accours, Monseigneur,
Prête en tout temps, et toujours de grand cœur.

LE MARQUIS.

Voulez-vous être heureuse ?

Théâtre. Tome VIII.   O

COLETTE.
                              Oui, fur ma vie ;
N'en doutez pas, c'eft ma plus forte envie.
Que faut-il faire ?

LE MARQUIS.
                    En voici le moyen.
Vous voudriez un époux et du bien ?

COLETTE.
Oui, l'un et l'autre.

LE MARQUIS.
                    Eh bien donc, je vous donne
Trois mille francs pour la dot, et j'ordonne
Que Mathurin vous époufe aujourd'hui.

COLETTE.
Ou Mathurin, ou tout autre que lui ;
Qui vous voudrez, j'obéis fans réplique.
Trois mille francs ! ah l'homme magnifique !
Le beau préfent ! que Monfeigneur eft bon !
Que Mathurin va bien changer de ton !
Qu'il va m'aimer ! que je vais être fière !
De ce pays je ferai la première :
Je meurs de joie.

LE MARQUIS.
                    Et j'en reffens auffi
D'avoir déjà pleinement réuffi ;
L'une des trois eft déjà fort contente :
Tout ira bien.

COLETTE.
              Et mon amie Acante,
Que devient-elle ? on va la marier,
A ce qu'on dit, à ce beau chevalier.
Tout le monde eft heureux : j'en fuis charmée.
Ma chère Acante !

LE CHEVALIER, *en regardant le Marquis.*
                    Elle doit être aimée,
Et le fera.

LE MARQUIS *au Chevalier.*
          La voici, je ne puis
La confoler en l'état où je fuis.
Venez, je vais vous dire ma penfée.　　　　　　(*ils fortent.*)

SCENE III.

ACANTE, COLETTE.

COLETTE.

MA chère Acante, on t'avait fiancée,
Moi déboutée ; on me marie.

ACANTE.

A qui ?

COLETTE.

A Mathurin.

ACANTE.

Le ciel en soit béni.
Et depuis quand ?

COLETTE.

Et depuis tout à l'heure.

ACANTE.

Est-il bien vrai ?

COLETTE.

Du fond de ma demeure
J'ai comparu par-devant Monseigneur.
Ah, la belle ame ! ah qu'il est plein d'honneur !

ACANTE.

Il l'est, sans doute !

COLETTE.

Oui, mon aimable Acante ;
Il m'a promis une dot opulente,
Fait ma fortune ; et tout le monde dit
Qu'il fait la tienne, et l'on s'en réjouit.
Tu vas, dit-on, devenir chevalière :
Cela te sied, car ton allure est fière.
On te fera dame de qualité,
Et tu me recevras avec bonté.

ACANTE.

Ma chère enfant, je suis fort satisfaite
Que ta fortune ait été si tôt faite.

Mon cœur reſſent tout ton bonheur.... Hélas !
Elle eſt heureuſe , et je ne le ſuis pas !

COLETTE.

Que dis-tu là ? qu'as-tu donc dans ton ame ?
Peut-on ſouffrir quand on eſt grande dame ?

ACANTE.

Va , ces ſeigneurs qui peuvent tout oſer
N'enlèvent point, crois-moi, pour épouſer.
Pour nous , Colette, ils ont des fantaiſies,
Non de l'amour ; leurs démarches hardies,
Leurs procédés montrent avec éclat
Tout le mépris qu'ils font de notre état:
C'eſt ce dédain qui me met en colère.

COLETTE.

Bon , des dédains ! c'eſt bien tout le contraire ;
Rien n'eſt plus beau que ton enlèvement ;
On t'aime, Acante, on t'aime aſſurément.
Le Chevalier va t'épouſer, te dis-je,
Tout grand ſeigneur qu'il eſt.... cela t'afflige ?

ACANTE.

Mais monſeigneur le Marquis, qu'a-t-il dit ?

COLETTE.

Lui ? rien du tout.

ACANTE.
Hélas !

COLETTE.
C'eſt un eſprit
Tout en dedans, ſecret, plein de myſtère ;
Mais il paraît fort approuver l'affaire.

ACANTE.

Du Chevalier je déteſte l'amour.

COLETTE.

Oui , oui, plains-toi de te voir en un jour
De Mathurin pour jamais délivrée,
D'un beau ſeigneur pourſuivie, adorée ;
Un mariage en un moment caſſé
Par Monſeigneur, un autre commencé.

Si ce roman n'a pas de quoi te plaire,
Tu me parais difficile, ma chère.....
Tiens, le vois-tu, celui qui t'enleva ?
Il vient à toi ; n'est-ce rien que cela ?
T'ai-je trompée ? es-tu donc tant à plaindre ?

ACANTE.

Allons, fuyons.

SCENE IV.

ACANTE, COLETTE, LE CHEVALIER.

LE CHEVALIER.

DEMEUREZ sans me craindre :
Le Marquis veut que je sois à vos pieds.

COLETTE à *Acante.*

Qu'avais-je dit ?

LE CHEVALIER à *Acante.*
Eh quoi ! vous me fuyez ?

ACANTE.

Osez-vous bien paraître en ma présence ?

LE CHEVALIER.

Oui, vous devez oublier mon offense ;
Par moi, vous dis-je, il veut vous consoler.

ACANTE.

J'aimerais mieux qu'il daignât me parler.
(à *Colette qui veut s'en aller.*)
Ah ! reste ici : ce ravisseur m'accable....

COLETTE.

Ce ravisseur est pourtant fort aimable.

LE CHEVALIER à *Acante.*
Conservez-vous au fond de votre cœur
Pour ma présence une invincible horreur ?

O 3

A C A N T E.

Vous devez être en horreur à vous-même.

L E C H E V A L I E R.

Oui, je le fuis ; mais mon remords extrême
Répare tout, et doit vous apaiser.
Ma folle erreur avait pu m'abuser.
Je fus surpris par une indigne flamme ;
Et mon devoir m'amène ici, Madame.

A C A N T E.

Madame ! à moi ! quel nom vous me donnez !
Je sais l'état où mes parens sont nés.

C O L E T T E.

Madame !... oh oh ! quel est donc ce langage ?

A C A N T E.

Cessez, Monsieur, ce titre est un outrage ;
C'est s'avilir que d'oser recevoir
Un faux honneur qu'on ne doit point avoir.
Je suis Acante, et mon nom doit suffire :
Il est sans tache.

L E C H E V A L I E R.

                    Ah ! que puis-je vous dire ?
Ce nom m'est cher : allez, vous oublirez
Mon attentat, quand vous me connaîtrez :
Vous trouverez très-bon que je vous aime.

A C A N T E.

Qui ? moi, Monsieur !

C O L E T T E à *Acante*.

                    C'est son remords extrême.

L E C H E V A L I E R.

N'en riez point, Colette ; je prétends
Qu'elle ait pour moi les plus purs sentimens.

A C A N T E.

Je ne sais pas quel dessein vous anime ;
Mais commencez par avoir mon estime.

L E C H E V A L I E R.

C'est le seul but que j'aurai désormais ;
J'en serai digne, et je vous le promets.

ACANTE.

Je le désire, et me plais à vous croire.
Vous êtes né pour connaître la gloire ;
Mais ménagez la mienne, et me laissez.

LE CHEVALIER.

Non, c'est en vain que vous vous offensez.
Je ne suis point amoureux, je vous jure ;
Mais je prétends rester.

COLETTE.

Bon, double injure.
Cet homme est fou, je l'ai pensé toujours.
Dormène vient, ma chère, à ton secours.
Démêle-toi de cette grande affaire ;
Ou donne grâce, ou garde ta colère.
Ton rôle est beau, tu fais ici la loi ;
Tu vois les grands à genoux devant toi.
Pour moi je suis condamnée au village :
On ne m'enlève point, et j'en enrage.
On vient, adieu, fuis ton brillant destin,
Et je retourne à mon gros Mathurin.

(*elle sort.*)

SCENE V.

ACANTE, LE CHEVALIER, DORMENE, DIGNANT.

ACANTE.

HELAS, Madame, une fille éperdue
En rougissant paraît à votre vue.
Pourquoi faut-il, pour combler ma douleur,
Que l'on me laisse avec mon ravisseur ?
Et vous aussi, vous m'accablez, mon père !
A ce méchant au lieu de me soustraire,
Vous m'amenez vous-même dans ces lieux ;
Je l'y revois ; mon maître fuit mes yeux.
Mon père, au moins, c'est en vous que j'espère !

DIGNANT.

O cher objet ! vous n'avez plus de père!

O 4

ACANTE.

Que dites-vous ?

DIGNANT.

Non, je ne le fuis pas.

DORMENE.

Non, mon enfant, de fi charmans appas
Sont nés d'un fang dont vous êtes plus digne.
Préparez-vous au changement infigne
De votre fort ; et furtout pardonnez
Au chevalier.

ACANTE.

Moi, Madame ?

DORMENE.

Apprenez,
Ma chère enfant, que Laure eft votre mère.

ACANTE.

Elle ! . . . Eft-il vrai ?

DORMENE.

Gernance eft votre frère.

LE CHEVALIER.

Oui je le fuis, oui vous êtes ma fœur.

ACANTE.

Ah ! je fuccombe. Hélas ! eft-ce un bonheur ?

LE CHEVALIER.

Il l'eft pour moi.

ACANTE.

De Laure je fuis fille !
Et pourquoi donc faut-il que ma famille
M'ait tant caché mon état et mon nom ?
D'où peut venir ce fatal abandon ?
D'où vient qu'enfin, daignant me reconnaître,
Ma mère ici n'a point ofé paraître ?
Ah ! s'il eft vrai que le fang nous unit,
Sur ce myftère éclairez mon efprit.
Parlez, Monfieur, et diffipez ma crainte.

LE CHEVALIER.

Ces mouvemens dont vous êtes atteinte

Sont naturels, et tout vous fera dit.

DORMENE.

Dans ce moment, Acante, il vous fuffit
D'avoir connu quelle eft votre naiffance.
Vous me devez un peu de confiance.

ACANTE.

Laure eft ma mère, et je ne la vois pas !

LE CHEVALIER.

Vous la verrez, vous ferez dans fes bras.

DORMENE.

Oui, cette nuit je vous mène auprès d'elle.

ACANTE.

J'admire en tout ma fortune nouvelle,
Quoi ! j'ai l'honneur d'être de la maifon
De Monfeigneur !

LE CHEVALIER.

Vous honorez fon nom.

ACANTE.

Abufez-vous de mon efprit crédule ?
Et voulez-vous me rendre ridicule ?
Moi de fon fang ? ah ! s'il était ainfi,
Il me l'eût dit ; je le verrais ici.

DIGNANT.

Il m'a parlé.... je ne fais quoi l'accable :
Il eft faifi d'un trouble inconcevable.

ACANTE.

Ah ! je le vois.

S C E N E V I et dernière.

ACANTE, DORMENE, DIGNANT, LE CHEVALIER, LE MARQUIS au fond.

LE MARQUIS au Chevalier.

IL ne sera pas dit
Que cette enfant ait troublé mon esprit :
Bientôt l'absence affermira mon ame.
(apercevant Dormène.)
Ah pardonnez : vous étiez-là, Madame !

LE CHEVALIER.

Vous paraissez étrangement ému !

LE MARQUIS.

Moi !... point du tout. Vous serez convaincu
Qu'avec sang froid je règle ma conduite.
De son destin Acante est-elle instruite ?

ACANTE.

Quel qu'il puisse être, il passe mes souhaits.
Je dépendrai de vous plus que jamais.

LE MARQUIS.

Permets, ô Ciel ! qu'ici je puisse faire
Plus d'un heureux !

LE CHEVALIER.

C'est une grande affaire.
Je ferai, moi, tout ce que vous voudrez ;
Je l'ai promis.

LE MARQUIS.

Que vous m'obligerez !
(à Dormène.)
Belle Dormène, oubliez-vous l'offense,
L'égarement du coupable Gernance ?

DORMENE.

Oui, tout eſt réparé.

LE MARQUIS.

   Tout ne l'eſt pas :
Votre grand nom, vos vertueux appas
Sont maltraités par l'aveugle fortune.
Je le ſais trop ; votre ame non commune
N'a pas de quoi ſuffire à vos bienfaits ;
Votre deſtin doit changer déformais.
Si j'avais pu d'un heureux mariage
Choiſir pour moi l'agréable eſclavage,
C'eût été vous (et je vous l'ai mandé)
Pour qui mon cœur ſe ferait décidé.
Voudriez-vous, Madame, qu'à ma place
Le Chevalier, pour mieux obtenir grâce,
Pour devenir à jamais vertueux,
Prît avec vous d'indiſſolubles nœuds ?
Le meilleur frein pour ſes mœurs, pour ſon âge,
Eſt une épouſe aimable, noble et ſage.
Daignerez-vous accepter un château
Environné d'un domaine aſſez beau ?
Pardonnez-vous cette offre ?

DORMENE.

    Ma ſurpriſe
Eſt ſi puiſſante, à tel point me maîtriſe,
Que ne pouvant encor me déclarer,
Je n'ai de voix que pour vous admirer.

LE CHEVALIER.

J'admire auſſi : mais je fais plus, Madame,
Je vous ſoumets l'empire de mon ame.
A tous les deux je devrai mon bonheur :
Mais ſeconderez-vous mon bienfaiteur ?

DORMENE.

Conſultez-vous, méritez mon eſtime,
Et les bienfaits de ce cœur magnanime.

LE MARQUIS.

Et.... vous.... Acante....

A C A N T E.

Eh bien , mon protecteur....

L E　M A R Q U I S, *à part.*

Pourquoi tremblé-je en parlant ?

A C A N T E.

Quoi , Monfieur....

L E　M A R Q U I S.

Acante.... vous.... qui venez de renaître,
Vous qu'une mère ici va reconnaître,
Vivez près d'elle ; et de fes trifles jours
Adouciffez et prolongez le cours.
Vous commencez une nouvelle vie ,
Avec un frère, une mère, une amie ;
Je veux.... Souffrez qu'à votre mère, à vous,
Je faffe un fort indépendant et doux.
Votre fortune , Acante, eft affurée ;
L'acte eft paffé , vous vivrez honorée,
Riche.... contente.... autant que je le peux.
J'aurais voulu.... mais goûtez toutes deux,
Dormène et vous, les douceurs fortunées
Que l'amitié donne aux ames bien nées....
Un autre bien que le cœur peut fentir
Eft dangereux.... Adieu.... je vais partir.

L E　C H E V A L I E R.

Eh quoi ! ma fœur, vous n'êtes point contente ?
Quoi ! vous pleurez ?

A C A N T E.

Je fuis reconnaiffante,
Je fuis confufe... Ah c'en eft trop pour moi.
Mais j'ai perdu plus que je ne reçoi....
Et ce n'eft pas la fortune que j'aime....
Mon état change, et mon ame eft la même ;
Elle doit être à vous.... Ah permettez
Que le cœur plein de vos rares bontés ,
J'aille oublier ma première mifère,
J'aille pleurer dans le fein de ma mère.

LE MARQUIS.

De quel chagrin vos sens sont agités !
Qu'avez-vous donc ? qu'ai-je fait ?

ACANTE.

Vous partez.

DORMENE.

Ah ! qu'as-tu dit ?

ACANTE.

La vérité, Madame ;
La vérité plaît à votre belle ame.

LE MARQUIS.

Non, c'en est trop pour mes sens éperdus ....
Acante....

ACANTE.

Hélas !...

LE MARQUIS.

Ne partirai-je plus ?

LE CHEVALIER.

Mon cher parent, de Laure elle est la fille ;
Elle retrouve un frère, une famille ;
Et moi je trouve un mariage heureux.
Mais je vois bien que vous en ferez deux :
Vous payerez, la gageure est perdue.

LE MARQUIS.

Je vous l'avoue.... oui, mon ame est vaincue.
Dormène et Laure, Acante, et vous, et moi,
(à Acante.)
Soyons heureux.... Oui.... recevez ma foi,
Aimable Acante ; allons que je vous mène
Chez votre mère ; elle sera la mienne,
Elle oublîra pour jamais son malheur.

ACANTE.

Ah ! je tombe à vos pieds....

LE CHEVALIER.

Allons, ma sœur,
Je fus bien fou : son cœur fut insensible ;
Mais on n'est pas toujours incorrigible.

Fin des Variantes.

.... ſors d'ici tout à l'henre :

Je te l'ordonne.

Charlot act. 2 Scene 3.ᵉ

J.ᴹ.H. Moreau le j.ᵉ inv.   1785   Longueil Sculp.

CHARLOT

OU LA

COMTESSE DE GIVRY,

PIECE DRAMATIQUE.

Repréſentée ſur le théâtre de Ferney, au
mois de ſeptembre 1767.

PREFACE

imprimée dans l'édition de 1767.

CETTE pièce de société n'a été faite que pour exercer les talens de plufieurs perfonnes d'un rare mérite. Il y a un peu de chant et de danfe ; du comique, du tragique ; de la morale et de la plaifanterie. Cette nouveauté n'a point du tout été deftinée aux théâtres publics. C'eft ainfi qu'aujourd'hui, en Italie, plufieurs académiciens s'amufent à réciter des pièces qui ne font jamais jouées par des comédiens. Ce noble exercice s'eft établi depuis long-temps en France, et même chez quelques-uns de nos princes. Rien n'anime plus la fociété ; rien ne donne plus de grâce au corps et à l'efprit, ne forme plus le goût, ne rend les mœurs plus honnêtes, ne détourne plus de la fatale paffion du jeu, et ne refferre plus les nœuds de l'amitié.

Cette pièce a eu l'avantage d'être repréfentée par des gens de lettres, qui, fachant en faire de meilleures, fe font prêtés à ce genre médiocre, avec toute la bonté et tout le zèle dont cette médiocrité même avait befoin.

Henri IV

Henri IV eſt véritablement le héros de la pièce ; mais il avait déjà paru dans la Partie de Chaſſe repréſentée ſur le même théâtre, et on n'a pas voulu imiter ce qu'on ne pouvait égaler. (1)

(1) M. de *Voltaire* avait changé le dénouement de cette pièce dans l'édition qu'il préparait ; et c'eſt d'après ces nouvelles corrections qu'elle eſt imprimée ici. *Note des Editeurs.*

PERSONNAGES.

LA COMTESSE DE GIVRY, veuve, attachée au parti d'*Henri IV*.

HENRI IV. Suite.

LE MARQUIS, élevé dans le château.

JULIE, parente de la maiſon, élevée avec le Marquis.

LA NOURRICE.

CHARLOT, fils de la Nourrice.

L'INTENDANT de la maiſon.

BABET, élevée pour être à la chambre auprès de la Comteſſe.

GUILLOT, fils d'un fermier de la terre.

Domeſtiques, Courriers, Gardes.

La ſcène eſt dans le château de la Comteſſe de Givry, en Champagne.

CHARLOT

OU LA

COMTESSE DE GIVRY,

PIECE DRAMATIQUE.

ACTE PREMIER.

SCENE PREMIERE.

(Le théâtre repréfente une grande falle où les domeftiques portent et ôtent des meubles. L'INTENDANT *de la maifon eft à une table,* UN COURRIER *en bottes à côté.* Mᵐᵉ AUBONNE *nourrice coud, et* BABET *file à un rouet,* UNE SERVANTE *prend des mefures avec une aune, une autre balaye.)*

L'INTENDANT, *écrivant.*

QUATORZE mille écus!... ce compte perce l'ame....
Ma foi je ne fais plus comment fera Madame
Pour recevoir le roi qui vient dans ce château.

LE COURRIER.

Faut-il attendre ?

L'INTENDANT.

Eh oui.

BABET.

Que ce jour fera beau !

P 2

Madame Aubonne ! ici nous le verrons paraître,
Ici, dans ce château, ce grand roi, ce bon maître !

Mme A U B O N N E, coufant.

Il eft vrai.

B A B E T.

Mais cela devrait vous dérider.
Je ne vous vis jamais que pleurer ou bouder.
Quand tout le monde rit, court, faute, danfe, chante,
Notre Bonne eft toujours dans fa mine dolente.

Mme A U B O N N E.

Quand on porte lunette, on rit peu, mes enfans.
Ris tant que tu pourras; chaque chofe a fon temps.

L E C O U R R I E R à l'Intendant.

Expédiez-moi donc.

L' I N T E N D A N T.

La fête fera chère....
Mais pour ce prince augufte on ne faurait trop faire.

L E C O U R R I E R.

Faites donc vîte.

Mme A U B O N N E.

Hélas ! j'efpère d'aujourd'hui
Que Charlot mon enfant pourra fervir fous lui.

L' I N T E N D A N T.

Le bon prince !

L E C O U R R I E R.

Allons donc.

L' I N T E N D A N T.

La dernière campagne.....
Il affiégeait, vous dis-je... une ville... en Champagne...

LE COURRIER.

Dépêchez.

L'INTENDANT.

Il était, comme chacun le dit,
Le premier à cheval, et le dernier au lit.

LE COURRIER.

Quel bavard !

L'INTENDANT.

On avait, fous peine de la vie,
Défendu qu'on portât à la ville inveftie
Provifion de bouche.

LE COURRIER.

Aura-t-il bientôt fait ?

L'INTENDANT.

Trois jeunes payfans par un chemin fecret
En ayant apporté s'étaient laiffé furprendre :
Leur procès était fait, et l'on allait les pendre.
(Mme Aubonne et Babet s'approchent pour entendre ce conts; deux domeftiques qui portaient des meubles les mettent par terre, et tendent le cou; une fervante qui balayait s'approche et écoute en s'appuyant le menton fur le manche du balai.)

Mme AUBONNE, fe levant.

Les pauvres gens !

BABET.

Eh bien ?

LE COURRIER.

Achevez donc.

L'INTENDANT, écrivant.

Le roi....

Quatorze mille écus en fix mois....

LE COURRIER.

Sur ma foi,

P 3

Je n'y puis plus tenir.

L'INTENDANT, *écrivant.*

Je m'y perds quand j'y penfe!....

Le roi les rencontra... fon augufte clémence...

B A B E T.

Leur fit grâce, fans doute.

(*ici tout le monde fait un cercle autour de l'Intendant.*)

L'INTENDANT.

Hélas! il fit bien plus;

Il leur diftribua ce qu'il avait d'écus.

Le Béarnois, dit-il, eft mal en équipage,

Et s'il en avait plus, vous auriez davantage.

Tous enfemble.

Le bon roi! le grand roi!

L'INTENDANT.

Ce n'eft pas tout : le pain

Manquait dans cette ville, on y mourait de faim;

Il la nourrit lui-même en l'affiégeant encore.

(*il tire fon mouchoir et s'effuie les yeux.*)

LE COURRIER.

Vous me faites pleurer.

Mme A U B O N N E.

Je l'aime.

B A B E T.

Je l'adore!

L'INTENDANT.

Je me fouviens auffi qu'en un jour folennel

Un grave ambaffadeur, je ne fais plus lequel,

Vit fa jeune nobleffe admife à l'audience

L'entourer, le preffer fans trop de bienféance.

Pardonnez, dit le roi, ne vous étonnez pas;

Ils me preffent de même au milieu des combats.

LE COURRIER.

Ça donne du défir d'entrer à fon fervice.

BABET.

Oui, ça m'en donne auffi.

L'INTENDANT.

Qu'en dites-vous, nourrice ?

Mᵐᵉ AUBONNE, *fe remettant à l'ouvrage.*

Ah ! j'ai bien d'autres foins.

L'INTENDANT.

Je prétends aujourd'hui
Vous faire en l'attendant trente contes de lui.
Un foir près d'un couvent. . . .

LE COURRIER.

Mais donnez donc la lettre.

L'INTENDANT.

C'eft bien dit. . . . la voilà . . . tu pourras la remettre
Au premier des fourriers que tu rencontreras :
Tu partiras en hâte, en hâte reviendras.

Madame de Givry veut favoir à quélle heure
Il doit de fa préfence honorer fa demeure. . . .
Quatorze mille écus ! . . . . et cela clair et net ! . . .
On en doit la moitié. . . Va vîte.

LE COURRIER.

Adieu, Babet.

(*il fort.*)

BABET, *reprenant fon rouet.*

La nourrice toujours dans fon chagrin perfifte ;
Faites-lui quelque conte.

L'INTENDANT.

On voit ce qui l'attrifte.

P 4

Notre jeune Marquis, que la Bonne a nourri,
Eſt un grand garnement, et j'en ſuis bien marri.

Mᵐᵉ AUBONNE.

Je le ſuis plus que vous.

L'INTENDANT.

Votre fils au contraire,
Reſpectueux, poli, cherche toujours à plaire.

BABET.

Charlot eſt, je l'avoue, un fort joli garçon.

Mᵐᵉ AUBONNE.

Notre Marquis pourra ſe corriger.

L'INTENDANT.

Oh non ;
Il n'a point d'amitié ; le mal eſt ſans remède.

Mᵐᵉ AUBONNE, couſant.

A l'éducation tout tempérament cède.

L'INTENDANT, écrivant.

Les vices de l'eſprit peuvent ſe corriger ;
Quand le cœur eſt mauvais, rien ne peut le changer.

SCENE II.

Les femmes, GUILLOT, accourant.

GUILLOT.

Aʜ ! le méchant Marquis ! comme il eſt malhonnête !

Mᵐᵉ AUBONNE.

Eh bien, de quoi viens-tu nous étourdir la tête ?

GUILLOT.

De deux larges foufflets dont il m'a fait préſent.
C'eſt le ſeul qu'il m'ait fait, du moins juſqu'à préſent.

Paſſe encor pour un ſeul ; mais deux !

B A B E T.

Bon, c'eſt de joie
Qu'il t'aura ſouffleté ; tout le monde eſt en proie
A des tranſports ſi grands, en attendant le roi,
Qu'on ne ſait où l'on frappe.

Mme A U B O N N E.

Allons, conſole-toi.

L' I N T E N D A N T, *écrivant.*

La choſe eſt mal pourtant... Madame la Comteſſe
N'entend pas que l'on faſſe une telle careſſe
A ſes gens ; et Guillot eſt le fils d'un fermier,
Homme de bien.

G U I L L O T.

Sans doute.

L' I N T E N D A N T.

Et fort lent à payer.

G U I L L O T.

Ça peut être.

L' I N T E N D A N T.

Guillot eſt d'un bon caractère.

G U I L L O T.

Oui.

L' I N T E N D A N T.

C'eſt un innocent.

G U I L L O T.

Pas tant.

B A B E T.

Qu'as-tu pu faire

Pour acquérir ainfi deux foufflets du Marquis?

GUILLOT.

Il eft jaloux, il t'aime.

BABET.

Eft-il bien vrai?... tu dis
Que je plais à Monfieur?

GUILLOT.

Oh tu ne lui plais guère;
Mais il t'aime en paffant, quand il n'a rien à faire.
Je dois, comme tu fais, époufer tes attraits;
Et pour préfent de noce il donne des foufflets.

BABET.

Monfieur m'aimerait donc!

Mme AUBONNE.

Quelle fotte folie!
Le Marquis eft promis à la belle Julie,
Coufine de Madame, et qui dans la maifon
Eft un modèle heureux de beauté, de raifon,
Que j'élevai long-temps, que je formai moi-même:
C'eft pour lui qu'on la garde, et c'eft elle qu'il aime.

GUILLOT.

Oh bien, il en veut donc avoir deux à la fois:
Ces jeunes grands feigneurs ont de terribles droits;
Tout doit être pour eux, femmes de cour, de ville,
Et de village encore: ils en ont une file;
Ils vous écrêment tout, et jamais n'aiment rien.
Qu'ils me laiffent Babet; parbleu, chacun le fien.

BABET.

Tu m'aimes donc vraiment?

GUILLOT.

Oui, de tout mon courage;
Je t'aime tant, vois-tu, que quand fur mon paffage

Je vois paſſer Charlot, ce garçon ſi bien fait,
Quand je vois ce Charlot regardé par Babet,
Je rendrais, ſi j'oſais, à ſon joli viſage
Les deux peſans ſoufflets que j'ai reçus en gage.

Mme A U B O N N E.

Des ſoufflets à mon fils !

G U I L L O T.

Eh... j'entends ſi j'oſais...
Mais Charlot m'en impoſe, et je n'oſe jamais.

L' I N T E N D A N T, ſe levant.

Jamais je ne pourrai ſuffire à la dépenſe.
Ah ! tous les grands ſeigneurs ſe ruinent en France ;
Il faut couper des bois, emprunter chèremen=,
Et l'on s'en prend toujours à monſieur l'Intendant....
Çà, je vous diſais donc qu'auprès d'une abbaye
Une vieille baronne et ſa fille jolie,
Apercevant le roi qui venait tout courant...
Le duc de Bellegarde était ſon confident :
C'eſt un brave ſeigneur, et que par-tout on vante ;
Madame la Comteſſe eſt ſa proche parente :
De notre belle fête il ſera l'ornement.

S C E N E I I I.

Les Acteurs précédens, LE MARQUIS. (tous ſe levent.)

L E M A R Q U I S.

Mon vieux feſeur de conte, il me faut de l'argent.
Bonjour, belle Babet, bonjour, ma vieille Bonne...
(à Guillot.)
Ah! te voilà, maraud ; ſi jamais ta perſonne

S'approche de Babet, et furtout moi préfent,
Pour te mieux corriger je t'affomme à l'inftant.

GUILLOT.

Quel diable de Marquis !

LE MARQUIS.

Va, détale.

BABET.

Eh, de grâce,
Un peu moins de colère, un peu moins de menace.
Que vous a fait Guillot ?

Mme AUBONNE.

Tant de brutalité
Sied horriblement mal aux gens de qualité.
Je vous l'ai dit cent fois ; mais vous n'en tenez compte.
Vous me faites mourir de douleur et de honte.

LE MARQUIS.

Allez, vous radotez... Monfieur Rente, à l'inftant,
Qu'on me faffe donner fix cents écus comptant.

L'INTENDANT.

Je n'en ai point, Monfieur.

LE MARQUIS.

Ayez-en, je vous prie.
Il m'en faut pour mes chiens et pour mon écurie,
Pour mes chevaux de chaffe et pour d'autres plaifirs.
J'ai très-peu d'écus d'or, et beaucoup de défirs.
Monfieur mon tréforier, débourfez, le temps preffe.

L'INTENDANT.

A peine émancipé, vous épuifez ma caiffe.
Quel temps prenez-vous là ! quoi, dans le même jour
Où le roi vient chez vous avec toute fa cour !

Songez-vous bien aux frais où tout nous précipite ?

LE MARQUIS.

Je me passerais fort d'une telle visite.
Mon petit précepteur, que l'on vient d'éloigner,
M'avait dit que ma mère allait me ruiner :
Je vois qu'il a raison.

Mᵐᵉ AUBONNE.

Fi ! quel discours infame !
Soyez plus généreux, respectez plus Madame.
Je ne m'attendais pas, quand je vous allaitai,
Que vous auriez un cœur si plein de dureté.

LE MARQUIS.

Vous m'ennuyez.

Mᵐᵉ AUBONNE, *pleurant.*

L'ingrat !

GUILLOT, *dans un coin.*

Il a l'ame bien dure,
Les mains aussi.

BABET.

Toujours il nous fait quelque injure.
Vous n'aimez pas le roi ! vous, méchant !

LE MARQUIS.

Eh si fait.

BABET.

Non, vous ne l'aimez pas.

LE MARQUIS.

Si, te dis-je, Babet.

Je l'aime... comme il m'aime... affez peu, c'eft l'ufage.
Mais je t'aime bien plus.

L' I N T E N D A N T , *écrivant.*

　　　　Et l'argent davantage.

L E　M A R Q U I S.

　　　　(*à Guillot qui eft dans un coin.*)

Donnez-m'en donc bien vîte... Ah, ah, je t'aperçois ;
Attends - moi , malheureux !

S C E N E　I V.

Les Acteurs précédens , L A　C O M T E S S E.

L A　C O M T E S S E.

　　　　EH ! qu'eft-ce que je vois !
Je le cherche par-tout : que fes mœurs font ruftiques !
Je le trouve toujours parmi des domeftiques.
Il fe plaît avec eux ; il m'abandonne.

Mme　A U B O N N E.

　　　　　　Hélas !
Nous l'envoyons à vous , mais il n'écoute pas.
Il me traite bien mal.

L A　C O M T E S S E.

　　　　Confolez - vous , nourrice ,
Mon cœur en tous les temps vous a rendu juftice ,
Et mon fils vous la doit : on pourra l'attendrir.

Mme　A U B O N N E.

Ah ! vous ne favez pas ce qu'il me fait fouffrir.

L A　C O M T E S S E.

Je fais qu'en fon berceau , dans une maladie ,
Etant cru mort long - temps , vous fauvâtes fa vie :

Il en doit à jamais garder le souvenir.
S'il ne vous aimait pas, qui pourrait-il chérir ?
Laiffez-moi lui parler.

Mme A U B O N N E.

Dieu veuille que Madame
Par fes foins maternels amolliffe fon ame !

L E   M A R Q U I S.

Que de contrainte !

L A   C O M T E S S E à l'Intendant.

Et vous, tout eft-il préparé ?
Vous favez de vos foins combien je vous fais gré.

L' I N T E N D A N T.

Madame, tout eft prêt, mais la dépenfe eft forte;
Cela pourra monter tout au moins... à...

L A   C O M T E S S E.

Qu'importe?
Le cœur ne compte point, et rien ne doit coûter,
Lorfque le grand Henri daigne nous vifiter.

(à fes gens.)

Laiffez-moi, je vous prie.

(ils fortent.)

S C E N E   V.

L A   C O M T E S S E, L E   M A R Q U I S.

L A   C O M T E S S E.

I L eft temps qu'une mère,
Que vous écoutez peu, mais qui ne doit rien taire,
Dans l'âge où vous entrez, fans plainte et fans rigueur,
Parle à votre raifon et fonde votre cœur.

Je veux bien oublier que depuis votre enfance
Vous avez repouffé ma tendre complaifance ;
Que vos maîtres divers et votre précepteur,
Par leurs foins vigilans révoltant votre humeur,
Vous préfentant à tout, n'ont pu rien vous apprendre ;
Tandis qu'à leurs leçons empreffé de fe rendre,
Le fils de la nourrice à qui vous infultiez,
Apprenait aifément ce que vous négligiez ;
Et que Charlot toujours prompt à me fatisfaire,
Fefait affidument ce que vous deviez faire.

LE MARQUIS.

Vous l'oubliez, Madame, et m'en parlez fouvent.
Charlot eft, je l'avoue, un héros fort favant.
Je confens pleinement que Charlot étudie,
Que Guillot aille auffi dans quelque académie ;
La doctrine eft pour eux, et non pour ma maifon.
Je hais fort le latin ; il déroge à mon nom ;
Et l'on a vu fouvent, quoi qu'on en puiffe dire,
De très-bons officiers qui ne favaient pas lire.

LA COMTESSE.

S'ils l'avaient fu, mon fils, ils en feraient meilleurs.
J'en ai connu beaucoup qui, poliffant leurs mœurs,
Des beaux arts avec fruit ont fait un noble ufage.
Un efprit cultivé ne nuit point au courage.
Je fuis loin d'exiger qu'aux lois de fon devoir
Un officier ajoute un trifte et vain favoir ;
Mais fachez que ce roi, qu'on admire et qu'on aime,
A l'efprit très-orné.

LE MARQUIS.

Je ne fuis pas de même.

LA

LA COMTESSE.

Songez à le fervir à la guerre, à la cour.

LE MARQUIS.

Oui, j'y fonge.

LA COMTESSE.

Il faudra que dans cet heureux jour
De fa royale main fa bonté ratifie
Le contrat qui vous doit engager à Julie.
Elle eft votre parente, et doit plaire à vos yeux,
Aimable, jeune, riche.

LE MARQUIS.

Elle eft riche ? tant mieux ;
Marions-nous bientôt.

LA COMTESSE.

Se peut-il à votre âge
Que du feul intérêt vous parliez le langage !

LE MARQUIS.

Oh j'aime auffi Julie ; elle a bien des appas ;
Elle me plaît beaucoup : mais je ne lui plais pas.

LA COMTESSE.

Ah mon fils, apprenez du moins à vous connaître.
Vos difcours, votre ton, la révoltent peut-être.
On ne réuffit point fans un peu d'art flatteur ;
Et la groffièreté ne gagne point un cœur.

LE MARQUIS.

Je fuis fort naturel.

LA COMTESSE.

Oui, mais foyez aimable.
Cette pure nature eft fort infupportable.

Théâtre. Tome VIII.   Q

Vos pareils font polis ; pourquoi ? c'eft qu'ils ont eu
Cette éducation qui tient lieu de vertu :
Leur ame en eft empreinte ; et fi cet avantage
N'eft pas la vertu même, il eft fa noble image.
Il faut plaire à fa femme, il faut plaire à fon roi,
S'oublier prudemment, n'être point tout à foi,
Dompter cette humeur brufque où le penchant vous livre.
Pour vivre heureux, mon fils, que faut-il? favoir vivre.

LE MARQUIS.

Pour le roi, nous verrons comme je m'y prendrai :
Julie eft autre chofe, elle eft fort à mon gré ;
Mais je ne puis fouffrir, s'il faut que je le dife,
Que le favant Charlot la fuive et la courtife ;
Il lui fait des chanfons.

LA COMTESSE.

                 Vous vous moquez de nous :
Votre frère de lait vous rendrait-il jaloux ?

LE MARQUIS.

Oui ; je ne cache point que je fuis en colère
Contre tous ces gens-là qui cherchent tant à plaire.
Je n'aime point Charlot ; on l'aime trop ici.

LA COMTESSE.

Auriez-vous bien le cœur à ce point endurci ?
Cela ne fe peut pas. Ce jeune homme eftimable
Peut-il par fon mérite être envers vous coupable ?
Je dois tout à fa mère ; oui, je lui dois mon fils :
Aimez un peu le fien. Du même lait nourris,
L'un doit protéger l'autre ; ayez de l'indulgence,
Ayez de l'amitié, de la reconnaiffance ;
Si vous étiez ingrat, que pourrais-je efpérer ?
Pour ne vous point haïr il faudrait expirer.

LE MARQUIS.

Ah ! vous m'attendriffez ; Madame, je vous jure
De refpecter toujours mon devoir, la nature,
Vos fentimens.

LA COMTESSE.

Mon fils, j'aurais voulu de vous,
Avec tant de refpect, un mot encor plus doux.

LE MARQUIS.

Oui, le refpect s'unit à l'amour qui me touche.

LA COMTESSE.

Dites-le donc du cœur ainfi que de la bouche.

SCENE VI.

LA COMTESSE, LE MARQUIS, CHARLOT.

LA COMTESSE.

Venez, mon bon Charlot. Le Marquis m'a promis
Qu'il ferait déformais de vos meilleurs amis.

LE MARQUIS, *fe détournant.*

Je n'ai point promis ça.

LA COMTESSE.

Ce grand jour d'allégreffe
Ne pourra plus laiffer de place à la trifteffe.
Où donc eft votre mère ?

CHARLOT.

Elle pleure toujours ;
Et j'implore pour moi votre puiffant fecours,
Votre protection, vos bontés toujours chères,
Et ce cœur digne en tout de fes auguftes pères.

Madame, vous favez qu'à Monfieur votre fils,
Sans me plaindre un moment, je fus toujours foumis.
Vivre à vos pieds, Madame, eft ma plus forte envie.
Le héros des Français, l'appui de fa patrie,
Le roi des cœurs bien nés, le roi qui des ligueurs
A par tant de vertus confondu les fureurs;
Il vient chez vous, il vient dans vos belles retraites;
Et ce n'eft que pour lui que des lieux où vous êtes
Mon ame en gémiffant fe pourrait arracher.
La fortune n'eft pas ce que je veux chercher.
Pardonnez mon audace, excufez mon jeune âge.
On m'a fi fort vanté fa bonté, fon courage,
Que mon cœur tout de feu porte envie aujourd'hui
A ces heureux Français qui combattent fous lui.
Je ne veux point agir en foldat mercenaire;
Je veux auprès du roi fervir en volontaire,
Hafarder tout mon fang; sûr que je trouverai
Auprès de vous, Madame, un afile affuré.
Daignez-vous approuver le parti que j'embraffe?

LA COMTESSE.

Va, j'en ferais autant fi j'étais à ta place.
Mon fils, fans doute, aura pour fervir fous fa loi
Autant d'empreffement et de zèle que toi.

LE MARQUIS.

Eh, mon Dieu! oui. Faut-il toujours qu'on me compare
A notre ami Charlot? l'accolade eft bizarre.

LA COMTESSE.

Aimez-le, mon cher fils; que tout foit oublié.
Çà, donnez-lui la main pour marque d'amitié.

LE MARQUIS.

Eh bien, la voilà... mais....

LA COMTESSE.

Point de mais.

CHARLOT *prend la main du Marquis, et la baife.*

Je révère,

J'ofe chérir en vous Madame votre mère.
Jamais de mon devoir je n'ai trahi la voix ;
Je vous rendrai toujours tout ce que je vous dois.

LE MARQUIS.

Va... je fuis très-content.

LA COMTESSE.

Son bon cœur fe déclare ;
Le mien s'épanouit... Quel bruit, quel tintamarre !

SCENE VII.

Les Acteurs précédens. *Plufieurs domeftiques en livrée et d'autres gens entrent en foule.* GUILLOT, BABET, *font des premiers.* JULIE, LA NOURRICE *dans le fond ; elles arrivent plus lentement.* LA COMTESSE DE GIVRY *eft fur le devant du théâtre avec* LE MARQUIS *et* CHARLOT.

GUILLOT, *accourant.*

LE roi vient.

PLUSIEURS DOMESTIQUES.

C'eft le roi.

GUILLOT.

C'eft le roi, c'eft le roi.

BABET.

C'eft le roi ; je l'ai vu tout comme je vous voi.

Q 3

Il était encor loin , mais qu'il a bonne mine !

GUILLOT.

Donne - t - il des foufflets ?

LA COMTESSE.

A peine j'imagine
Qu'il arrive fitôt; c'eft ce foir qu'on l'attend ;
Mais fa bonté prévient ce bienheureux inftant.
Allons tous.

JULIE.

Je vous fuis ... je rougis ; ma toilette
M'a trop long-temps tenue , et n'eft pas encor faite.
Eft - ce bien déjà lui ?

GUILLOT.

Ne le voyez-vous pas
Qui vers la baffe-cour avance avec fracas ?

BABET.

Il eft très-beau ... C'eft lui. Les filles du village
Trottent toutes en foule, et font fur fon paffage.
J'y vais auffi, j'y vole.

LA COMTESSE.

Oh je n'entends plus rien.

JULIE.

Ce n'eft pas lui.

BABET, allant et venant.

C'eft lui.

GUILLOT.

Je m'y connais fort bien.
Tout le monde m'a dit c'eft lui, la chofe eft claire.

L'INTENDANT, arrivant à pas comptés.

Ils fe font tous trompés felon leur ordinaire.
Madame, un poftillon que j'avais fait partir
Pour s'informer au jufte, et pour vous avertir ,

Vous ramenait en hâte une troupe altérée,
Moitié déguenillée, et moitié furdorée,
D'excellens pâtiſſiers, d'acteurs italiens,
Et des danſeurs de corde, et des muſiciens,
Des flûtes, des hautbois, des cors et des trompettes,
Des feſeurs d'acroſtiche, et des marionnettes.
Tout le monde a crié *le roi* ſur les chemins ;
On le crie au village et chez tous les voiſins ;
Dans votre baſſe-cour on s'obſtine à le croire ;
Et voilà juſtement comme on écrit l'hiſtoire.

GUILLOT.

Nous voilà tous bien fots !

LA COMTESSE.

Mais quand vient-il ?

L'INTENDANT.

Ce ſoir.

LA COMTESSE.

Nous aurons tout le temps de le bien recevoir.
Mon fils, donnez la main à la belle Julie.
Bon ſoir, Charlot.

LE MARQUIS.

Mon Dieu ! que ce Charlot m'ennuie !
(*ils ſortent : la comteſſe reſte avec la nourrice.*)

LA COMTESSE.

Viens, ma chère nourrice, et ne ſoupire plus.
A bien placer ton fils mes vœux ſont réſolus :
Il ſervira le roi ; je ferai ſa fortune ;
Je veux que cette joie à nous deux ſoit commune.
Je voudrais contenter tout ce qui m'appartient,
Vous rendre tous heureux ; c'eſt-là ce qui ſoutient,

Q 4

C'eft - là ce qui confole et qui charme la vie.

Mme A U B O N N E.

Vous me rendez confufe, et mon ame attendrie
Devrait mériter mieux vos extrêmes bontés.

LA COMTESSE.

Qui donc en eft plus digne ?

Mme A U B O N N E, *triftement.*

Ah !

LA COMTESSE.

Nos félicités

S'altèrent du chagrin que tu montres fans ceffe.

Mme A U B O N N E.

Ce beau jour, il eft vrai, doit bannir la trifteffe.

LA COMTESSE.

Va, fais danfer nos gens avec les violons.
Ton fils nous aidera.

Mme A U B O N N E.

Mon fils !... Madame... allons.

Fin du premier acte.

ACTE II.

SCENE PREMIERE.

JULIE, Mme AUBONNE, CHARLOT.

JULIE.

ENFIN, je le verrai ce charmant Henri quatre,
Ce roi brave et clément qui fait plaire et combattre,
Qui conquit à la fois son royaume et nos cœurs,
Pour qui Mars et l'Amour n'ont point eu de rigueurs,
Et qui fait triompher, fi j'en crois les nouvelles,
Des ligueurs, des Romains, des héros et des belles.

CHARLOT, *dans un coin.*

Elle aime ce grand homme ; elle eſt tout comme moi.

JULIE.

Lifette à me parer a réuffi, je croi.
Comment me trouvez-vous?

Mme AUBONNE.

Très-belle et très-bien mife.
Vous feriez peu fâchée, excufez ma franchife,
D'eſſayer tant d'appas, et d'arrêter les yeux
D'un héros couronné, par-tout victorieux.

JULIE.

Oui, fes yeux feulement... il a le cœur fort tendre :
On me l'a dit du moins . . . je n'y véux point prétendre;
Je ne veux avoir l'air ni prude ni coquet.....
Eh mon Dieu ! j'aperçois qu'il me manque un bouquet.

CHARLOT.

Un bouquet! allons vîte.

(*il fort.*)

Mᵐᵉ AUBONNE.

Eh bien , belle Julie ,
Ce grand prince ici même aujourd'hui vous marie ;
Il fignera du moins le contrat projeté ,
Qui fera par Madame avec vous préfenté.
Vous femblez n'y penfer qu'avec indifférence ,
Et je crois entrevoir un peu de répugnance.

JULIE.

Hélas ! comment veut-on que mon cœur foit touché ,
Qu'il fe donne à celui qui ne l'a point cherché ?
Par la digne Comteffe en ces murs élevée ,
Conduite par vos foins , à fon fils réfervée ,
Je n'ai jamais dans lui trouvé jufqu'à ce jour
Le moindre fentiment qui reffemble à l'amour ;
Il n'a jamais montré ces douces complaifances ,
Qui d'un peu de tendreffe auraient les apparences.
Il eft fombre , il eft dur , il me doit alarmer ;
Il ofe être jaloux , et ne fait point aimer.
J'aime avec paffion fa vertueufe mère :
Le fils me fait trembler ; quel trifte caractère !
Ses airs , et fon ton brufque , et fa groffièreté ,
Affligent vivement ma fenfibilité.
D'un noir preffentiment je ne puis me défendre.
La nature me fit une ame honnête et tendre.
J'aurais voulu chérir mon mari.

Mᵐᵉ AUBONNE.

Parlez net :
Développez un cœur qui fe cache à regret.
Le marquis eft haï ?

JULIE.

Tout autant qu'haïffable ;
C'eft une averfion qui n'eft pas furmontable.
A fa mère après tout je ne puis l'avouer.
De quinze ans de bontés je dois trop me louer ;
Je percerais fon cœur d'une atteinte cruelle ;
Je ne puis la tromper, ni m'ouvrir avec elle.
Voilà mes fentimens , mes chagrins et mes vœux.

Mme AUBONNE.

Ce mariage - là fera des malheureux.
Ah ! comment nous tirer du fond du précipice ?

JULIE.

Et moi que devenir ? comment faire , nourrice ?
Tu ne me réponds point, tu rêves triflement,
Ma chère Aubonne !

Mme AUBONNE.

Hélas !

JULIE.

Pourrais-tu prudemment
Engager la Comteffe à différer la chofe ?
Tu fais la gouverner, ton avis en impofe ;
Par tes difcours flatteurs tu pourrais l'amener
A me laiffer le temps de me déterminer. . . .
Mais réponds donc.

Mme AUBONNE.

Hélas ! . . . oui, ma belle Julie. . .
(en pleurant.)
Votre demande eft jufte . . . elle fera remplie.

S C E N E   I I.

JULIE, Mme AUBONNE, CHARLOT.

CHARLOT.

MADAME, j'ai trouvé chez vous votre bouquet.

JULIE.

Ce n'eft point là le mien ; le vôtre eft bien mieux fait,
Mieux choifi, plus brillant… Que votre fils, ma Bonne,
Eft galant et poli !… Tous les jours il m'étonne.
Eft-il vrai qu'il nous quitte ?

Mme AUBONNE.

Il veut fervir le roi.

JULIE.

Nous le regretterons.

CHARLOT.

Je fais ce que je doi. (a)

Oui, mon père eft foldat du plus grand des monarques :
Il fut bleffé, Madame, à la bataille d'Arques.
Je voudrais fur fes pas bientôt l'être à mon tour.
Pour ce généreux roi mon cœur eft plein d'amour ;
Oui, je voudrais fervir Henri quatre et Madame.

JULIE à *Aubonne.*

La Bonne, vous pleurez !

Mme AUBONNE.

J'en ai fujet : mon ame
Se rappelle fans ceffe un fatal fouvenir.

JULIE.

Quoi ! pouvez-vous fans joie et fans vous attendrir

Voir un fils si bien né, si rempli de courage
Au-dessus de son rang, au-dessus de son âge?

Mᵐᵉ A U B O N N E.

Il paraît en effet digne de vos bontés;
Il mérite surtout les pleurs qu'il m'a coûtés.

J U L I E.

Votre amour est bien juste; il est touchant, ma Bonne.
Mais, il faut l'avouer, votre douleur m'étonne.
Quel est votre chagrin?... çà, dites-moi, Charlot....
Non... Monsieur... mon ami... ma mère... que ce mot...
De Charlot... convient mal... à toute sa personne!

Mᵐᵉ A U B O N N E.

Oh les mots n'y font rien... mais vous êtes trop bonne.

J U L I E.

Charlot... ma Bonne!...

Mᵐᵉ A U B O N N E.

Eh quoi?

J U L I E.

D'où vient que votre fils
Est différent en tout de monsieur le Marquis?
L'art n'a rien pu sur l'un, dans l'autre la nature
Semble avoir répandu tous ses dons sans mesure.

Mᵐᵉ A U B O N N E.

Vous le flattez beaucoup.

J U L I E.

Le roi vient aujourd'hui;
Je dois avoir l'honneur de danser avec lui...
Je voudrais répéter... Vous dansez comme un ange.

C H A R L O T.

Je ne mérite pas...

J U L I E.

Cela n'est point étrange:

Vous avez réuffi dans les jeux, dans les arts
Qui de nos courtifans attirent les regards ;
Les armes, le deffein, la danfe, la mufique,
Enfin dans toute étude où votre efprit s'applique ;
Et c'eft pour votre mère un plaifir bien parfait...
Je cherche à m'affermir dans le pas du menuet...
Et je danferai mieux vous ayant pour modèle.

CHARLOT.

Ah ! vous feule en fervez... mais le refpect, le zèle
Me forcent d'obéir. Il faut un violon,
Je cours en chercher un, s'il vous plaît.

JULIE.

Mon Dieu non...

Vous chantez à merveille ; et votre voix, je penfe,
Bien mieux qu'un violon marquera la cadence ;
Affeyez-vous, ma mère, et voyez votre fils.

Mme AUBONNE.

De tout ce que je vois mon cœur n'eft point furpris.
(*elle s'affied, ils danfent, et Charlot chante.*)

Elle donne des lois
Aux bergers, aux rois,
A fon choix.
Elle donne des lois
Aux bergers, aux rois.
Qui pourrait l'approcher,
Sans chercher
Le danger ?
On meurt à fes yeux fans efpoir,
On meurt de ne les plus voir.
Elle donne des lois
Aux bergers, aux rois.

JULIE, *après avoir danfé un feul couplet.*
Vous êtes donc l'auteur de la chanfon !

CHARLOT.
                              Madame,
C'eft un faible portrait d'une timide flamme.
Les vers étaient à l'air affez mal ajuftés.
Par votre goût fans doute ils feront rejetés.

JULIE.
Ils n'offenfent perfonne... ils ne peuvent déplaire;
Ils ne peuvent furtout exciter ma colère :
Ils ne font pas pour moi.

CHARLOT.
                    Pour vous ! . . . je n'oferais
Perdre ainfi le refpect, profaner vos attraits.

JULIE.
Une feconde fois je puis donc les entendre...
Achevons la leçon que de vous je veux prendre.

Mme AUBONNE.
Ils me font tous les deux un extrême plaifir.
Je voudrais que Madame en pût auffi jouir.
JULIE *recommence à danfer avec Charlot qui répète l'air.*
            Elle donne des lois
                Aux bergers, aux rois, &c.
                Majeur.
        Vous feule ornez ces lieux.
            Des rois et des dieux
            Le maître eft dans vos yeux.
            Ah! fi de votre cœur
            Il était vainqueur,
                Quel bonheur !

Tout parle en ce beau jour
D'amour.
Un roi brave et galant,
Charmant,
Partage avec vous
L'heureux pouvoir de régner fur nous.
Elle donne des lois, &c.
On meurt à fes yeux fans efpoir,
On meurt de ne les plus voir.

S C E N E   I I I.

LE MARQUIS *entre, et les voit danfer, pendant que* Mme AUBONNE *eft affife et s'occupe à coudre.*

LE MARQUIS.

Meurt de ne les plus voir!... Notre belle héritière,
Avec monfieur Charlot vous êtes familière.
Vous danfez aux chanfons dans un coin du logis.

CHARLOT.

Pourquoi non?

JULIE.

Mais je crois qu'il m'eft affez permis
De prendre qùand je veux, devant madame Aubonne,
Pour danfer un menuet, la leçon qu'il me donne.

LE MARQUIS.

Il donne des leçons! vraiment il en a l'air.
Profitez-vous beaucoup? et les payez-vous cher?

JULIE.

J'en dois avoir, Monfieur, de la reconnaiffance.
Si vous êtes fâché de cette préférence,

Si mon petit menuet vous donne quelque ennui,
Que n'avez-vous appris... à danſer comme lui?

LE MARQUIS.

Ouais!

CHARLOT.

Modérez, Monſieur, votre injuſte colère.
Vous aviez aſſuré votre adorable mère
Que d'un peu d'amitié vous vouliez m'honorer :
Mon cœur le méritait; il l'oſait eſpérer.

(en montrant Julie.)

Ce noble et digne objet, reſpectable à vous-même,
M'a chargé dans ces lieux de ſon ordre ſuprême :
Ses ordres ſont ſacrés; chacun doit les remplir.
En la ſervant, Monſieur, j'ai cru vous obéir.

Mᵐᵉ AUBONNE.

C'eſt très-bien ripoſté; Charlot doit le confondre.

LE MARQUIS.

Quand ce drôle a parlé, je ne fais que répondre.
Ecoute, mon garçon; je te défends... à toi,

(Charlot le regarde fixement.)

De montrer quand j'y ſuis de l'eſprit plus que moi.

Mᵐᵉ AUBONNE.

Quelle idée!

JULIE.

Eh, comment faudra-t-il donc qu'il faſſe?

LE MARQUIS.

Il m'offuſque toujours. Tant d'inſolence laſſe.
Je ne le puis ſouffrir près de vous... en un mot,
Je n'aime point du tout qu'on danſe avec Charlot.

JULIE.

Ma Bonne, à quel mari je me verrais livrée!
Allez, votre colère eſt trop prématurée.

Théâtre Tome VIII. R

Je n'ai point de reproche à recevoir de vous ;
Et je n'aurai jamais un tyran pour époux.

Mme A U B O N N E .

Eh bien, vous méritez une telle algarade.
Vous vous faites haïr... Monfieur, prenez-y garde.
Vous n'êtes ni poli, ni bon, ni circonfpect :
Vous deviez à Julie un peu plus de refpect,
Plus d'égards à Charlot, à moi plus de tendreffe;
Mais...

L E   M A R Q U I S .

Quoi ! toujours Charlot! que tout cela me bleffe !
Sortez, et devant moi ne paraiffez jamais.

J U L I E .

Mais, Monfieur...

L E   M A R Q U I S , *menaçant Charlot.*

Si...

C H A R L O T .

Quoi, fi ?

Mme A U B O N N E , *fe mettant entre deux.*

Mes enfans, paix, paix, paix;
Eh mon Dieu! je crains tout.

L E   M A R Q U I S .

Sors d'ici tout à l'heure.
Je te l'ordonne.

J U L I E .

Et moi j'ordonne qu'il demeure.

C H A R L O T .

A tous les deux, Monfieur, je fais ce que je doi;
(*en regardant Julie.*)
Mais enfin j'ai fait vœu de fuivre en tout fa loi.

LE MARQUIS.

Ah! c'en est trop, faquin.

CHARLOT.

C'en est trop, je l'avoue;
Et sur votre alphabet je doute qu'on vous loue.
Il paraît que le lait dont vous fûtes nourri
Dans votre noble sang s'est un peu trop aigri.
De vos expressions j'ai l'ame assez frappée.
A mon côté, Monsieur, si j'avais une épée,
Je crois que vous seriez assez sage, assez grand,
Pour m'épargner peut-être un si doux compliment.

LE MARQUIS.

Quoi! misérable...

JULIE.

Encore!

Mme AUBONNE.

Allez, mon fils, de grâce,
Ne l'effarouchez point, et quittez-lui la place;
Tout ira bien, cédez, quoique très-offensé.

CHARLOT.

Ma mère... j'obéis... mais j'ai le cœur percé.

(il sort.)

Mme AUBONNE.

Ah! c'en est fait, mon sang se glace dans mes veines.

JULIE.

Mon sang, ma chère amie, est bouillant dans les miennes.

LE MARQUIS.

Dans ce nouveau combat du froid avec le chaud,
Me retirer en hâte est, je crois, ce qu'il faut.
Je n'aurais pas beau jeu. C'est une étrange affaire
De combattre à la fois deux femmes en colère.

R 2

SCENE IV.

JULIE, Mme AUBONNE.

Mme AUBONNE.

Non, vous n'aurez jamais ce brutal de marquis;
Qu'ai-je fait ! non, ces nœuds font trop mal affortis.

JULIE.

Quoi ! tu me ferviras ?

Mme AUBONNE.

Je réponds que fa mère
Brifera ce lien qui doit trop vous déplaire...
M'y voilà réfolue.

JULIE.

Ah ! que je te devrai !

Mme AUBONNE.

O fortune ! ô deftin ! que tout change à ton gré !
Du public cependant refpectons l'allégreffe.
Trop de monde à préfent entoure la comteffe.
Comment parler, comment, par un trouble cruel,
Contrifter les plaifirs d'un jour fi folennel ?

JULIE.

Je le fais, et je crains que mon refus la bleffe :
Pour ce fils que je hais, je connais fa tendreffe.

Mme AUBONNE.

D'un coup trop imprévu n'allons point l'accabler...
Je n'ai jamais rien fait que pour la confoler.

JULIE.

La nature, il eſt vrai, parle beaucoup en elle.

Mᵐᵉ AUBONNE.

Elle peut s'aveugler.

JULIE.

Je compte ſur ton zèle,
Sur tes conſeils prudens, ſur ta tendre amitié.
De ce joug odieux tire-moi par pitié.

Mᵐᵉ AUBONNE.

Hélas ! tout dès long-temps trompa mes eſpérances.

JULIE.

Tu gémis.

Mᵐᵉ AUBONNE.

Oui, je ſuis dans de terribles tranſes...
N'importe...je le veux... je ferai mon devoir :
Je ferai juſte.

JULIE.

Hélas ! tu fais tout mon eſpoir.

SCENE V.

JULIE, Mᵐᵉ AUBONNE, BABET.

BABET, accourant avec empreſſement.

ALLEZ, votre marquis eſt un vrai trouble-fête.

Mᵐᵉ AUBONNE.

Je ne le fais que trop.

BABET.

Vous ſavez qu'on apprête
Cette longue feuillée, où Charlot de ſes mains
De guirlandes de fleurs décorait les chemins.

Il a dans cent endroits difpofé cent lumières,
Où du nom de Henri les brillans caractères
Sont lus, à ce qu'on dit, par tous-les gens favans.
Ce fpectacle admirable attirait les paffans :
Les filles l'entouraient ; toute notre fequelle
Voyait le beau Charlot monté fur une échelle,
Dans un lefte pourpoint fefant tous ces apprêts ;
Mais Monfieur le marquis a trouvé tout mauvais,
A voulu tout changer ; et Charlot au contraire
A dit que tout eft bien. Le marquis en colère
A menacé Charlot, et Charlot n'a rien dit.
Ce filence au marquis a caufé du dépit ;
Il a tiré l'échelle, il a fu fi bien faire
Qu'en defcendant vers nous Charlot eft chu par terre.

JULIE.

Ah ! Charlot eft bleffé.

BABET.

Non, il s'eft leftement
Relevé d'un feul faut... Il s'eft fâché vraiment :
Il a dit de gros mots.

Mme AUBONNE.

De cette bagatelle
Il peut naître aifément une grande querelle.
Je crains beaucoup.

JULIE.

Je tremble.

SCENE VI.

JULIE, Mme AUBONNE, BABET, GUILLOT.

G U I L L O T, *en criant.*

A_H mon Dieu ! quel malheur !

J U L I E.

Quoi !

Mme A U B O N N E.

Qu'eft-il arrivé ?

G U I L L O T.

Notre jeune feigneur...

J U L I E.

A-t-il fait à Charlot quelque nouvelle injure ?

G U I L L O T.

Il ne donnera plus des foufflets, je vous jure,
A moins qu'il n'en revienne.

Mme A U B O N N E.

Ah mon Dieu ! que dis-tu ?

G U I L L O T.

Babet l'aura pu voir.

B A B E T.

J'ai dit ce que j'ai vu,

Pas grand'chofe.

Mme A U B O N N E.

Eh, butor, dis donc vîte de grâce
Ce qui s'eft pu paffer, et tout ce qui fe paffe.

G U I L L O T.

Hélas ! tout eft paffé. Le marquis là dehors
Eft troué d'un grand coup tout au travers du corps.

R 4

Mme A U B O N N E.

Ah, malheureufe!

J U L I E.

Hélas, vous répandez des larmes!
Mais ce n'eft pas Charlot; Charlot n'avait point d'armes.

G U I L L O T.

On en trouve bientôt. Ce marquis turbulent
Pourfuivait notre ami, ma foi, très-vertement.
L'autre, qui fagement fe battait en retraite,
Déjà d'un écuyer avait faifi la brette.
Je lui criais de loin, Charlot, garde-toi bien
D'attendre Monfeigneur, il ne ménage rien.
J'ai trop à mes dépens appris à le connaître:
Va-t-en, il ne faut pas s'attaquer à fon maître.
Mais Charlot lui difait, Monfieur, n'approchez pas;
Il s'eft trop approché, voilà le mal.

Mme A U B O N N E.

Hélas!
Allons le fecourir, s'il en eft temps encore.

S C E N E   V I I.

Les Acteurs précédens, L'INTENDANT.

L' I N T E N D A N T.

Non, il n'en eft plus temps.

Mme A U B O N N E.

Jufte Ciel que j'implore!

L' I N T E N D A N T.

Il n'a pas à ce coup furvécu d'un moment.
Cachons bien à fa mère un fi trifte accident.

Mme A U B O N N E, *en pleurant.*

Les pierres parleront, si nous osons nous taire.

L' I N T E N D A N T.

C'est fort loin du château que cette horrible affaire
Sous mes yeux s'est passée, et presque au même instant,
Pour préparer Madame à cet événement,
J'empêche si je puis qu'on n'entre et qu'on ne sorte :
Je fais lever les ponts, je fais fermer la porte.
Madame heureusement se retire en secret,
Dans ce moment fatal, au fond d'un cabinet
Où tout ce bruit affreux ne peut se faire entendre.
Ne blessons point un cœur si sensible et si tendre ;
Epargnons une mère.

J U L I E.

Hélas ! à quel état
Sera-t-elle réduite après cet attentat ?
Je plains son fils . . . le temps l'aurait changé peut-être.

L' I N T E N D A N T.

Il était bien méchant ; mais il était mon maître.

Mme A U B O N N E.

Quelle mort ! et par qui !

L' I N T E N D A N T.

Dans quel temps, juste Ciel !
Dans le plus beau des jours, dans le plus solennel,
Quand le roi vient chez nous !

J U L I E.

Hélas ! ma pauvre Aubonne,
Que deviendra Charlot ?

L' I N T E N D A N T.

Peut-être sa personne

Aux mains de la juſtice eſt livrée à préſent.

JULIE.

Ce garçon n'a rien fait qu'à ſon corps défendant :
La juſtice eſt injuſte.

L'INTENDANT.

Ah ! les lois ſont bien dures.

BABET à *Guillot.*

Charlot ſerait perdu !

GUILLOT.

Ce ſont des aventures
Qui font bien de la peine , et qu'on ne peut prévoir.
On eſt gai le matin, on eſt pendu le ſoir.

BABET.

Mais le marquis eſt-il tout-à-fait mort ?

L'INTENDANT.

Sans doute ;
Le médecin l'a dit.

JULIE.

Plus de reſſource ?

GUILLOT à *Babet.*

Ecoute ,
Il en diſait de moi l'an paſſé tout autant ;
Il croyait m'enterrer ; et me voilà pourtant.

L'INTENDANT.

Non, vous dis-je, il eſt mort, il n'eſt plus d'eſpérance.
Mes enfans, au logis gardez bien le ſilence.

GUILLOT.

Je gage que ſa mère a déjà tout appris.

Mme AUBONNE.

J'en mourrai... mais allons, le deſſein en eſt pris.
(*elle ſort.*)

BABET.

Ah! j'entends bien du bruit et des cris chez Madame !

GUILLOT.

On n'a jamais gardé le filence.

JULIE.

Mon ame
D'une fi bonne mère éprouve les douleurs.
Courons, allons mêler mes larmes à fes pleurs.

Fin du fecond acte.

ACTE III.

SCENE PREMIERE.

L'INTENDANT, BABET, GUILLOT, troupes
de gardes, CHARLOT *au milieu d'eux.*

CHARLOT.

J'AURAIS pu fuir fans doute, et ne l'ai pas voulu.
Je défire la mort, et j'y fuis réfolu.

L'INTENDANT.

La juftice eft ici. Madame la comteffe
Sait la mort de fon fils ; la douleur qui la preffe
Ne lui permettra pas de recevoir le roi.
Quel malheur !

GUILLOT.

Il devait en ufer comme moi,
Ne fe point revancher, imiter ma fageffe ;
Je l'avais averti.

CHARLOT.

J'ai tort, je le confeffe.

BABET.

Quel crime a-t-il donc fait? Ne vaut-il pas bien mieux
Tuer quatre marquis qu'être tué par eux.

GUILLOT.

Elle a toujours raifon, c'eft très-bien dit.

CHARLOT.

J'efpère
Qu'on fouffrira du moins que je parle à ma mère.

Voudrait-on me priver de ses derniers adieux?

L' INTENDANT.

Elle s'est évadée, elle est loin de ces lieux.

GUILLOT.

Quoi? ta mère est complice?

BABET.

Il me met en colère.

Quand tu voudras parler, ne dis mot pour bien faire.

CHARLOT.

Elle ne veut plus voir un fils infortuné,
Indigne de sa mère, et bientôt condamné.
Mais que je plains, hélas! mon auguste maîtresse!
Et que je plains Julie! elle avait la tendresse
De Monsieur le marquis; et mes funestes coups
Privent l'une d'un fils, et l'autre d'un époux.
Non, je ne veux plus voir ce château respectable,
Où l'on daigna m'aimer, où je fus si coupable.

(à l'Intendant.)

Vous, Monsieur, si jamais dans leur triste maison
Après cet attentat vous prononcez mon nom,
J'ose vous conjurer de bien dire à Madame
Qu'elle a toujours régné jusqu'au fond de mon ame,
Que j'aurais prodigué mon sang pour la servir,
Que j'ai, pour la venger, demandé de mourir :
Daignez en dire autant à la noble Julie.
Hélas! dans la maison mon enfance nourrie
Me laissait peu prévoir tant d'horribles malheurs.
Vous tous qui m'écoutez, pardonnez-moi mes pleurs,
Ils ne sont pas pour moi... la source en est plus belle...
Adieu... conduisez-moi.

L' INTENDANT.

Que cette fin cruelle,

Que ce jour malheureux doit bien fe déplorer !

GUILLOT.

Tout pleure, je ne fais s'il faut auffi pleurer.
Qu'on aime ce Charlot! Charlot plaît, quoi qu'il faffe.
On n'en ferait pas tant pour moi.

BABET *à ceux qui emmènent Charlot.*

Meffieurs, de grâce,
Ne l'enlevez donc pas... fuivons-le au moins des yeux.

GUILLOT.

Allons, fuivons auffi, car on eft curieux.

SCENE II.

JULIE, L'INTENDANT.

JULIE.

Ah ! je refpire enfin... Madame évanouie
Reprend un peu fes fens et fa force affaiblie ;
Ses femmes à l'envi, les miennes tour à tour
Rendent fes yeux éteints à la clarté du jour.
Faut-il qu'en cet état la nourrice fidelle,
Devant la fecourir, ne foit pas auprès d'elle !
Vainement je la cherche, on ne la trouve pas.

L'INTENDANT.

Elle éprouve elle-même un funefte embarras :
Par une fauffe porte elle s'eft éclipfée.
Je prends part aux chagrins dont elle eft oppreffée.
Elle eft pour fon malheur mère du meurtrier.

JULIE.

Pourquoi nous fuir ? pourquoi de nous fe défier ?

Le roi viendra bientôt : son seul aspect fait grâce ,
Son grand cœur doit la faire.

L'INTENDANT.

On peut punir l'audace
D'un bourgeois champenois qui tue un grand seigneur :
L'exemple est dangereux après ces temps d'horreur,
Où l'Etat déchiré par nos guerres civiles
Vit tous les droits sans force, et les lois inutiles.
A peine nous sortons de ces temps orageux.
Henri qui fait sur nous briller des jours heureux
Veut que la loi gouverne, et non pas qu'on la brave.

JULIE.

Non, le brave Henri ne peut punir un brave.
Je suis la cause, hélas ! de cet affreux malheur ;
Ne me reprochant rien dans ma simple candeur,
J'ai cru qu'on n'avait point de reproche à me faire.
Ce malheureux marquis dans sa sotte colère ,
Se croyant tout permis, a forcé cet enfant
A tuer son seigneur, et fort innocemment.
Je saurai recourir à la clémence auguste,
Aux bontés de ce roi galant autant que juste.
Je n'avais répété ce menuet que pour lui ;
Il y sera sensible , il sera notre appui.

L'INTENDANT.

Dieu le veuille !

S C E N E I I I.

JULIE, L'INTENDANT, BABET.

BABET.

Au fecours ! ah mon Dieu, la mifère !
Protégez-nous, Madame, en cette horrible affaire.
Les filles ont recours à vous dans la maifon.

JULIE.

Quoi, Babet ?

BABET.

C'eft Charlot que l'on fourre en prifon.

JULIE.

O Ciel !

BABET.

Des gens tout noirs des pieds jufqu'à la tête
L'ont fait conduire, hélas ! d'un air bien mal-honnête.
Pour comble de malheur, le roi dans le logis
Ne viendra point, dit-on, comme il l'avait promis.
On ne danfera point, plus de fête... Ah Madame!
Que de maux à la fois !... Tout cela perce l'ame.

JULIE.

Charlot eft en prifon !

L'INTENDANT.

Cela doit aller loin.

BABET.

Hélas ! de le fauver prenez fur vous le foin.
Chacun vous aidera ; tout le château vous prie.
Les morts ont toujours tort, et Charlot eft en vie.

L'INTENDANT.

L'INTENDANT.

Hélas ! je doute fort qu'il y foit bien long-temps.

JULIE.

Madame fort déjà de fes appartemens.
Dans quel accablement elle eft enfevelie !

SCENE IV.

Les Acteurs précédens, LA COMTESSE *foutenue*
par deux fuivantes.

LA COMTESSE.

MES filles, laiffez-moi ; que je parle à Julie.
Dans ma chambre avec moi je ne faurais refter.

L'INTENDANT *à Babet.*

Elle veut être feule, il faut nous écarter.

(*ils fortent.*)

LA COMTESSE, *fe jetant dans un fauteuil.*

O ma chère Julie, en ma douleur profonde,
Ne m'abandonnez pas. . . . je n'ai que vous au monde.

JULIE.

Vous m'avez tenu lieu d'une mère, et mon cœur
Répond toujours au vôtre et fent votre malheur.

LA COMTESSE.

Ma fille voilà donc quel eft votre hymenée ;
Ah ! j'avais efpéré vous rendre fortunée.

JULIE.

Je pleure votre fort . . . . et je fais m'oublier.

LA COMTESSE.

Le roi même en ces lieux devait vous marier.

Théâtre. Tome VIII.   S

Au lieu de cette fête et si sainte et si chère,
J'ordonne de mon fils la pompe funéraire!
Ah Julie!

JULIE.

En ce temps, en ce séjour de pleurs,
Comment de la maison faire au roi les honneurs?

LA COMTESSE.

J'envoie auprès de lui, je l'instruis de ma perte;
Il plaindra les horreurs où mon ame est ouverte;
Il aura des égards; il ne mêlera pas
L'appareil des festins à celui du trépas.
Le roi ne viendra point.... tout a changé de face.

JULIE.

Ainsi... le meurtrier... n'aura donc point sa grâce?

LA COMTESSE.

Il est bien criminel.

JULIE.

Il s'est vu bien pressé.
A ce coup malheureux le marquis l'a forcé.

LA COMTESSE, *en pleurant.*

Il devait fuir plutôt.

JULIE.

Votre fils en colère......

LA COMTESSE, *se levant.*

Il devait dans mon fils respecter une mère.
Le fils de sa nourrice, ô Ciel! tuer mon fils!
Cette femme, après tout, dont les soins infinis
Ont conduit leur enfance, et qui tous deux les aime,
En ne paraissant point le condamne elle-même.

JULIE.

vous aviez protégé ce jeune malheureux.

LA COMTESSE.

Je l'aimais tendrement; mon fort eft plus affreux,
Son attentat plus grand.

JULIE.

Faudra-t-il qu'il périffe ?

LA COMTESSE.

Quoi? deux morts au lieu d'une !

JULIE.

Hélas ! notre nourrice
Ferait donc la troifième.

LA COMTESSE.

Ah ! je n'en puis douter.
Elle eft mère. . . . et je fais ce qu'il en doit coûter.
Hélas ! ne parlons point de vengeance et de peine ;
Ma douleur me fuffit.

(*on entend du bruit.*)

JULIE.

Quelle rumeur foudaine?
(*le peuple derrière le théâtre.*)
Vive le roi! le roi! le roi! le roi! le roi! (*b*)

SCENE V.

Les Perfonnages précédens, Mme AUBONNE.

Mme AUBONNE.

CE n'eft pas lui, Madame, hélas! ce n'eft que moi.
J'ai laiffé ce bon prince à moins d'un quart de lieue,
J'ai précédé fa cour avec fa garde bleue,

S 2

J'avais pris des chevaux ; et je viens à genoux
Révéler votre fort et mon crime envers vous.
Le roi m'a pardonné ma fraude et mon audace.
Je ne mérite pas que vous me fassiez grâce.

LA COMTESSE.

Quoi ! malheureufe ! as-tu paru devant le roi !

Mme AUBONNE.

Madame, je l'ai vu tout comme je vous voi :
Ce monarque adoré ne rebute perfonne ;
Il écoute le pauvre, il eft jufte, il pardonne,
J'ai tout dit.

LA COMTESSE.

Qu'as-tu dit ? quels étranges difcours
Redoublent ma douleur et l'horreur de mes jours !
Laiffe-moi.

Mme AUBONNE.

Non, fachez cet important myftère,
Charlot eft plein de vie, et vous êtes fa mère.

LA COMTESSE.

Où fuis-je, jufte Dieu ! pourrais-je m'en flatter ?
Ah ! Julie, entends-tu ?

JULIE.

J'aime à n'en point douter.

Mme AUBONNE.

Hélas ! vous auriez pu fur fon noble vifage
Du comte de Givry voir la parfaite image.
Il vous fouvient affez qu'en ces temps pleins d'effroi
Où la ligue accablait les partifans du roi,
Votre époux opprimé cacha dans ma chaumière
Cet enfant dont les yeux s'ouvraient à la lumière ;
Vous voulûtes bientôt le tenir dans vos bras,
Ce malheureux enfant touchait à fon trépas ;

Je vous donnai le mien. Vous fûtes trop flattée
De la fatale erreur où vous fûtes jetée.
Votre fils réchappa, mais l'échange était fait.
Un enfant fuppofé dans vos bras s'élevait,
Vos foins vous attachaient à cette créature,
Et l'habitude en vous tînt lieu de la nature.
Mon mari que le roi vient de faire appeler,
Interrogé par lui, vient de tout révéler.
C'est un brave foldat que ce grand prince eftime.
Tout eft prouvé.

LA COMTESSE.

Julie, heureux jour, heureux crime!

JULIE.

Madame, cette fois, voici le grand Henri.

SCENE VI et dernière.

Les Perfonnages précédens, LE ROI et toute fa cour,
CHARLOT.

LE ROI.

JE viens mettre en vos bras le comte de Givry,
Le fils de mon ami, qui le fera lui-même.
Je rends grâces au ciel dont la bonté fuprême
Par le coup inoui d'un étrange moyen
A fait votre bonheur, et préparé le mien.
Je vous rends votre fils, et j'honore fa mère;
Il me fuivra demain dans la noble carrière
Où de tout temps, Madame, ont couru vos aïeux.
Déjà nos ennemis approchent de ces lieux;

S 3

Je cours de ce château dans le champ de la gloire;
Mon fort eſt de chercher la mort ou la victoire.
Votre fils combattra, Madame, à mes côtés.
Mais, délivrés tous deux de nos adverſités,
Ne ſongeons qu'à goûter un moment ſi proſpère.

LA COMTESSE.

Adorons des Français le vainqueur et le père.

Fin du troiſième et dernier acte.

VARIANTES

DE CHARLOT

OU LA COMTESSE DE GIVRY.

(a)   Je fais ce que je doi.
Il m'eût été bien doux de confacrer ma vie
A fervir dignement la divine Julie.
Heureux qui, recherchant la gloire et le danger,
Entre un héros et vous pourrait fe partager !
Heureux à qui l'éclat d'une illuftre naiffance
A permis de nourrir cette noble efpérance !
Pour moi qu'aux derniers rangs le fort veut captiver,
Vers la gloire de loin fi je puis m'élever,
Si quelque occafion, quelque heureux avantage,
Peut jamais pour mon prince exercer mon courage,
De vous, de vos bontés, je voudrais obtenir
Pour prix de tout mon fang un léger fouvenir.

          JULIE.

Ah ! je me fouviendrai de vous toute ma vie.
Elevée avec vous, moi ! que je vous oublie !
Mais vous ne quittez point la maifon pour jamais.
Madame la comteffe et fes dignes bienfaits,
Une très-bonne mère, et, s'il le faut, moi-même,
Tout vous doit rappeler, tout le château vous aime.
Ma Bonne, ordonnez-lui de revenir fouvent.

          Mme AUBONNE, *en foupirant.*

Je ne fouffrirai pas un long éloignement.

          CHARLOT.

Ah ! ma mère, à mon cœur il manque l'éloquence.
Peignez-lui les tranfports de ma reconnaiffance ;
Faites-moi mieux parler que je ne puis.

          JULIE.
                    Charlot...

. . . .

          LA COMTESSE.
Dans l'état où je fuis, ô Ciel ! il vient chez moi !

                              S 4

S C E N E V.

LE COURRIER *en bottes, qui était parti au premier acte, arrive.*

J U L I E.

Cʜᴀʀʟᴏᴛ fera fauvé.

LE COURRIER.

　　　　　　Le duc de Bellegarde
Dans la cour à l'inftant vient avec une garde.
Pour la feconde fois le peuple s'eft mépris.

J U L I E.

Le roi ne viendra point ?

LE COURRIER.

　　　　　　Je n'en ai rien appris.
Il eft à la diftance à peu-près d'une lieue,
Dans un petit village avec fa garde bleue.

J U L I E.

Il viendra, j'en fuis fûre.

S C E N E V I.

LE DUC DE BELLEGARDE *arrive, fuivi de plufieurs domeftiques de la maifon. On prépare trois fauteuils.*

LA COMTESSE, *allant au-devant de lui.*

Aʜ ! Monfieur, vous venez
Confoler, s'il fe peut, mes jours infortunés.

LE DUC.

Je l'efpère, Madame ; ici le roi m'envoie :
Je viens à vos douleurs mêler un peu de joie.
　　　　(*à Julie qui veut fortir.*)
Mademoifelle, il faut que je vous parle auffi ;
Votre aimable préfence eft néceffaire ici.

Sur le deftin d'un fils, Madame, et fur le vôtre
Daignez avec bonté m'écouter l'une et l'autre.

(*il s'affied entre elles.*)

Une madame Aubonne, accourant vers le roi,
S'eft jetée à fes pieds, a parlé devant moi :
Le roi vous le favez ne rebute perfonne.

LA COMTESSE.

Ce prince daigne être homme.

JULIE.

Ah, l'ame grande et bonne !

LE DUC.

Cette femme à mon maître a dit de point en point
Ce que je vais conter,... ne vous affligez point,
Madame, et jufqu'au bout fouffrez que je m'explique.
Vous aviez dans fes mains mis votre fils unique :
On le crut mort long-temps ; vous n'aviez jamais vu
Ce fils infortuné, de fa mère inconnu ?

LA COMTESSE.

Il eft trop vrai.

LE DUC.

C'était au temps même où la guerre,
Ainfi que tout l'Etat, défolait votre terre.
Cette femme craignit vos reproches, vos pleurs :
Elle crut vous fervir en trompant vos douleurs ;
Et fans doute en fecret elle fut trop flattée
De la fatale erreur où vous fûtes jetée.
Vous demandiez ce fils, elle donna le fien.

LA COMTESSE.

Ah ! tout mon cœur s'échappe : ah grand Dieu !

JULIE.

Tout le mien

Eft faifi, tranfporté.

LA COMTESSE.

Quel bonheur !

JULIE.

Quelle joie !

LA COMTESSE.

Qu'on amène mon fils, courons, que je le voye.

Mais.... ferait-il bien vrai ?....

LE DUC.

Rien n'eft plus avéré,

LA COMTESSE.

Ah ! fi j'avais rempli ce devoir fi facré
De ne pas confier au lait d'une étrangère
Le pur fang de mon fang, et d'être vraiment mère,
On n'aurait jamais fait cet affreux changement.

LE DUC.

Il eft bien plus commun qu'on ne croit.

LA COMTESSE.

Cependant
Quelle preuve avez-vous ? quel témoin ? quel indice ?

LE DUC.

Le ciel, avec le roi, vous a rendu juftice.
Votre fils réchappa ; mais l'échange était fait.
Cet enfant fuppofé dans vos bras s'élevait.
Vos foins vous attachaient à cette créature,
Et l'habitude en vous paffait pour la nature.
La nourrice voulut diffiper votre erreur ;
Elle n'ofa jamais alarmer votre cœur,
Craignant en difant vrai de paffer pour menteufe ;
Et la vérité même était trop dangereufe.
Dans un billet fecret avec foin cacheté,
Son mari vieux foldat mit cette vérité.
Le billet dépofé dans les mains d'un notaire,
Produit aux yeux du roi, découvre le myftère.
Le foldat même, à part interrogé long-temps,
Menacé de la mort, menacé des tourmens,
D'un air fimple et naïf a conté l'aventure.
Son grand âge n'eft pas le temps de l'impofture :
Il touche au jour fatal où l'homme ne ment plus.
Il a tout confirmé : des témoins entendus
Sur le lieu, fur le temps, fur chaque circonftance,
Ont fous les yeux du roi mis l'entière évidence.
On ne le trompe point ; il fait fonder les cœurs :
Art difficile et grand qu'il doit à fes malheurs.
Ajouterai-je encor que j'ai vu ce jeune homme
Que pour aimable et brave ici chacun renomme.

De votre père, hélas ! c'est le portrait vivant ;
Votre père mourut quand vous étiez enfant,
Maffacré près de moi dans l'horrible journée
Qui fera de l'Europe à jamais condamnée.
C'est lui-même, vous dis-je : oui, c'est lui ; je l'ai vu :
Frappé de fon afpect, j'en fuis encore ému ;
J'en pleure en vous parlant.

LA COMTESSE.

Vous raviffez mon ame.

JULIE.

Que je fens vos bienfaits !

LE DUC.

Agréez donc, Madame,
Que la trifte nourrice, appuyant mes récits,
Puiffe ici retrouver fon véritable fils.
Il était expirant ; mais on efpère encore
Qu'il pourra réchapper : fa mère vous implore ;
Elle vient ; la voici qui tombe à vos genoux.

(b) SCENE VI et dernière.

Les Acteurs précédens : Mᵐᵉ AUBONNE, CHARLOT.

Mᵐᵉ AUBONNE, *fe jetant aux pieds de la Comteffe.*

J'AI mérité la mort.

LA COMTESSE.

C'eft affez, levez-vous :
Je dois vous pardonner puifque je fuis heureufe.
Tu m'as rendu mon fang.

(*la porte s'ouvre : Charlot paraît avec tous les domeftiques.*)

CHARLOT *dans l'enfoncement, avançant quelques pas.*

O deftinée affreufe !

Où me conduifez-vous ?

LA COMTESSE, *courant à lui.*

Dans mes bras, mon cher fils !

CHARLOT.

Vous ! ma mère !

LE DUC.

Oui, sans doute.

JULIE.

O Ciel, je te bénis.

LA COMTESSE, *le tenant embrassé.*

Oui, reconnais ta mère ; oui, c'est toi que j'embrasse ;
Tu sauras tout.

JULIE.

Il est bien digne de sa race.

(*le peuple derrière le théatre.*)

Vive le roi ! le roi ! le roi ! vive le roi !

LE DUC.

Pour le coup c'est lui-même. Allons tous : c'est à moi
De présenter le fils, et la mère, et Julie.

LA COMTESSE.

Je succombe au bonheur dont ma peine est suivie.

CHARLOT, marquis.

Je ne sais où je suis.

LA COMTESSE.

Rendons grâce à jamais
Au duc de Bellegarde, au grand roi des Français...
Mon fils !

CHARLOT, marquis.

J'en serai digne.

JULIE.

Il nous fait tous renaître.

LA COMTESSE.

Allons tous nous jeter aux pieds d'un si bon maître.

CHARLOT, marquis.

Henri n'est pas le seul dont j'adore la loi.

(*tout le monde crie.*)

Vive le roi ! le roi ! le roi ! vive le roi !

Fin des Variantes.

Mon Dieu! finiffez donc ; vous me tournez la tête.

Le Depositaire acte 2 Scene 5^e

J. Me Moreau le j^{ne} inv.   1785   Lemire Sculp.

L E

DEPOSITAIRE,

COMEDIE DE SOCIETÉ.

Jouée à la campagne en 1767.

PRÉFACE.

L'ABBÉ de *Châteauneuf*, auteur du dialogue sur la musique des anciens, ouvrage savant et agréable, rapporte à la page 116 l'anecdote suivante.

„ *Molière* nous cita Mlle *Ninon de l'Enclos*, „ comme la personne qu'il connaissait sur qui „ le ridicule fesait une plus prompte impres- „ sion, et nous apprit qu'ayant été la veille „ lui lire son Tartufe (selon sa coutume de „ la consulter sur tout ce qu'il fesait), elle „ l'avait payé en même monnaie par le récit „ d'une aventure qui lui était arrivée avec un „ scélérat à peu-près de cette espèce, dont elle „ lui fit le portrait avec des couleurs si vives „ et si naturelles que si sa pièce n'eût pas été „ faite, nous disait-il, il ne l'aurait jamais „ entreprise, tant il se serait cru incapable de „ rien mettre sur le théâtre d'aussi parfait que „ le Tartufe de Mlle *l'Enclos.* „

Supposé que *Molière* ait parlé ainsi, je ne sais à quoi il pensait. Cette peinture d'un faux dévot, si vive et si brillante dans la bouche de *Ninon*, aurait dû au contraire exciter *Molière* à composer sa comédie du Tartufe, s'il ne l'avait pas déjà faite. Un génie tel que le sien eût vu tout d'un coup dans le simple récit de *Ninon* de quoi construire son inimitable pièce, le chef-d'œuvre du bon comique, de la faine morale, et le tableau le plus vrai de la fourberie la plus dangereufe. D'ailleurs, il y a, comme on fait, une prodigieufe différence entre raconter plaifamment, et intriguer une comédie fupérieurement.

L'aventure dont parlait *Ninon* pouvait fournir un bon conte, fans être la matière d'une bonne comédie.

Je me fouviens qu'étant un jour dans la néceffité d'emprunter de l'argent d'un ufurier, je trouvai deux crucifix fur fa table. Je lui demandai fi c'étaient des gages de fes débiteurs ; il me répondit que non, mais qu'il ne fefait jamais de marché qu'en préfence du crucifix. Je lui repartis qu'en ce cas un feul fuffifait, et que je lui confeillais de le placer entre les deux larrons. Il me traita d'impie, et me déclara qu'il ne me prêterait point d'argent. Je pris congé de lui ; il courut après moi fur l'efcalier, et me dit, en fefant le figne de la croix, que fi je pouvais l'affurer que je n'avais point eu de mauvaifes intentions en lui parlant, il pourrait conclure mon affaire en confcience. Je lui répondis que je n'avais eu que de très-bonnes intentions. Il fe réfolut donc à me prêter fur gages à dix pour cent pour fix mois, retint les intérêts par devers lui, et au bout des

fix

fix mois il difparut avec mes gages qui valaient quatre ou cinq fois l'argent qu'il m'avait prêté. La figure de ce galant homme, fon ton de voix, toutes fes allures étaient fi comiques qu'en les imitant j'ai fait rire quelquefois des convives à qui je racontais cette petite hifto-riette. Mais certainement fi j'en avais voulu faire une comédie, elle aurait été des plus infipides.

Il en eft peut-être ainfi de la comédie du Dépofitaire. Le fond de cette pièce eft ce même conte que mademoifelle l'*Enclos* fit à *Molière*. Tout le monde fait que *Gourville* ayant confié une partie de fon bien à cette fille fi galante et fi philofophe, et une autre à un homme qui paffait pour très-dévot, le dévot garda le dépôt pour lui, et celle qu'on regardait comme peu fcrupuleufe le rendit fidellement fans y avoir touché.

Il y a auffi quelque chofe de vrai dans l'aventure des deux frères. Mademoifelle l'*Enclos* racontait fouvent qu'elle avait fait un honnête homme d'un jeune fanatique, à qui un fripon avait tourné la tête, et qui ayant été volé par des hypocrites avait renoncé à eux pour jamais.

De tout cela on s'eft avifé de faire une comédie qu'on n'a jamais ofé montrer qu'à quelques intimes amis. Nous ne la donnons pas comme un ouvrage bien théâtral ; nous penfons même qu'elle n'eft pas faite pour être jouée. Les ufages, le goût font trop changés depuis ce temps-là. Les mœurs bourgeoifes femblent bannies du théâtre. Il n'y a plus d'ivrogne : c'eft une mode qui était trop commune du temps de *Ninon*. On fait que *Chapelle* s'enivrait prefque tous les jours. *Boileau* même dans fes premières fatires, le fobre *Boileau* parle toujours de bouteilles de vin, et de trois ou quatre cabaretiers, ce qui ferait aujourd'hui infupportable.

Nous donnons feulement cette pièce comme un monument très-fingulier, dans lequel on retrouve mot pour mot ce que penfait *Ninon* fur la probité et fur l'amour. Voici ce qu'en dit l'abbé de *Châteauneuf*, page 121.

„ Comme le premier ufage qu'elle a fait de
„ fa raifon a été de s'affranchir des erreurs
„ vulgaires, elle a compris de bonne heure
„ qu'il ne peut y avoir qu'une même morale
„ pour les hommes et pour les femmes. Suivant
„ cette maxime, qui a toujours fait la règle de fa
„ conduite, il n'y a ni exemple ni coutume qui
„ pût lui faire excufer en elle la fauffeté, l'in-
„ difcrétion, la malignité, l'envie, et tous les
„ autres défauts, qui, pour être ordinaires aux

" femmes, ne bleſſent pas moins les premiers
" devoirs de la ſociété.

" Mais ce principe, qui lui fait ainſi juger des
" paſſions ſelon ce qu'elles ſont en elles-mêmes,
" l'engage auſſi, par une ſuite néceſſaire, à ne
" les pas condamner plus ſévèrement dans l'un
" que dans l'autre ſexe. C'eſt pour cela, par
" exemple, qu'elle n'a jamais pu reſpecter l'au-
" torité de l'opinion dans l'injuſtice qu'ont les
" hommes de tirer vanité de la même paſſion
" à laquelle ils attachent la honte des femmes,
" juſqu'à en faire leur plus grand, ou plutôt
" leur unique crime, de la même manière qu'on
" réduit auſſi leurs vertus à une ſeule, et que
" la probité, qui comprend toutes les autres, eſt
" une qualification auſſi inuſitée à leur égard,
" que ſi elles n'avaient aucun droit d'y pré-
" tendre. "

Ce caractère eſt préciſément le même qu'on
retrouve dans la pièce, et ces traits nous ont
paru ſuffire pour rendre l'ouvrage précieux à
tous les amateurs des ſingularités de notre littérature, et ſurtout à ceux qui cherchent avec
avidité tout ce qui concerne une perſonne auſſi
ſingulière que mademoiſelle *Ninon l'Enclos*. Le
lecteur eſt ſeulement prié de faire attention que
ce n'eſt pas la *Ninon* de vingt ans, mais la *Ninon*
de quarante.

T 2

PERSONNAGES.

NINON, femme de trente-cinq à quarante ans, très-bien mife ; grand caractère du haut comique.

GOURVILLE l'aîné, grand nigaud, habillé de noir, mal boutonné, une mauvaife perruque de travers, l'air très-gauche.

GOURVILLE le jeune, petit-maître du bon ton.

M. GARANT, marguillier, en manteau noir, large rabat, large perruque, pefant fes paroles, et l'air recueilli.

L'avocat PLACET, en rabat et en robe, l'air empefé, et déclamant tout.

M. AGNANT, bon bourgeois, buveur, et non pas ivrogne de comédie.

Mme AGNANT, habillée et coiffée à l'antique, bourgeoife acariâtre.

LISETTE,⎫ valets de comédie dans l'ancien
PICARD,⎭ goût.

La fcène eft chez mademoifelle Ninon l'Enclos, au Marais.

LE
DEPOSITAIRE,

COMEDIE.

ACTE PREMIER.

SCENE PREMIERE.

NINON, GOURVILLE le jeune.

Le jeune GOURVILLE.

Ainsi, belle Ninon, votre philosophie
Pardonne à mes défauts, et souffre ma folie.
De ce jeune étourdi vous daignez prendre soin.
Vous êtes tolérante, et j'en ai grand besoin.

NINON.

J'aime assez, cher Gourville, à former la jeunesse.
Le fils de mon ami vivement m'intéresse ;
Je touche à mon hiver, et c'est mon passe-temps
De cultiver en vous les fleurs d'un beau printemps.
N'étant plus bonne à rien désormais pour moi-même,
Je suis pour le conseil ; voilà tout ce que j'aime ;
Mais la sévérité ne me va point du tout.
Hélas ! on sait assez que ce n'est point mon goût.
L'indulgence à jamais doit être mon partage ;
J'en eus un peu besoin quand j'étais à votre âge.

Eh bien, vous aimez donc cette petite Agnant?

Le jeune GOURVILLE.

Oui, ma belle Ninon.

NINON.

C'eſt une aimable enfant.

Sa mère quelquefois dans la maiſon l'amène.

J'ai l'œil bon; j'ai prévu de loin votre frédaine;

Mais eſt-ce un ſimple goût, une inclination?

Le jeune GOURVILLE.

Du moins pour le préſent c'eſt une paſſion.

Un certain avocat pour mari ſe propoſe;

Mais auprès de la fille il a perdu ſa cauſe.

NINON.

Je crois que mieux que lui vous avez ſu plaider.

Le jeune GOURVILLE.

Je ſuis aſſez heureux pour la perſuader.

NINON.

Sans doute vous flattez et le père et la mère,

Et juſqu'à l'avocat : c'eſt le grand art de plaire.

Le jeune GOURVILLE.

J'y mets, comme je puis, tous mes petits talens.

Le père aime le vin.

NINON.

C'eſt un vice du temps,

La mode en paſſera. Ces buveurs me déplaiſent,

Leur gaîté m'aſſourdit, leurs vains diſcours me pèſent;

J'aime peu leurs chanſons, et je hais leur fracas;

La bonne compagnie en fait très-peu de cas.

Le jeune GOURVILLE.

La mère Agnant eſt bruſque, emportée et revêche,

Sotte, un oiſon bridé devenu pie-grièche;

Bonne diableſſe au fond.

N I N O N.

Oui, voilà trait pour trait
De nos très-fots voifins le fidelle portrait.
Mais on doit fe plier à fouffrir tout le monde;
Les plats et lourds bourgeois dont cette ville abonde,
Les grands airs de la cour, les faux airs de Paris,
Nos étourdis feigneurs, nos pincés beaux efprits:
C'eft un mal néceffaire, et que fouvent j'effuie.
Pour ne pas trop déplaire il faut bien qu'on s'ennuie.

Le jeune G O U R V I L L E.

Mais Sophie eft charmante et ne m'ennuîra pas.

N I N O N.

Ah! je vous avoûrai qu'elle eft pleine d'appas.
Aimez-la, quittez-la, mon amitié tranquille
A vos goûts, quels qu'ils foient, fera toujours facile.
A la droite raifon dans le refte foumis,
Changez de voluptés, ne changez point d'amis;
Soyez homme d'honneur, d'efprit et de courage,
Et livrez-vous fans crainte aux erreurs du bel âge.
Quoi qu'en difent l'Aftrée et Clélie et Cyrus,
L'amour ne fut jamais dans le rang des vertus;
L'amour n'exige point de raifon, de mérite. (a)
J'ai vu des fots qu'on prend, des gens de bien qu'on quitte.
Je fus, et tout Paris l'a fouvent publié,
Infidelle en amour, fidelle en amitié.
Je vous chéris, Gourville, et pour toute ma vie.
Votre père n'eut pas de plus conftante amie:
Dans des temps malheureux il arrangea mon bien;
Je dois tout à fes foins; fans lui je n'aurais rien.

_____

(a) Ce font les propres paroles de *Ninon*, dans le petit livre de l'abbé
de *Châteauneuf*.

T 4

Vous favez à quel point j'avais fa confiance :
C'eſt un plaiſir pour moi que la reconnaiſſance ;
Elle occupe le cœur ; je n'ai point de parens,
Et votre frère et vous me tenez lieu d'enfans.

Le jeune G O U R V I L L E.

Votre exemple m'inſtruit, votre bonté m'accable.
Ninon dans tous les temps fut un homme eſtimable.

N I N O N.

Parlons donc, je vous prie, un peu ſolidement.
Vous n'êtes pas, je crois, fort en argent comptant?

Le jeune G O U R V I L L E.

Pas trop.

N I N O N.

Voici le temps où de votre fortune
Le nœud très-délicat, l'intrigue peu commune,
Grâce à monſieur Garant, pourra ſe débrouiller.

Le jeune G O U R V I L L E.

Ce bon monſieur Garant me fait toujours bâiller.
Il eſt ſi compaſſé, ſi grave, ſi ſévère !
Je rougis devant lui d'être fils de mon père.
Il me fait trop ſentir que par un ſort fâcheux
Il manque à mon baptême un paragraphe ou deux.

N I N O N.

On omit, il eſt vrai, le mot de légitime.
Gourville votre père eut la publique eſtime ;
Il eut mille vertus, mais il eut, entre nous,
Pour les beaux nœuds d'hymen de merveilleux dégoûts.
La rigueur de la loi (peut-être un peu trop ſage)
A votre frère, à vous, ravit tout héritage.
Vous ne poſſédez rien ; mais ce monſieur Garant,
Son banquier autrefois, et ſon correſpondant,

Pour deux cents mille francs étant son légataire,
N'en est, vous le savez, que le dépositaire.
Il fera son devoir ; il l'a dit devant moi ;
L'honneur est plus puissant, plus sacré que la loi.

Le jeune GOURVILLE.

Je voudrais que l'honneur fût un peu plus honnête.
Cet homme de sermons me rompt toujours la tête :
Directeur d'hôpitaux, syndic et marguillier,
Il n'a daigné jamais avec moi s'égayer.
Il prétend que je suis une tête légère,
Un jeune dissolu, sans mœurs, sans caractère,
Jouant, courant le bal, les filles, les buveurs :
Oui, je suis débauché ; mais parbleu j'ai des mœurs ;
Je ne dois rien, je suis fidelle à mes promesses ;
Je n'ai jamais trompé, pas même mes maîtresses ;
Je bois sans m'enivrer ; j'ai tout payé comptant ;
Je ne vais point jouer quand je n'ai point d'argent.
Tout marguillier qu'il est, ma foi je le défie
De mener dans Paris une meilleure vie.

NINON.

Il est un temps pour tout.

Le jeune GOURVILLE.

Monsieur mon frère aîné,
Je l'avoue, a l'esprit tout autrement tourné.
Il est sage et profond, sa conduite est austère ;
Il lit les vieux auteurs et ne les entend guère ;
Il méprise le monde : eh bien, qu'il soit un jour
Pour prix de ses vertus marguillier à son tour ;
Et que monsieur Garant, qui dans tout le gouverne,
Lui donne plus qu'à moi. Ce qui seul me concerne,
C'est le plaisir ; l'argent, voyez-vous, ne m'est rien ;
Je suis assez content d'un honnête entretien.

L'avarice eſt un monſtre; et pourvu que je puiſſe
Supplanter l'avocat, mon fort eſt trop propice.

NINON.

Tout réuſſit aux gens qui ſont doux et joyeux.
Pour Monſieur votre aîné, c'eſt un fou férieux:
Un précepteur maudit, maîtriſant ſa jeuneſſe,
Chargea d'un joûg peſant ſa docile faibleſſe,
De ſombres viſions tourmenta ſon eſprit,
Et l'âge a conſervé ce que l'enfance y mit.
Il s'eſt fait à lui-même un bien triſte eſclavage.
Malheur à tout eſprit qui veut être trop ſage.
J'ai bonne opinion, je vous l'ai déjà dit,
D'un jeune écervelé, quand il a de l'eſprit.
Mais un jeune pédant, fût-il très-eſtimable,
Deviendra, s'il perſiſte, un être inſupportable.
Je ris, lorſque je vois que votre frère a fait
L'extravagant deſſein d'être un homme parfait.

Le jeune GOURVILLE.

Un pédant chez Ninon eſt un plaiſant prodige!

NINON.

Le parti qu'il a pris n'eſt pas ce qui m'afflige:
J'aime les gens de bien, mais je hais les cagots;
Et je crains les fripons qui gouvernent les ſots.

Le jeune GOURVILLE.

Voilà le marguillier.

SCENE II.

NINON, le jeune GOURVILLE, M. GARANT
en manteau noir, grand rabat, gants blancs, large perruque.

M. GARANT.

Je me fuis fait attendre.
Le temps, vous le favez, eft difficile à prendre.
Mes emplois font bien lourds.

NINON.

Je le fais.

M. GARANT.

Bien pefans.

NINON.

C'eft ajouter beaucoup.

M. GARANT.

Sans mes foins vigilans,
Sans mon activité. . . .

NINON.

Fort bien.

M. GARANT.

Sans ma prudence,
Sans mon crédit. . . .

NINON.

Encor !

M. GARANT.

L'œuvre aurait pu, je penfe,
Souffrir un grand déchet ; mais j'ai tout réparé.

Le jeune GOURVILLE.

Ah ! tout Paris en parle, et vous en fait bon gré.

M. GARANT.

Les pauvres font d'ailleurs fi pauvres ! leurs fouffrances
Me percent tant le cœur que de leurs doléances
Je m'afflige toujours.

NINON.

Il faut les fecourir ;
C'eft un devoir facré.

M. GARANT.

Leurs maux me font fouffrir !

Le jeune GOURVILLE.

Vous régiffez fi bien leur petite finance
Que les pauvres bientôt feront dans l'opulence.

NINON.

Çà, Monfieur l'aumônier, vous favez que céans
Il eft, ainfi qu'ailleurs, de jeunes indigens ;
Ils font recommandés à vos nobles largeffes.
Vous n'avez pas, fans doute, oublié vos promeffes.

M. GARANT.

Vous favez que mon cœur eft toujours pénétré
Des extrêmes bontés dont je fus honoré
Par ce parfait ami, ce cher monfieur Gourville,
Si bon pour fes amis.... qui fut toujours utile
A tous ceux qu'il aima.... qui fut fi bon pour moi,
Si généreux !... je fais tout ce que je lui doi.
L'honneur, la probité, l'équité, la juftice
Ordonnent qu'un ami fans réferve accompliffe
Ce qu'un ami voulait.

N I N O N.

Ah! que c'eft parler bien!

Le jeune G O U R V I L L E.

Il eft fort éloquent.

M. G A R A N T.

Que dites-vous là?

Le jeune G O U R V I L L E.

Rien.

N I N O N, *le contrefefant.*

Je me flatte, je crois, je fuis perfuadée,
Je me fens convaincue, et furtout j'ai l'idée
Que vous rendrez bientôt les deux cents mille francs
A votre ami fi cher, ès mains de fes enfans.

M. G A R A N T.

Madame, il faut payer fes dettes légitimes;
Et les moindres délais en ce cas font des crimes;
L'honneur, la probité, le fens et la raifon
Demandent qu'on s'applique avec attention
A remplir fes devoirs, à ne nuire à perfonne,
A voir quand et comment, à qui, pourquoi l'on donne,
A bien confidérer fi le droit eft léfé,
Si tout eft bien en ordre.

N I N O N.

Eh, rien n'eft plus aifé....
Des deux cents mille francs n'êtes-vous pas le maître?

M. G A R A N T.

Oh oui : fon teftament le fait affez connaître.
Je les dois recevoir en louis trébuchans.

N I N O N.

Eh bien, à chacun d'eux donnez cent mille francs.

Le jeune G O U R V I L L E.

Le compte eſt clair et net.

M. G A R A N T.

Oui, cette arithmétique
Eſt parfaite en ſon genre, et n'a point de réplique ;
Egales portions.

N I N O N.

Par cette égalité
Vous aſſurez la paix de leur ſociété.

M. G A R A N T.

Soyez ſûre que l'un n'aura pas plus que l'autre,
Quand j'aurai tout réglé.

N I N O N.

Quelle idée eſt la vôtre !
Tout eſt réglé, Monſieur....

M. G A R A N T.

Il faudra mûrement
Conſulter ſur ce cas quelque avocat ſavant,
Quelque bon procureur, quelque habile notaire
Qui puiſſe prévenir toute fâcheuſe affaire.
Il faut fermer la bouche aux malins héritiers
Qui pourraient méchamment répéter les deniers.

Le jeune G O U R V I L L E.

Mon père n'en a point.

M. G A R A N T.

Hélas ! dès qu'on enterre
Un vieillard un peu riche, il ſort de deſſous terre
Mille collatéraux qu'on ne connaiſſait pas.
Voyez que de chagrins, de peines, d'embarras,
Si jamais il fallait que par quelque artifice ·
J'éludaſſe les lois de la ſainte juſtice !

L'honneur, vous le favez, qui doit conduire tout. . . .

NINON.

Le véritable honneur eft très-fort de mon goût,
Mais il fait écarter ces craintes ridicules.
Il eft de certains cas où j'ai peu de fcrupules.

M. GARANT.

J'en fuis perfuadé, Madame, je le crois;
C'eft mon opinion . . . mais la rigueur des lois,
De ces collatéraux les plaintes, les murmures,
Et les prétentions avec les procédures. . . .

NINON.

Ayez des procédés; je réponds du fuccès.

Le jeune GOURVILLE.

Ce n'eft point là du tout une affaire à procès.

M. GARANT.

Vous ne connaiffez pas, Madame, les affaires,
Leurs détours, leurs dangers, les lois et leurs myftères.

NINON.

Toujours cent mots pour un. Moi, je vais à l'inftant
Répondre à vos difcours en un mot comme en cent.
Mon cher petit Gourville, allez dire à Lifette
Qu'elle m'apporte ici cette grande caffette.
Elle fait ce que c'eft.

Le jeune GOURVILLE.

J'y cours.

SCENE III.

NINON, M. GARANT.

M. GARANT.

Avec chagrin
Je vois que ce jeune homme a pris un mauvais train,
De mauvais fentimens . . . . une allure mauvaife.
Je crains que s'il était un jour trop à fon aife...
Il ne fe confirmât dans le mal . . . .

NINON.

Mais vraiment,
Vous me touchez le cœur par un foin fi prudent.

M. GARANT.

Il eft fort libertin : une trop grande aifance...
Trop d'argent dans les mains, trop d'or, trop d'opulence...
Donne aux vices du cœur trop de facilité.

NINON.

On ne peut parler mieux ; mais trop de pauvreté
Dans des dangers plus grands peut plonger la jeuneffe :
Je ne voudrais pour lui pauvreté ni richeffe ;
Point d'excès, mais fon bien lui doit appartenir.

M. GARANT.

D'accord, c'eft à cela que je veux parvenir.

NINON.

Et fon frère ?

M. GARANT.

Ah ! pour lui ce font d'autres affaires,
Vous avez des bontés qu'il ne mérite guères.

NINON.

NINON.

Comment donc?...

M. GARANT.

Vous avez acheté fous fon nom,
Quand fon père vivait, votre propre maifon.

NINON.

Oui...

M. GARANT.

Vous avez mal fait.

NINON.

C'était un avantage
Que fon père lui fit.

M. GARANT.

Mais cela n'eft pas fage:
Nous y remédîrons; je vous en parlerai:
J'ai d'honnêtes deffeins que je vous confîrai...
Vous êtes belle encore.

NINON.

Ah!

M. GARANT.

Vous favez, le monde....

NINON.

Ah Monfieur!

M. GARANT.

Vous avez la fcience profonde
Des fecrètes façons dont on peut fe pouffer,
Etre confidéré, s'intriguer, s'avancer;
Vous êtes éclairée, avifée et difcrète.

NINON.

Et furtout patiente.

Théâtre. Tome VIII.   V

SCENE IV.

NINON, M. GARANT, le jeune GOURVILLE,
LISETTE, un laquais.

LISETTE.

AH! la lourde caffette!
Comment voulez-vous donc que j'apporte cela?
Picard la traîne à peine.

NINON.

Allons vîte, ouvrons-la.

LISETTE.

C'eft un vrai coffre-fort.

NINON.

C'eft le très-faible refte
De l'argent qu'autrefois dans un péril funefte,
Etant contraint de fuir, Gourville me laiffa;
Long-temps à fon retour dans ce coffre il puifa.
Le compte eft de fa main. Allez tous deux fur l'heure
Donner à fes enfans le peu qu'il en demeure:
Ce fera pour chacun, je crois, deux mille écus.
Par un partage égal il faut qu'ils foient reçus.
Pour leurs menus plaifirs ils en feront ufage,
Attendant que Monfieur faffe un plus grand partage.
(*on remporte le coffre.*)

LISETTE.

J'y cours, je fais compter.

Le jeune G O U R V I L L E.

L'adorable Ninon!

N I N O N *à M. Garant.*

Pour remplir son devoir il faut peu de façon;
Vous le voyez, Monsieur.

M. G A R A N T.

Cela n'est pas dans l'ordre,
Dans l'exacte équité; la justice y peut mordre.
Cette caisse au défunt appartint autrefois;
Et les collatéraux réclameront leurs droits:
Il faut pour préalable en faire un inventaire.
Je suis exécuteur qu'on dit testamentaire.

Le jeune G O U R V I L L E.

Eh bien, exécutez les généreux desseins
D'un ami qui remit sa fortune en vos mains.

M. G A R A N T.

Allez; j'en suis chargé; n'en soyez point en peine.

N I N O N.

Quand apporterez-vous cette petite aubaine
Des deux cents mille francs en contrats bien dressés?
Et quand remplirez-vous ces devoirs si pressés?

M. G A R A N T.

Bientôt. L'œuvre m'attend et les pauvres gémissent:
Lorsque je suis absent, tous les secours languissent.
Adieu. . .

(*il fait deux pas et revient.*)

Vous devriez employer prudemment
Ces quatre mille écus donnés légèrement.

N I N O N.

Eh, fi donc!

V 2

M. GARANT, *revenant encore, la tirant à l'écart.*

La débauche, hélas! de toute espèce,
A la perdition conduira sa jeunesse.
Il dissipera tout; je vous en avertis.

Le jeune GOURVILLE.

Hem, que dit-il de moi?

M. GARANT.

Pour votre bien, mon fils,
Avec discrétion je m'explique à Madame..
(*bas à Ninon.*)
Il est très-inconstant.

NINON.

Ah! cela perce l'ame.

M. GARANT.

Il a déjà séduit notre voisine Agnant:
Cela fera du bruit.

NINON.

Ah, mon Dieu! le méchant!
Courtiser une fille! ô Ciel est-il possible!

M. GARANT.

C'est comme je le dis.

NINON.

Quel crime irrémissible!

M. GARANT *à Ninon.*

Un mot dans votre oreille.

Le jeune GOURVILLE.

Il lui parle tout bas;
C'est mauvais signe...

NINON *à M. Garant qui sort.*

Allez, je ne l'oublîrai pas.

S C E N E   V.

N I N O N, le jeune **G O U R V I L L E**.

Le jeune G O U R V I L L E.

Q U E vous difait - il donc ?

N I N O N.

Il voulait, ce me femble,
Par pure probité nous mettre mal enfemble.

Le jeune G O U R V I L L E.

Entre nous, je commence à penfer à la fin
Que cet original eft un maître Gonin.

N I N O N.

Vous pouvez, croyez-moi, le penfer fans fcrupule :
On peut être à la fois fripon et ridicule.
Avec fon verbiage et fes fades propos,
Ce fat dans le quartier féduit les idiots.
Sous un amas confus de paroles oifeufes
Il penfe déguifer fes trames ténébreufes.
J'aime fort la vertu, mais pour les gens fenfés :
Quiconque en parle trop n'en eut jamais affez.
Plus il veut fe cacher, plus on lit dans fon ame :
Et que ceci foit dit et pour homme et pour femme.
Enfin je ne veux point par un zèle imprudent
Garantir la vertu de ce monfieur Garant.

Le jeune G O U R V I L L E.

Ma foi, ni moi non plus.

V 3

SCÈNE VI.

NINON, le jeune GOURVILLE, LISETTE.

NINON.

Eh bien, chère Lisette,
Ma petite ambassade a-t-elle été bien faite ?
Son frère a-t-il de vous reçu son contingent ?

LISETTE.

Oui, Madame, à la fin il a reçu l'argent.

NINON.

Est - il bien satisfait ?

LISETTE.

Point du tout, je vous jure.

NINON.

Comment ?

LISETTE.

Oh ! les savans sont d'étrange nature.
Quel étonnant jeune homme, et qu'il est triste et sec !
Vous l'eussiez vu courbé sur un vieux livre grec ;
Un bonnet sale et gras qui cachait sa figure,
De l'encre au bout des doigts, composaient sa parure ;
Dans un tas de papiers il était enterré ;
Il se parlait tout bas comme un homme égaré.
De lui dire deux mots je me suis hasardée ;
Madame, il ne m'a pas seulement regardée.
                              (en élevant la voix.)
J'apporte de l'argent, Monsieur, qui vous est dû ;
Monsieur, c'est de l'argent. Il n'a rien répondu,
Il a continué de feuilleter, d'écrire.
J'ai fait avec Picard un grand éclat de rire :

Ce bruit l'a réveillé. *Voilà deux mille écus,*
Monſieur, que ma maîtreſſe avait pour vous reçus.
Hem! qui, quoi, m'a-t-il dit; allez chez les notaires;
Je n'ai jamais, ma bonne, entendu les affaires:
Je ne me mêle point de ces pauvretés-là.
Monſieur, ils ſont à vous, prenez-les, les voilà.
Il a repris ſoudain papier, plume, écritoire.
Picard l'interrompant a demandé pour boire.
Pourquoi boire? a-t-il dit; fi! rien n'eſt ſi vilain
Que de s'accoutumer à boire ſi matin?
Enfin, il a compris ce qu'il devait entendre;
Voilà les ſacs, dit-il, et vous pouvez y prendre
Tout ce qu'il vous plaira pour la commiſſion:
Nous avons pris, Madame, avec diſcrétion.
Il n'a pas un moment daigné tourner la tête,
Pour voir de nos cinq doigts la modeſtie honnête;
Et nous ſommes partis avec étonnement,
Sans recevoir pour vous le moindre compliment.
Avez-vous vu jamais un mortel plus bizarre?

NINON.

Il en faut convenir, ſon caractère eſt rare.
La nature a conçu des deſſeins différens,
Alors que ſon caprice a formé ces enfans.
Un contraſte parfait eſt dans leurs caractères;
Et le jour et la nuit ne ſont pas plus contraires.

Le jeune GOURVILLE.

Je l'aime cependant du meilleur de mon cœur.

LISETTE.

Moi de tout mon pouvoir, je l'aime auſſi, Monſieur,
J'ai toujours remarqué, ſans trop oſer le dire,
Que vous aimez aſſez les gens qui vous font rire.

NINON.

Je ne ris point de lui, Lifette, je le plains;
Il a le cœur très-bon, je le fais; mais je crains
Que cette averfion des plaifirs et du monde,
Des ufages, des mœurs l'ignorance profonde;
Ce goût pour la retraite et cette auftérité
Ne produifent bientôt quelque calamité.
Pour ce monfieur Garant fa pleine confiance
Alarme ma tendreffe, accroît ma défiance :
Souvent un efprit gauche en fa fimplicité,
Croyant faire le bien, fait le mal par bonté.

Le jeune GOURVILLE.

Oh ! je vais de ce pas laver fa tête aînée :
De fa fotte raifon la mienne eft étonnée;
Je lui parlerai net, et je veux à la fin,
Pour le débarbouiller, en faire un libertin.

NINON.

Puiffiez-vous tous les deux être plus raifonnables;
Mais le monde aime mieux des erreurs agréables,
Et d'un efprit trop vif la piquante gaîté,
Qu'un précoce Caton, de fageffe hébété,
Occupé triftement de myftiques fyftêmes,
Inutile aux humains et dupe des fots mêmes.

Le jeune GOURVILLE.

Il faut vous avouer qu'avec difcrétion
Dans mes amours nouveaux je me fers de fon nom,
Afin que fi la mère a jamais connaiffance
Des myftères fecrets de notre intelligence,
Aux mots de finderèfe et de componction,
La lettre lui paraiffe une exhortation,
Un effai de morale envoyé par mon frère.
Nous écrivons tous deux d'un même caractère;

En un mot, fous fon nom j'écris tous mes billets,
En fon nom prudemment les meffages font faits:
C'eft un fort grand plaifir que ce petit myftère.

                    NINON.

Il eft un peu fcabreux, et je crains cette mère.
Prenez bien garde, au moins; vous vous y méprendrez:
Vos difcours de vertu feront peu mefurés;
Tout fera reconnu.

            Le jeune GOURVILLE.

                Le tour eft affez drôle.

                    NINON.

Mais c'eft du loup berger que vous jouez le rôle.

            Le jeune GOURVILLE.

D'ailleurs, je fuis très-bien déjà dans la maifon;
A la mère toujours je dis qu'elle a raifon;
Je bois avec le père, et chante avec la fille;
Je deviens néceffaire à toute la famille.
Vous ne me blâmez pas?

                    NINON.

                Pour ce dernier point, non.

                LISETTE.

Ma foi, les jeunes gens ont fouvent bien du bon.

Fin du premier acte.

ACTE II.

SCÈNE PREMIERE.

GOURVILLE l'aîné, *tenant un livre*, le jeune GOURVILE; *tous deux arrivent et continuent la conversation : l'aîné est vêtu de noir, la perruque de travers, l'habit mal boutonné.*

Le jeune GOURVILLE.

N'ES-TU donc pas honteux en effet à ton âge
De vouloir devenir un grave personnage ?
Tu forces ton instinct par pure vanité,
Pour parvenir un jour à la stupidité.
Qui peut donc contre toi t'inspirer tant de haine ?
Pour être malheureux tu prends bien de la peine.
Que dirais-tu d'un fou, qui des pieds et des mains
Se plairait d'écraser les fleurs de ses jardins,
De peur d'en savourer le parfum délectable ?
Le ciel a formé l'homme animal sociable.
Pourquoi nous fuir, pourquoi se refuser à tout ?
Etre sans amitié, sans plaisirs et sans goût,
C'est être un homme mort. Oh la plaisante gloire
Que de gâter son vin de crainte de trop boire.
Comme te voilà fait ! le teint jaune et l'œil creux,
Penses-tu plaire au ciel en te rendant hideux ?
Au monde en attendant sois très-sûr de déplaire.
La charmante Ninon, qui nous tient lieu de mère,

Voit avec grand chagrin qu'en ta propre maifon,
Loin d'elle, et loin de moi, tu languis en prifon :
Eft-ce monfieur Garant qui par fon éloquence
Nourrit de tes travers la lourde extravagance ?
Allons, imite-moi, fonge à te réjouir ;
Je prétends malgré toi te donner du plaifir.

GOURVILLE l'aîné.

De fi vilains propos, une telle conduite
Me font pitié, Monfieur; j'en prévois trop la fuite.
Vous ferez à coup sûr une mauvaife fin.
Je ne puis plus fouffrir un fi grand libertin.
De cette maifon-ci je connais les fcandales,
Il en peut arriver des chofes bien fatales :
Déjà monfieur Garant m'en a trop averti.
Je n'y veux plus refter, et j'ai pris mon parti.

Le jeune GOURVILLE.

Son accès le reprend.

GOURVILLE l'aîné.

Monfieur Garant, mon frère,
Que vous calomniez, eft d'un tel caractère
De probité, d'honneur... de vertu...de...

Le jeune GOURVILLE.

Je voi
Que déjà fon beau ftyle a paffé jufqu'à toi.

GOURVILLE l'aîné.

Il met difcrètement la paix dans les familles ;
Il garde la vertu des garçons et des filles ;
Je voudrais jufqu'à lui, s'il fe peut, m'exalter :
Allez dans le beau monde; allez vous y jeter;
Plongez-vous jufqu'au cou dans l'ordure brillante
De ce monde effréné dont l'éclat vous enchante;

Moquez-vous plaifamment des hommes vertueux;
Nagez dans les plaifirs, dans ces plaifirs honteux,
Ces plaifirs dans lefquels tout le jour fe confume,
Et la douceur defquels produit tant d'amertume.

Le jeune G O U R V I L L E.

Pas tant.

G O U R V I L L E l'aîné.

Allez, je fais tout ce qu'il faut favoir.
J'ai bien lu.

Le jeune G O U R V I L L E.

Va, lis moins, mais apprends à mieux voir.
Tu pourras tout au plus quelque jour faire un livre.
Mais dis-moi, mon pauvre homme, avec qui peux-tu vivre?

G O U R V I L L E l'aîné.

Avec perfonne.

Le jeune G O U R V I L L E.

Quoi, tout feul dans un défert?

G O U R V I L L E l'aîné.

Oh! je fréquenterai fouvent madame Aubert.

Le jeune G O U R V I L L E, *en riant.*

Madame Aubert!

G O U R V I L L E l'aîné.

Eh oui, madame Aubert.

Le jeune G O U R V I L L E.

Parentè

Du marguillier Garant?

G O U R V I L L E l'aîné.

Oui, pieufe et favante,

D'un efprit tranfcendant, d'un mérite accompli.

Le jeune G O U R V I L L E.

La connais-tu?

G O U R V I L L E l'aîné.

Non, mais fon logis eft rempli
Des gens les plus verfés dans les vertus pratiques.
Elle connaît à fond tous les auteurs myftiques ;
Elle reçoit fouvent les plus graves docteurs,
Et force gens de bien qu'on ne voit point ailleurs.

Le jeune G O U R V I L L E.

Madame Aubert t'attend ?

G O U R V I L L E l'aîné.

Oui ; mon tuteur fidelle,
Monfieur Garant, me mène enfin dîner chez elle.

Le jeune G O U R V I L L E.

Chez fa coufine?

G O U R V I L L E l'aîné.

Eh oui.

Le jeune G O U R V I L L E.

Cette femme de bien?

G O U R V I L L E l'aîné.

Elle-même, et je veux, après cet entretien,
Ne hanter déformais que de tels caractères,
Des dévots éprouvés, fecs, durs, atrabilaires.
Je ne veux plus vous voir, et je préfère un trou,
Un hermitage, un antre. . . .

Le jeune G O U R V I L L E, *en l'embraffant.*

Adieu, mon pauvre fou.

SCENE II.

GOURVILLE l'aîné *feul.*

JE pleure fur fon fort ; le voilà qui s'abyme ;
Il va de femme en fille, il court de crime en crime.

(*il s'affied et ouvre un livre.*)

Que Garaffe a raifon ! qu'il peint bien à mon fens
Les travers ódieux de tous nos jeunes gens !
Qu'il enflamme mon cœur et qu'il le fortifie
Contre les paffions qui tourmentent la vie !

(*il lit encore.*)

C'eft bien dit ; oui, voilà le plan que je fuivrai.
Du fentier des méchans je me retirerai.
J'éviterai le jeu, la table, les querelles,
Les vains amufemens, les fpectacles, les belles.

(*il fe lève.*)

Quel plaifir noble et doux de haïr les plaifirs !
De fe dire en fecret, me voilà fans défirs ;
Je fuis maître de moi, jufte, infenfible, fage,
Et mon ame eft un roc au milieu de l'orage !
Je rougis quand je vois dans ce maudit logis
Ces converfations, ces foupers, ces amis.
Je fouris de pitié de voir qu'on me préfère
Sans nul ménagement mon étourdi de frère.
Il plaît à tout le monde, il eft tout fait pour lui.
C'en eft trop : pour jamais j'y renonce aujourd'hui.
Je conferve à Ninon de la reconnaiffance ;
Elle eut foin de nous deux au fortir de l'enfance ;

Et malgré fes écarts, elle a des fentimens
Qu'on eût pris pour vertu, peut-être en d'autres temps.
Mais....

(*il fe mord le doigt et fait une grimace effroyable.*)

SCENE III.

GOURVILLE l'aîné, M. GARANT.

M. GARANT.

Eh bien, mon très-cher, mon vertueux Gourville,
De tant d'iniquités allez-vous fuir l'afile?

GOURVILLE l'aîné.

J'y fuis très-réfolu.

M. GARANT.
Ce logis infecté
N'était point convenable à votre piété.
Sortez-en promptement....mais que voulez-vous faire
De ces deux mille écus de Monfieur votre père?

GOURVILLE l'aîné.

Tout ce qu'il vous plaira; vous en difpoferez.

M. GARANT.

L'argent eft inutile aux cœurs bien pénétrés
D'un vrai détachement des vanités du monde;
Et votre indifférence en ce point eft profonde:
Je veux bien m'en charger; je les ferai valoir,
Pour les pauvres s'entend... vous aurez le pouvoir
D'en répéter chez moi le tout ou bien partie,
Dès que vous en aurez la plus légère envie.

GOURVILLE l'aîné.

Ah, que vous m'obligez! je ne pourrai jamais
Vous payer dignement le prix de vos bienfaits.

M. GARANT.

Je puis avoir à vous d'autres sommes en caisse.
Hé! hé!...

GOURVILLE l'aîné.

L'on me l'a dit... Mon Dieu, je vous les laisse;
Vous voulez bien encore en être embarrassé?

M. GARANT.

Je mettrai tout ensemble.

GOURVILLE l'aîné.

Oui, c'est fort bien pensé.

M. GARANT.

Or çà, votre dessein de chercher domicile
Est très-juste et très-bon; mais il est inutile;
La maison est à vous; gardez-vous d'en sortir,
Et priez seulement Ninon d'en déguerpir.
Par mille éclats fâcheux la maison polluée,
Quand vous y vivrez seul, sera purifiée,
Et je pourrais bien même y loger avec vous.

GOURVILLE l'aîné.

Cet honneur me serait bien utile et bien doux;
Mais je ne me sens pas l'ame encore assez forte
Pour chasser une femme et la mettre à la porte.
C'est un acte pieux; mais l'honneur a ses droits;
Et vous savez, Monsieur, tout ce que je lui dois.
Pourrais-je sans rougir dire à ma bienfaitrice
Sortez de la maison, et rendez-vous justice?
Cela n'est-il pas dur?

M. GARANT.

M. G A R A N T.

Un tel ménagement

Eſt bien louable en vous, et m'émeut puiſſamment.

Ce ſcrupule d'abord a barré mes idées ;

Mais j'ai conſidéré qu'elles ſont bien fondées.

Le déſordre eſt trop grand. Votre propre danger

A la faire ſortir devrait vous engager.

Sachez que votre frère entretient avec elle

Une intrigue odieuſe, indigne, criminelle,

Un ſcandaleux commerce… un… je n'oſe parler

De tout ce qui s'eſt fait… tant je m'en ſens troubler.

G O U R V I L L E l'aîné.

Voilà donc la raiſon de cette préférence

Qu'on lui donnait ſur moi !

M. G A R A N T.

Sentez la conſéquence.

G O U R V I L L E l'aîné.

Je n'aurais pu jamais la deviner ſans vous.

Les vilains !.. Grâce au ciel, je n'en ſuis point jaloux.

Je n'imaginais pas qu'un ſi grand fou dût plaire.

M. G A R A N T.

Les fous plaiſent parfois.

G O U R V I L L E l'aîné.

Ah ! j'en ſuis en colère

Pour l'honneur du Marais.

M. G A R A N T.

Il faut premièrement

Détourner loin de nous ce ſcandale impudent ;

Mais avec l'air honnête, avec toute décence,

Avec tous les dehors que veut la bienſéance.

Nous avons concerté que de cette maiſon

Vous feriez pour un tiers une donation,

Un acte bien secret que je pourrais vous rendre.
Armé de cet écrit, je puis tout entreprendre.
Je ne m'emparerai que de votre logis ;
Et vous aurez vos droits sans être compromis.

GOURVILLE l'aîné.

Oui, l'idée est profonde, oui, les dévots, les sages
Sur le reste du monde ont de grands avantages.
Je signerai demain.

M. GARANT.

Ce soir, votre cadet
Reviendra vous braver comme il a toujours fait.
Tout se moque de vous, laquais, cocher, servante ;
Ils traitent la vertu de chose impertinente.

GOURVILLE l'aîné.

La vertu !

M. GARANT.

Vraiment oui. Toujours un marguillier
A soin d'avoir en poche encre, plume, papier.
Venez, l'acte est dressé. Cet honnête artifice
Est, comme vous voyez, dans l'exacte justice.
Signez sur mon genou.

(il lève son genou.)

GOURVILLE l'aîné, en signant.

Je signe aveuglément,
Et crois n'avoir jamais rien fait de si prudent.

M. GARANT.

Je rédigerai tout dès ce soir par notaire.

GOURVILLE l'aîné.

Vous êtes, je le vois, très-actif en affaire.

M. GARANT.

Vous pouvez du logis fortir dès à préfent.

GOURVILLE l'aîné.

Oui!

M. GARANT.

Donnez-moi la clef de votre appartement.

GOURVILLE l'aîné.

La voilà.

M. GARANT.

Tout eft bien ; et puis chez ma coufine,
Chez la favante Aubert notre illuftre voifine...
Nous irons faire enfemble un dîner familier.

GOURVILLE l'aîné.

Vous m'enchantez.

M. GARANT.

Elle eft la perle du quartier :
Il eft dans fa maifon de doctes affemblées,
Des converfations utiles et réglées ;
Il y doit aujourd'hui venir quelques docteurs,
Des favans pleins de grec, de brillans orateurs,
Avec quelques abbés, gens de l'académie,
Tous pétris du vrai fuc de la philofophie.

GOURVILLE l'aîné.

Et c'eft-là juftement tout ce qu'il me fallait ;
Vous m'avez découvert ce que mon cœur voulait.
Vous me faites penfer : vous êtes mon Socrate,
Je fuis Alcibiade. Ah! que cela me flatte!
Me voilà dans mon centre.

M. GARANT.

On n'eft jamais heureux
Qu'avec des gens de bien, favans et vertueux.

Chez ma coufine Aubert, mon fils, allez vous rendre.
Je ne me ferai pas, je crois, long-temps attendre.

GOURVILLE l'aîné.

J'y vais.

SCENE IV.

NINON, Monfieur GARANT, GOURVILLE l'aîné.

NINON à *Gourville l'aîné.*

AH! ah! Monfieur, vous fortez donc enfin!
Vous vous humanifez, et votre noir chagrin
Cède au befoin qu'on a de vivre en compagnie.
Le plaifir fied très-bien à la philofophie :
La folitude accable, et caufe trop d'ennui.
Eh bien, où comptez-vous de dîner aujourd'hui ?

GOURVILLE l'aîné.

Avec des gens de bien, Madame.

NINON.

Et mais!... j'efpère...
Que ce n'eft pas avec des fripons.

GOURVILLE l'aîné.

Au contraire.

NINON.

Et vos convives font ?

GOURVILLE l'aîné.

Des docteurs très-favans.

NINON.

On en trouve, en effet, de très-honnêtes gens,

Et chez qui la vertu n'offre rien que d'aimable.

GOURVILLE l'aîné.

L'heure preffe, avec eux je vais me mettre à table.

NINON.

Allez : c'eft fort bien fait.

SCENE V.

NINON, M. GARANT.

NINON.

Quelle mauvaife humeur !
Il femble, en me parlant, qu'il foit rempli d'aigreur;
En favez-vous la caufe?

M. GARANT.

Eh oui, je fuis fincère,
La caufe eft en effet fon méchant caractère.

NINON.

Je favais qu'il était et bizarre et pédant,
Mais je ne croyais pas qu'il eût le cœur méchant.

M. GARANT.

Allez, je m'y connais : vous pouvez être fûre
Qu'il n'eft point d'ame au fond plus ingrate et plus dure.

NINON.

Il eft vrai qu'en effet de mon petit préfent
Il n'a pas daigné faire un feul remercîment.
Mais c'eft diftraction, manque de favoir-vivre;
Et pour l'inftruire mieux, le monde eft un grand livre.

M. GARANT.

Je vous dis que fon cœur eft pour jamais gâté,
Endurci, gangrené, méchant . . . au mal porté;

X 3

Faux... avec fauſſeté. Ses allures ſecrètes,
Sombres....

N I N O N, riant.

Vous prodiguez aſſez les épithètes.

M. G A R A N T.

Il ne peut vous ſouffrir. Il vient de s'engager
A vendre ſa maiſon pour vous en déloger....
Vous en riez.

N I N O N.

La choſe eſt-elle bien certaine?

M. G A R A N T.

J'en ſuis témoin; j'ai vu cet effet de ſa haine;
J'en ai vu l'acte en forme au notaire porté :
C'eſt l'uſage qu'il fait de ſa majorité.
Quel homme !

N I N O N.

Ce n'eſt rien, n'en ſoyez point en peine ;
Cela s'ajuſtera.

M. G A R A N T.

Craignez tout de ſa haine.

N I N O N.

Ce mauvais procédé ne lui peut réuſſir.

M. G A R A N T.

De cette ingratitude il faut bien le punir :
Qu'il ſorte de chez vous.

N I N O N.

Peut-être il le mérite.

M. G A R A N T.

Pour moi je l'abandonne, et je le déshérite :
De ſes cent mille francs il n'aura ma foi rien.

N I N O N.

S'ils dépendent de vous, Monſieur, je le crois bien.

M. GARANT.

Que nous fommes à plaindre ! un bon ami nous laiffe
De fes deux chers enfans à guider la jeuneffe :
L'un eft un garnement, turbulent, effronté,
A la perdition par le vice emporté;
L'autre eft fourbe, perfide, ingrat, atrabilaire,
Dur, méchant.... De tous deux il nous faudra défaire.

NINON.

Me le confeillez-vous ?

M. GARANT.

Ce doit être l'avis
De tous les gens d'honneur et de vos vrais amis.
Prenez un parti fage.... Ecoutez.... Cette caiffe
Dont vous avez tantôt fait fi prompte largeffe
Etait-elle bien pleine autrefois ?

NINON.

Jufqu'au bord.
De notre ami défunt c'était le coffre-fort :
Vous le favez affez.

M. GARANT.

Selon que je calcule,
Vous avez amaffé loyaument, fans fcrupule,
Un bien confidérable, une fortune ?

NINON.

Non,
Mais mon bien me fuffit pour tenir ma maifon.

M. GARANT.

Vous avez du crédit : la dame qui régente,
Madame Efther, vous garde une amitié conftante;
Et fi vous le vouliez, vous pourriez quelque jour
Faire beaucoup de bien, vous produifant en cour.

X 4

N I N O N.

A la cour! moi! Monfieur, que le ciel m'en préferve.
Si j'ai quelques amis, il faut avec réferve
Ménager leurs bontés, craindre d'importuner,
Ne les inviter point à nous abandonner.
Pour garder fon crédit, Monfieur, n'en ufons guères.

M.　G A R A N T.

Il le faut réferver pour les grandes affaires,
Pour les grands coups, Madame, oui, vous avez raifon;
Et votre fentiment eft ici ma leçon.

(*il s'approche un peu d'elle, et après un moment de filence.*)

Je dois avec candeur vous faire une ouverture,
Pleine de confiance, et d'une amitié pure.
Je fuis riche, il eft vrai, mais avec plus d'argent
Je ferais plus de bien.

N I N O N.

Je le crois bonnement.

M.　G A R A N T.

Il vous faut un état; vous êtes de mon âge,
Je fuis auffi du vôtre.

N I N O N.

Oh oui.

M.　G A R A N T.

Quel bon ménage
Se formerait bientôt de nos biens raffemblés,
Loin de ces deux marmots du logis exilés!
Les deux cents mille francs, croiffant notre fortune,
Entreraient de plein faut dans la maffe commune.
Vous pourriez employer votre art perfuafif
A nous faire obtenir un pofte lucratif.

Vous feriez dans le monde avec plus d'importance.
Il faut que le crédit augmente votre aifance ;
Que des prudes furtout la noble faction,
Célébrant de vos mœurs la réputation,
Et s'énorgueilliffant d'une telle conquête,
A vous bien épauler fe tienfte toujours prête.
Avec un pot de vin, j'aurais par ce canal
Un fortuné brevet de fermier général.
Nous pourrions fourdement, fans bruit, fans peine aucune,
Placer à cent pour cent ma petite fortune :
Et votre rare efprit tout bas fe moquerait
De tout le genre-humain qui vous refpecterait.
Vous ne répondez rien ?

NINON.

C'eft que je confidère
Avec maturité cette fublime affaire. . . .
Vous voulez m'époufer ?

M. GARANT.

Sans doute, je voudrais
Payer de tout mon bien tant d'efprit, tant d'attraits :
C'eft à quoi j'ai penfé, dès que mon fort profpère
De deux cents mille francs me nomma légataire.

NINON.

Vous m'aimez donc un peu ?

M. GARANT.

J'ai combattu long-temps
Les infpirations de ces défirs puiffans ;
Mais en les combinant avec jufteffe extrême,
En m'examinant bien, comptant avec moi-même,
Calculant, rabattant, j'ai vu pour réfultat
Qu'il eft temps en effet que vous changiez d'état ;

Que nous nous convenons, et qu'un amour sincère,
Soutenu par le bien, ne doit pas vous déplaire.

NINON.

Je ne m'attendais pas à cet excès d'honneur.
Peut-être on vous a dit quelle était mon humeur.
J'eus long-temps pour l'hymen un peu de répugnance :
Son joug effarouchait ma libre indépendance :
C'est un frein respectable : et si je l'avais pris,
Croyez que ses devoirs auraient été remplis.
Je fus dans ma jeunesse un tant soit peu légère :
Je n'avais pas alors le bonheur de vous plaire.

M. GARANT.

Madame, croyez-moi, tout ce qui s'est passé
Fait peu d'impression sur un esprit sensé.
Ces bagatelles-là n'ont rien qui m'intimide :
Je vais droit à mon but, et je pense au solide.

NINON.

Eh bien, j'y pense aussi : vos offres à mes yeux
Présentent des objets qui sont bien spécieux.
Il est vrai qu'on pourrait m'imputer par envie
Je ne sais quoi d'injuste, et quelque hypocrisie.

M. GARANT.

Eh mon Dieu, c'est par-là qu'on réussit toujours.

NINON.

Oui, la monnaie est fausse ; elle a pourtant du cours.
Que me font, après tout, les enfans de Gourville ?
Rien que des étrangers à qui je fus utile.

M. GARANT.

Il faut l'être à nous seuls, et songer en effet
Que pour ces étrangers nous en avons trop fait.

NINON.

J'admire vos raisons, et j'en suis pénétrée.

M. GARANT.

Ah! je me doutais bien que votre ame éclairée
En sentirait la force et le vrai fondement,
Le poids....

NINON.

Oui, tout cela me pèse infiniment.

M. GARANT.

Vous vous rendez.

NINON.

Ce soir vous aurez ma réponse;
Et devant tout le monde il faut que je l'annonce.

M. GARANT.

Ah! vous me ravissez: je n'ai parlé d'abord
Que de vos intérêts qui me touchent si fort;
Mais si vous connaissiez quel effet font vos charmes,
Vos beaux yeux, votre esprit!... quelles puissantes armes
M'ont ôté pour jamais ma chère liberté,
De quel excès d'amour je me sens tourmenté!

NINON.

Mon Dieu, finissez donc; vous me tournez la tête:
Sortez.... n'abusez point de ma faible conquête....
Mais revenez bientôt.

M. GARANT.

Vous n'en pouvez douter.

NINON.

J'y compte.

M. GARANT.

Sur mon cœur daignez toujours compter.

Ne trouvez-vous pas bon que j'amène un notaire,
Pour coucher par contrat cette divine affaire?

NINON.

Par contrat! et mais oui.... vos deſſeins concertés
Ne ſauraient à mon ſens être trop conſtatés.

M. GARANT.

Nos faits ſont convenus?

NINON.

Oui-dà.

M. GARANT.

Notre fortune

Sera par la coutume entre nous deux commune.

NINON.

Plus vous parlez, et plus mon cœur ſe ſent lier.

M. GARANT.

A ce ſoir, ma Ninon.

NINON, *le contrefeſant.*

Ce ſoir, mon marguillier.

SCENE VI.

NINON *ſeule.*

QUEL indigne animal, et quelle ame de boue!
Il ne s'aperçoit pas ſeulement qu'on le joue;
Tout abſorbé qu'il eſt dans ſes deſſeins honteux,
Il n'en peut diſcerner le ridicule affreux:
J'ai vu de ces gens-là qui ſe croyaient habiles
Pour avoir quelque temps trompé des imbécilles,

Dans leurs propres filets bientôt enveloppés :
Le monde avec plaifir voit les dupeurs dupés.
On peint l'amour aveugle, il peut l'être fans doute :
Mais l'intérêt l'eft plus, et fouvent ne voit goutte.
Vouloir toujours tromper c'eft un malheureux lot :
Bien fouvent, quoi qu'on dife, un fripon n'eft qu'un fot.

Fin du fecond acte.

ACTE III.

SCENE PREMIERE.

LISETTE, PICARD.

LISETTE.

Eh bien, Picard, fais-tu la plaisante nouvelle?

PICARD.

Je n'ai jamais rien su le premier : quelle est-elle?

LISETTE.

Notre maîtresse enfin s'en va prendre un mari.

PICARD.

Ma foi, j'en ai le cœur tout-à-fait réjoui.
Ah, c'est donc pour cela que madame est sortie!
C'est pour se marier?... J'ai souvent même envie,
Tu le fais, et je crois que nous devons tous deux
Suivre un si digne exemple.

LISETTE.

Ah! Picard, ces beaux nœuds
Sont faits pour les messieurs qui sont dans l'opulence;
Peu de chose avec rien ne fait pas de l'aisance;
Et nous sommes trop gueux, Picard, pour être unis.
Le mari de madame aujourd'hui m'a promis
De faire ma fortune.

PICARD.

Est-il bien vrai, Lisette?

LISETTE.

Et je t'épouserai dès qu'elle sera faite.

PICARD.

Bon, attendons-nous-y ! quand le bien te viendra,
D'autres amans viendront ; tu me planteras là.
Des filles de Paris je connais trop l'allure :
Elles n'époufent point Picard.

LISETTE.

Va, je te jure
Que les honneurs chez moi ne changent point les mœurs,
Je t'aime, et je ne puis être contente ailleurs.

PICARD.

Allons, il faudra donc fe réfoudre d'attendre.
Et quel eft ce monfieur que madame va prendre?

LISETTE.

La pefte ! c'eft un homme extrêmement puiffant ;
Marguillier de paroiffe, ayant beaucoup d'argent ;
Sur fon large vifage on voit tout fon mérite,
Homme de bon confeil, et qui fouvent hérite
De gens qui ne font pas feulement fes parens.
Il a toujours, dit-on, vécu de fes talens ;
Il eft le directeur de plus de vingt familles :
Il peut faire aifément beaucoup de bien aux filles.
C'eft ce monfieur Garant qui vient dans la maifon.

PICARD.

Bon ! l'on m'a dit à moi qu'il eft gueux et fripon.

LISETTE.

Eh bien, que fait cela ? cette friponnerie
N'empêche pas, je crois, qu'un homme fe marie.
Il m'a promis beaucoup.

PICARD.

Plus qu'il ne te tiendra....
Quoi ! c'eft lui qu'aujourd'hui Madame époufera?

LISETTE,

Rien n'eſt plus vrai, Picard.

PICARD.

C'eſt lui que madame aime?

LISETTE.

Je n'en ſaurais douter.

PICARD.

Qui te l'a dit?

LISETTE.

Lui-même.
J'ai de plus entendu des mots de leurs diſcours;
Picard, ils ſe juraient d'éternelles amours.
Pour revenir bientôt ce monſieur l'a quittée;
Et madame auſſitôt en carroſſe eſt montée.

PICARD.

Mon Dieu, comme en amour on va vîte à préſent!
Je ne l'aurais pas cru : car, vois-tu, j'ai ſouvent
Entendu ma maîtreſſe avec un beau langage,
Se moquer en riant des lois du mariage.

LISETTE.

Tout change avec le temps; on ne rit pas toujours;
On devient ſérieux au déclin des beaux jours.
La femme eſt un roſeau que le moindre vent plie;
Et bientôt il lui faut un ſoutien qui l'appuie.

PICARD,

Quand t'appuîrai-je donc?

LISETTE.

Va, nous attendrons bien
Que madame ait choiſi monſieur pour ſon ſoutien.

Mais

PICARD.

Mais que va devenir Gourville avec fon frère?

LISETTE.

Je penfe que l'aîné va dans un monaftère ;
L'autre fera, je crois, cornette ou lieutenant.
Chacun fuit fon inftinct : tout s'arrange aifément.

PICARD.

Je ne fais, mon inftinct me dit que ces affaires
Ne s'arrangeront pas ainfi que tu l'efpères.

LISETTE.

Pourquoi? pour en douter quelles raifons as-tu?

PICARD.

Je n'ai point de raifons, moi : j'ai des yeux, j'ai vu
Que lorfqu'on veut aux gens affurer quelque chofe,
On fe trompe toujours ; je n'en fais point la caufe.
J'ai vu tant de meffieurs qui pour tes doux appas
Difaient qu'ils reviendraient, et ne revenaient pas.

LISETTE.

Quoi, maroufle, infolent.

PICARD.

　　　　　A ton tour, ma mignonne,
Jamais en promettant n'as-tu trompé perfonne?

LISETTE.

Hem !

PICARD.

　　　Ne te fâche point ; allons, rendons bien net
De notre cher favant le fale cabinet.
Tenons la chambre propre ; allons, la nuit approche.

LISETTE.

Bon, ce monfieur Garant a la clef dans fa poche.

Théâtre. Tome VIII.　　　　　　　Y

PICARD.

Diable ! il eſt donc déjà maître de la maiſon.
Et ce grand mariage eſt donc fait tout de bon ?

LISETTE.

Ne te l'ai-je pas dit ? Madame, avec myſtère,
A dit à ſon cocher.... cocher, chez le notaire :
Ils ſont allés ſigner.

PICARD.

        Oui, je comprends très-bien
Que l'affaire eſt conclue, et je n'en ſavais rien.

LISETTE.

Un excellent ſouper qu'un grand traiteur apprête,
Ce ſoir, de ces beaux nœuds doit célébrer la fête ;
Les amis du logis y ſont tous invités.

PICARD.

Tant mieux ; nous danſerons : plaiſirs de tous côtés.
Mais que va devenir notre aîné de Gourville ?
Il était ſi poſé, ſi ſage, ſi tranquille,
Lui-même ſe ſervant, n'exigeant rien de nous,
Fort dévot, cependant d'un naturel très-doux.
Où donc eſt-il allé ?

LISETTE.

        C'eſt chez notre voiſine,
Comme lui très-pieuſe, et de Garant couſine ;
On m'a dit qu'il y dîne avec quelques docteurs.

PICARD.

Oh ! c'eſt un grand ſavant ; il lit tous les auteurs.

SCENE II.

LISETTE, PICARD, GOURVILLE l'aîné.

LISETTE.

Le voici qui revient.

PICARD.

Pour la noce, peut-être.

LISETTE.

Ah, comme il a l'air triste !

PICARD.

Oui, je crois reconnaître

Qu'il est bien affligé.

LISETTE.

Quelles contorsions !

GOURVILLE l'aîné, *dans le fond.*

O Ciel ! ô juste Ciel !

PICARD.

C'est des convulsions.

GOURVILLE l'aîné.

Je voudrais être mort.

LISETTE.

Il a des yeux funestes.

PICARD.

C'est d'un vrai possédé les regards et les gestes.
(*Gourville s'avance.*)

LISETTE.

Qu'avez-vous donc, Monsieur ?

Y 2

PICARD.

Vous avez l'œil poché,
Boffe au front, nez fanglant, et l'habit tout taché.

LISETTE.

Etes-vous ici près, Monfieur, tombé par terre?

GOURVILLE l'aîné.

Que fon fein m'engloutiffe!

PICARD.

Eh quoi donc?

GOURVILLE l'aîné.

Qu'on m'enterre;
Je ne mérite pas de voir le jour.

PICARD.

Monfieur!

LISETTE.

Qu'eft-il donc arrivé?

GOURVILLE l'aîné.

Je me meurs de douleur,
De honte, de dépit.

PICARD.

Et de vos meurtriffures.

LISETTE.

Hélas! n'auriez-vous point reçu quelques bleffures?

GOURVILLE l'aîné s'affied.

Je ne puis me tenir: ah! Lifette, écoutez
Mes fautes, mes malheurs et mes indignités.

PICARD.

Ecoutons bien.
(ils fe mettent à fes côtés et alongent le cou.)

LISETTE.

Mon Dieu, que ce début m'étonne!

GOURVILLE l'aîné.

Voulant rester chez moi, monsieur Garant me donne
Rendez-vous à dîner chez sa cousine Aubert.

PICARD.

C'est une brave dame.

GOURVILLE l'aîné.

Ah! diablesse d'enfer!

Il y devait venir de savans personnages,
Parfaits chez les parfaits, sages entre les sages,
J'y vais : madame Aubert était encore au lit.
Monsieur Aubert tout seul près de moi s'établit,
Me propose un trictrac en attendant la table :
J'avais pour tous les jeux une haine effroyable ;
Et cependant je joue.

LISETTE.

Eh bien, jusqu'à présent
La chose est très-commune, et le mal n'est pas grand.

GOURVILLE l'aîné.

J'y gagne, j'y prends goût : de partie en partie
Je ne vois point venir la docte compagnie.
Le jeu se continue ; enfin le sort fait tant
Qu'ayant bientôt perdu tout mon argent comptant,
Je redois mille écus encor sur ma parole.

LISETTE.

De ces petits chagrins un sage se console.

GOURVILLE l'aîné.

Ah! ce n'est rien encor. Garant à son cousin
Ecrit que les docteurs ne viendront que demain,
Et qu'il l'attend chez lui pour affaire pressante.
Aubert me fait excuse, Aubert me complimente ;

Y 3

Il fort, je refte feul; je n'ofais demeurer;
Et dans notre maifon j'étais prêt à rentrer.
Madame Aubert paraît avec un air modefte,
Bien coiffée en cheveux, un déshabillé lefte,
Un négligé brillant, mais qui paraît fans art.
On a dîné par-tout, me dit-elle, il eft tard:
Je vous propoferais de dîner tête à tête;
Mais je vous ennuîrais.... j'accepte cette fête.
Le repas était propre, et très-bien ordonné.
Elle avait d'un vin grec dont je me fuis donné.

LISETTE.

Vous avez oublié votre théologie!

GOURVILLE l'aîné.

Hélas oui; ce vin grec la rendait plus jolie.
Madame Aubert tenait des propos enchanteurs,
Que j'ai rarement vu chez nos plus vieux auteurs.
Je l'entendais parler, je la voyais fourire,
Avec cet agrément que Sapho fut décrire.
Vous connaiffez Sapho?

PICARD.

Non.

GOURVILLE l'aîné.

Le plus doux poifon
Par l'oreille et les yeux furprenait ma raifon.
Nous nous attendriffons: monfieur Aubert arrive,
Madame Aubert s'enfuit, éplorée et craintive,
En criant que je fuis un homme dangereux.

LISETTE.

Vous, dangereux, Monfieur?

GOURVILLE l'aîné.

L'époux eft très-fâcheux.

Il m'applique un soufflet : je suis affez colère ;
J'en rends deux fur le champ : nous nous roulons par terre ;
L'un fur l'autre acharnés, je frappais , il frappait,
Et j'entendais de loin Madame qui riait. . . .
Vous avez lu tous deux de ces combats d'athlète ?

PICARD.

Je n'ai jamais rien lu.

GOURVILLE l'aîné.

Ni toi non plus , Lifette ?

LISETTE.

Très-peu.

GOURVILLE l'aîné.

Quoi qu'il en foit, meurtriffans et meurtris,
Nous heurtions de nos fronts les carreaux, les lambris;
Des oififs du quartier une foule accourue
Rempliffait la maifon, l'efcalier et la rue.
On crie, on nous fépare : un procureur du coin
D'accommoder l'affaire a pris fur lui le foin.
Pour empêcher les gens d'aller chercher main-forte,
Pour prévenir, dit-il, une amende plus forte,
Pour payer le fcandale avec les coups reçus,
Je lui figne un billet encor de mille écus.
Ah Lifette ! ah Picard ! le fage eft peu de chofe !

PICARD.

Oui, je le croirais bien.

LISETTE.

Quelle métamorphofe !

GOURVILLE l'aîné.

Après ce que je viens de faire et d'effuyer,
Comment revoir jamais monfieur le marguillier?
Comment revoir Madame ?

Y 4

PICARD.

Oh , Madame eft très-bonne.

LISETTE.

Toujours aux jeunes gens ; Monfieur , elle pardonne.

GOURVILLE l'aîné.

Comment revoir mon frère , après l'avoir traité
Avec tant de hauteur et de févérité ?

SCENE III.

GOURVILLE l'aîné , GOURVILLE le jeune ,
LISETTE, PICARD.

Le jeune GOURVILLE *tout effoufflé.*

AH , mon frère! ah, Lifette !

LISETTE.

Eh bien ?

Le jeune GOURVILLE *à Lifette, à part.*

Ma chère amie ,
Dans ce danger terrible aide-moi , je te prie.

GOURVILLE l'aîné.

Mon frère, je rougis et je pleure à vos yeux.

Le jeune GOURVILLE.

Mon frère , pardonnez ce petit tour joyeux.

(*prenant Lifette à part.*)

Lifette, prends bien garde au moins qu'on ne la voie,
Pour la faire fortir nous aurons une voie.

GOURVILLE l'aîné.

O Ciel ! Madame Aubert ferait dans la maifon ?
Elle a donc pris pour moi bien de la paffion !

Ah! de grâce, oubliez ma fottife effroyable.

Le jeune GOURVILLE.

Ah! paffez-moi ma faute, elle eft très-excufable.

(allant à Lifette.)

Lifette, à mon fecours.

PICARD.

Eh mon Dieu! ces gens-ci
Sont toùs devenus fous ; qu'a-t-on donc fait ici ?

(Lifette s'entretient avec le jeune Gourville.)

GOURVILLE l'aîné, *fur le devant.*

Eft-ce une illufion? eft-ce un tour qu'on me joue?
Quels docteurs j'ai trouvés! je me tâte et j'avoue
Que je fuis confondu, que je n'y comprends rien.

Le jeune GOURVILLE.

(à Lifette, il lui parle à l'oreille.)

Picard, garde la porte... Et toi... tu m'entends bien.

LISETTE.

J'y vais. Comptez fur moi.

Le jeune GOURVILLE *à Lifette.*

Par ton feul favoir-faire
Tu fauras amufer et le père et la mère.

GOURVILLE l'aîné.

Quoi ? fon père et fa mère ont l'obftination
De me pourfuivre ici pour réparation?

Le jeune GOURVILLE.

Hélas! j'en fuis honteux.

GOURVILLE l'aîné.

C'eft moi qui meurs de honte.

Le jeune GOURVILLE.

Sophie échappera par une fuite prompte ;

Et Lifette faura la mettre en fureté.

(revenant à Gourville l'aîné.)

De grâce, mon cher frère, ayez tant de bonté
Que de lui pardonner ce petit artifice.

GOURVILLE l'aîné.

Quel galimatias!

Le jeune GOURVILLE.

Ce n'était pas malice ;
C'eft un trait de jeuneffe, et peut-être il la perd.

GOURVILLE l'aîné.

Vous voulez excufer ici madame Aubert?

Le jeune GOURVILLE.

Laiffons madame Aubert; mon frère, je vous jure
Que nul dans ce quartier n'a fu cette aventure.

GOURVILLE l'aîné.

Que dites-vous? après un bruit fi violent?

Le jeune GOURVILLE.

Il ne s'eft rien paffé qui ne fût très-décent.

GOURVILLE l'aîné.

Ah! vous êtes trop bon.

Le jeune GOURVILLE.

Toujours tendre et fidelle
Je cours la confoler, et je vous réponds d'elle.

(il fort.)

GOURVILLE l'aîné.

Mon frère eft un bon cœur; il oublie aifément :
Mais de ce qu'il me dit pas un mot ne s'entend.
Quel eft cet homme en robe?

SCENE IV.

GOURVILLE l'aîné, M. l'avocat PLACET,
en robe.

L'avocat PLACET, *toujours d'un ton empesé, et se
rengorgeant.*

ON m'a dit par la ville
Que je dois m'adresser à monsieur de Gourville,
Des Gourvilles l'aîné.

GOURVILLE l'aîné.

Très-humble serviteur.

L'avocat PLACET.

Tout prêt à vous servir.

GOURVILLE l'aîné.

C'est sans doute un docteur
Que pour me consoler monsieur Garant m'envoie.

L'avocat PLACET.

Je suis docteur en droit.

GOURVILLE l'aîné.

J'en ai bien de la joie ;
Je les révère tous.

L'avocat PLACET.

Au barreau du palais
Depuis deux ans je plaide avec quelque succès.

GOURVILLE l'aîné.

Contre madame Aubert plaidez donc, je vous prie,
Et vengez-moi, Monsieur, de sa friponnerie.

L'avocat P L A C E T.

Je ferai tout pour vous. Vous pouvez au parquet
Vous informer du nom de l'avocat Placet.

G O U R V I L L E l'aîné.

Si vous voulez, Monfieur, vous charger de ma caufe...

L'avocat P L A C E T.

Vous devez être inftruit....

G O U R V I L L E l'aîné.

En deux mots je l'expofe.

L'avocat P L A C E T.

J'ai dès long-temps en vue un établiffement ;
Et j'avais pourchaffé Claire-Sophie Agnant.
Pour elle, vous favez, Monfieur, quelle eft ma flamme.

G O U R V I L L E l'aîné.

Non ; mais un avocat fait bien de prendre femme
Pour fe défennuyer quand il a travaillé.

L'avocat P L A C E T.

Vous me privez d'icelle ; et vous m'avez baillé
Par vos productions bien de la tablature.

G O U R V I L L E l'aîné.

Qui, moi, Monfieur ?

L'avocat P L A C E T.

Vous-même : et votre procédure
Par Madame fa mère eft remife en mes mains.
On a furpris, Monfieur, vos papiers clandeftins,
Vos miffives d'amour et tous vos beaux myftères,
Colorés d'un vernis de maximes auftères.
A nos yeux clair-voyans le poifon s'eft montré.

G O U R V I L L E l'aîné.

Je veux être pendu, je veux être enterré,
Si j'ai jamais écrit à cette demoifelle,
Et fi j'ai pu fentir le moindre goût pour elle.

L'avocat PLACET.

On renia toujours, Monfieur, les vilains cas :
Mademoifelle Agnant ne vous reffemble pas ;
Elle a tout avoué.

GOURVILLE l'aîné.

Quoi ?

L'avocat PLACET.

Que votre éloquence
Avait voulu tromper fa timide innocence.

GOURVILLE l'aîné.

Ah ! c'eft une coquine ; et je ferai ferment
Que rien n'eft plus.menteur que cette fille Agnant.

L'avocat PLACET.

Les fermens coûtent peu, Monfieur, aux hypocrites ;
Et chez madame Aubert vos infames vifites,
Le viol dont par-tout vous êtes accufé,
Un mari trop benin par vous de coups brifé,
Ont fait connaître affez votre affreux caractère.

GOURVILLE l'aîné.

Jufte Ciel !

L'avocat PLACET.

Pourfuivons.... vous connaiffez la mère ?

GOURVILLE l'aîné.

Qui donc ?

L'avocat PLACET.

Madame Agnant.

GOURVILLE l'aîné.

Je fais qu'en ce logis
On la fouffre par fois ; mais je vous avertis
Que je n'ai jamais eu la plus légère envie
D'elle ni de fa fille ; et très-peu me foucie
De la famille Agnant.

L'avocat P L A C E T.

Vous favez fur l'honneur
Combien elle eft terrible, et quelle eft fon humeur.

G O U R V I L L E l'aîné.

Je n'en fais rien du tout.

L'avocat P L A C E T.

Pour venger fon injure,
Sa main de deux foufflets a doué ma future
Devant monfieur Agnant et devant les valets.

G O U R V I L L E l'aîné.

Ma foi, cette journée eft féconde en foufflets.

L'avocat P L A C E T.

D'une telle leçon ma future excédée
Du logis maternel foudain s'eft évadée.
On fait qu'elle eft chez vous, et je m'en doutais bien.
Monfieur, il faut la rendre, et ma femme eft mon bien.
Je vous rapporte ici vos lettres ridicules,
Où vous parlez toujours de péchés, de fcrupules.
Rendez-moi fur le champ fes petits billets doux;
Que tout ceci fe paffe en fecret entre nous;
Et ne me forcez point d'aller à l'audience
Faire rougir Meffieurs de votre extravagance.

G O U R V I L L E l'aîné.

Le diable vous emporte et vous et vos billets:
Vous me feriez jurer. Non, je ne vis jamais
Une fi déteftable et fi lourde impofture.

L'avocat P L A C E T.

Vous êtes donc, Monfieur, raviffeur et parjure?

G O U R V I L L E l'aîné.

Allez, vous êtes fou.

L'avocat P L A C E T.

J'avais l'attention
De ménager céans la réputation
De l'objèt que mon cœur deſtinait à ma couche :
Mais, puiſque vous niez, puiſque rien ne vous touche,
Que dans le crime enfin vous êtes endurci,
Adieu, Monſieur. Bientôt vous me verrez ici ;
Je viendrai vous y prendre en bonne compagnie ;
Les lois ſauront punir ces excès d'infamie ;
Et vous verrez s'il eſt un plus énorme cas
Que d'oſer ſe jouer aux femmes d'avocats.

(il ſort.)

S C E N E   V.

G O U R V I L L E l'aîné, ſeul.

QUE voilà pour m'inſtruire une bonne journée !
J'étais charmé de moi ; ma ſageſſe obſtinée
Se complaiſait en elle, et j'admirais mon vœu
De fuir l'amour, le vin, les querelles, le jeu.
Je joue et je perds tout. Certaine Aubert maudite
M'enlace en ſes filets par ſa mine hypocrite.
Je bois, on m'aſſaſſine : en tout point confondu,
Je paye encor l'amende ayant été battu.
Un bavard d'avocat, dans cette conjoncture,
Veut me perſuader que j'ai pris ſa future,
Et me vient menacer d'un procès criminel.
Garant peut me tirer de cet état cruel ;
Garant ne paraît point, il me laiſſe ; il emporte
Juſqu'aux clefs de ma chambre, et je reſte à la porte,
N'oſant dans mes terreurs ni fuir ni demeurer.
O ſageſſe ! à quel fort as-tu pu me livrer !

Voilà donc le beau fruit d'une étude profonde.
Ah ! fi j'avais appris à connaître le monde,
Je ne me verrais pas au point où je me voi :
Mon libertin de frère eſt plus fage que moi.

SCENE VI.

GOURVILLE l'aîné, PICARD.

GOURVILLE l'aîné.

Qui frappe à coups preſſés ? quel bruit, quel tintamarre ?
Que fait-on donc là-bas ? eſt-ce une autre bagarre ?
Eſt-ce madame Aubert qui me vient harceler
Pour mille écus comptans qu'on m'a fait ſtipuler ?

PICARD *accourant.*

Ah ! cachez-vous.

GOURVILLE l'aîné.

Quoi donc ?

PICARD.

Une mère affligée
Qui vient redemander une fille outragée.

GOURVILLE l'aîné.

Madame Aubert la mère ?

PICARD.

Un mari pris de vin
Qui prétend boire ici du ſoir juſqu'au matin.

GOURVILLE l'aîné.

Monſieur Aubert lui-même ?

PICARD.

Et qui veut qu'on lui rende
Sa belle et chère enfant que ſa femme demande.

Tout

Tout retentit des cris de la dame en fureur;
Ses regards seulement m'ont fait trembler de peur :
Et pour son premier mot elle m'a fait entendre
Qu'elle venait céans pour nous faire tous pendre.

GOURVILLE l'aîné.

Ah ! cela me manquait.

PICARD.

Quelques bonnets carrés,
Pour y mieux parvenir, font avec elle entrés.
Déjà l'on verbalise.

GOURVILLE l'aîné.

Eh bien, que faut-il faire ?
Où fuir? où me fourrer ?

PICARD.

Venez, j'ai votre affaire ;
Je m'en vais vous tapir au fond du galetas.

GOURVILLE l'aîné.

Ah ! j'y cours me jeter de la fenêtre en-bas.

PICARD.

Oui, oui, dépêchez-vous.

GOURVILLE l'aîné.

Allons, si j'en réchappe,
Sera bien fin, je crois, qui jamais m'y rattrape.
Monsieur, madame Aubert, et tous leurs grands docteurs,
Ces dévots du quartier et ces prédicateurs,
Ne tourmenteront plus ma simple bonhommie.
Je renonce à jamais à la théologie :
Je vois que j'en étais sottement entiché,
Et j'aurais moins mal fait d'être un franc débauché.

Fin du troisième acte.

ACTE IV.

SCENE PREMIERE.

Le jeune GOURVILLE, LISETTE.

Le jeune G O U R V I L L E.

J'y fonge, j'y refonge, et tout cela, Lifette,
Me paraît impoffible.

LISETTE.

Oui, mais la chofe eft faite.

Le jeune G O U R V I L L E.

N'importe, mon enfant, qu'elle foit faite ou non,
Ta maîtreffe à ce point ne perd point la raifon.

LISETTE.

Bon! je la perds bien moi, Monfieur, moi qui raifonne,
Pour ce petit Picard.

Le jeune G O U R V I L L E.

Picard paffe, ma bonne;
Mais pour Garant, l'objet de fon averfion,
Un fat, un plat bourgeois, un ennuyeux fripon.

LISETTE.

Ah la femme eft fi faible !

Le jeune G O U R V I L L E.

Il eft très-vrai, ma reine,
Vous paffez volontiers de l'amour à la haine:
Des exemples frappans le montrent chaque jour;
Mais vous ne paffez point du mépris à l'amour.

LISETTE.

Tout ce qu'il vous plaira ; mais j'ai quelques lumières :
J'en fais autant que vous fur ces grandes matières.
Un abbé grand ami de madame Ninon,
Qui dans mon jeune temps fréquentait la maifon,
Et qui même, entre nous, eut du goût pour Lifette,
Me difait que la femme eft comme la girouette :
Quand elle eft neuve encore, à toute heure on l'entend,
Elle brille aux regards, elle tourne à tout vent ;
Elle fe fixe enfin quand le temps l'a rouillée.

Le jeune GOURVILLE.

De ta comparaifon j'ai l'ame émerveillée ;
Fixe-toi pour Picard, rouille-toi, mon enfant :
Ninon n'en fera rien pour notre ami Garant.

LISETTE.

La chofe eft pourtant sûre.

Le jeune GOURVILLE.

Ouais ! Ninon marguillière !

LISETTE.

Croyez-le.

Le jeune GOURVILLE.

Je le crois, et je ne le crois guère :
Mais on voit des marchés non moins extravagans,
Et Paris eft rempli de ces événemens.
Aujourd'hui l'on en rit, demain on les oublie ;
Tout paffe et tout renaît : chaque jour fa folie.
Mais quel train, quel fracas, quel trouble elle verra
Dans fa propre maifon, lorfqu'elle y reviendra !
Comment fauver Agnant, cette fille fi chère !
Que ferons-nous-ici de mon benêt de frère ?

Z 2

De l'avocat Placet et de madame Agnant?

LISETTE.

Ils ont déjà cherché dans chaque appartement,
Ils n'ont pu déterrer la petite Sophie.

Le jeune GOURVILLE.

Au fond je fuis fâché que mon efpiéglerie
Ait à mon frère aîné caufé tant de tourment;
Mais il faut bien un peu décraffer un pédant.
Ce font-là des leçons pour un grand philofophe.

LISETTE.

Oui, mais madame Agnant paraît d'une autre étoffe :
Elle eft à craindre ici.

Le jeune GOURVILLE.

Bon ; tout s'apaifera ;
Car enfin tout s'apaife : un quartaut fuffira
Pour faire oublier tout au bon homme de père ;
Et plus en ce moment fa femme eft en colère,
Plus nous verrons bientôt s'adoucir fon humeur.

SCENE II.

GOURVILLE l'aîné *pourfuivi par madame* AGNANT,
M. AGNANT, l'avocat PLACET, le jeune GOUR-
VILLE, LISETTE, PICARD.

GOURVILLE l'aîné, *courant.*

Au fecours !

Mme AGNANT, *courant après lui.*

Au méchant !

M. AGNANT, *courant après Mme Agnant.*

Qu'on l'arrête !

L'avocat PLACET, *courant après M. Agnant.*

Au voleur !

(ils font le tour du théâtre en poursuivant Gourville l'aîné.)

GOURVILLE l'aîné.

Ah ! j'ai le nez caffé !

Mme AGNANT.

Je fuis morte !

M. AGNANT.

Ah ! ma femme !

Es-tu morte en effet ?

Mme AGNANT *à Gourville l'aîné.*

Non.... Séducteur infame,

Tu m'enlèves ma fille, impudent loup-garou,

Et de la mère encor tu viens caffer le cou.

GOURVILLE l'aîné.

Eh, Madame, pardon !

Mme AGNANT.

Déteftable hypocrite !

L'avocat PLACET.

Race de débauché.

Mme AGNANT.

Cœur faux ! plume maudite !

Tu me rendras ma fille, ou je t'étranglerai.

GOURVILLE l'aîné.

Hélas ! je la rendrai fitôt que je l'aurai.

Mme AGNANT. *(au jeune Gourville.)*

Tu m'infultes encore !... Et toi qui fus fi fage.

Parle, as-tu pu fouffrir un pareil brigandage ?

Le jeune GOURVILLE.

Madame, calmez-vous.... Monfieur, écoutez-moi.

M. AGNANT.

Volontiers : tu parais un très-bon vivant, toi ;

Je t'ai toujours aimé.

Z 3

Le jeune G O U R V I L L E.
Raffurez-vous, mon frère;
Vous, monfieur l'avocat, éclairciffons l'affaire;
Entendons-nous.

M. A G N A N T.
Parbleu, l'on ne peut mieux parler;
Il faut toujours s'entendre, et non fe quereller.

Le jeune G O U R V I L L E.
Picard, apportez-nous ici fur cette table
De ce bon vin mufcat.

M. A G N A N T.
Il eft fort agréable.
J'en boirai volontiers, en ayant bu déjà;
Affeyons-nous, ma femme, et pefons tout cela.
(il s'affied auprès de la table.)

Mme A G N A N T.
Je n'ai rien à pefer: il faut que l'on commence
Par me rendre ma fille.

L'avocat P L A C E T.
Oui, c'eft la conféquence.
(ils fe rangent autour de M. Agnant, qui refte affis.)

G O U R V I L L E l'aîné.
Reprenez-la par-tout où vous la trouverez;
Et que d'elle et de vous nous foyons délivrés.

Mme A G N A N T.
Eh bien, vous le voyez, encore il m'injurie,
L'effronté diffolu!

Le jeune G O U R V I L L E, *à part à fon frère.*
Mon frère, je vous prie,
Gardons-nous de heurter fes préjugés de front.

G O U R V I L L E l'aîné.
Non, je n'y puis tenir, tout ceci me confond.

Le jeune GOURVILLE, *prenant Mme Agnant à part.*
Madame, vous favez combien je fuis fincère.

M. AGNANT.

Il n'eft point frelaté.

Le jeune GOURVILLE.

Je ne faurais vous taire
Que depuis quelque temps mon cher frère en effet
Eut avec votre fille un commerce fecret.

GOURVILLE l'aîné.

Ça n'eft pas vrai.

Le jeune GOURVILLE *à fon frère.*

Paix donc; c'eft un commerce honnête,
Pur, moral, inftructif pour bien régler fa tête,
Pour éloigner fon cœur d'un monde décevant,
Et pour la difpofer à fe mettre en couvent.

M. AGNANT.

Mettre en couvent ma fille! oh le plaifant vifage!

Mme AGNANT.

C'eft un impertinent.

GOURVILLE l'aîné.

Je vous dis....

Le jeune GOURVILLE, *fefant figne à fon frère.*

Chut!

GOURVILLE l'aîné.

J'enrage!

L'avocat PLACET.

Cette excufe louable eft d'un cœur fraternel;
Mais Monfieur votre aîné n'eft pas moins criminel.
Tenez, Monfieur, voilà fes miffives infames,
Et fes inftructions pour diriger les ames.

(*il tire des lettres de deffous fa robe.*)

Z 4

Le jeune GOURVILLE, *prenant les lettres.*
Prêtez-moi.

L'avocat PLACET.
Les voilà.

Le jeune GOURVILLE.
D'un esprit attentif
J'en veux voir la teneur et le difpofitif.

L'avocat PLACET.
Mais il faut me les rendre.

Le jeune GOURVILLE.
Oui , mais je dois vous dire
Qu'avant de vous les rendre il me faudra les lire.
(*il met les lettres dans fa poche*, *Mme Agnant fe jette deffus*
et en prend une.)

GOURVILLE l'aîné.
Allez , ces lettres font d'un fauffaire.

Mme AGNANT *à Gourville l'aîné.*
Fripon ,
Nîras-tu tes écrits ! tiens , voici tout du long
Tes beaux enfeignemens dont ma fille fe coiffe ;
Les voici.

L'avocat PLACET.
Nous devons les dépofer au greffe.

Mme AGNANT , *prenant des lunettes.*
Ecoute.... *La vertu que je veux vous montrer*
Doit plaire à votre cœur , l'échauffer , l'éclairer.
Votre vertu m'enchante et la mienne me guide....
Ah ! je te donnerai de la vertu, perfide.

GOURVILLE l'aîné.
Je n'ai jamais écrit ces fottifes.

Le jeune G O U R V I L L E , *verfant à boire à M. Agnant.*
Voifin.

M.   A G N A N T.

De la vertu !

      Le jeune G O U R V I L 'L E.
      Voyons celle de ce bon vin.

(*à Mme Agnant.*)

Madame , goûtez-en.

      Mme A G N A N T , *ayant bu.*
      Pefte ! il eft admirable !

    Le jeune G O U R V I L L E *à M. Agnant.*

Vous en aurez ce foir , mon cher , fur votre table :
On vous porte un quartaut dont vous ferez content.

      M.   A G N A N T.

Non , je n'ai jamais vu de plus honnête enfant.

    Le jeune G O U R V I L L E *à l'avocat Placet.*

Et vous ?

      L'avocat P L A C E T *boit un coup.*

    Il eft fort bon ; mais vous ne pouvez croire
Qu'en l'état où je fuis je vienne ici pour boire.

    Le jeune G O U R V I L L E *en préfente à fon frère.*

Vous , mon frère.

      G O U R V I L L E l'aîné.

      Ah ! ceffez vos ébats ennuyeux.
Plus vous paraiffez gai , plus je fuis férieux.
Après tant de chagrins et de tracafferie,
C'eft une cruauté que la plaifanterie :
Dans ce jour de malheur tout le quartier , je croi,
S'était donné le mot pour fe moquer de moi.

    (*à Mme Agnant.*)

Ma voifine , à la fin , vous voilà bien inftruite
Que fi votre Sophie eft par malheur en fuite

Ce n'était pas pour moi qu'elle a fait ce beau tour :
Ni vos yeux ni les fiens ne m'ont donné d'amour.

Mme A G N A N, T.

Mes yeux, méchant !

G O U R V I L L E l'aîné.

Vos yeux. C'eft une calomnie,
Un menfonge effroyable inventé par l'envie.
Vous en rapportez-vous au bon monfieur Garant ?
Nous l'attendons ici de moment en moment.
Il connaît affez bien quelle eft mon écriture ;
Et dans fa poche même il a ma fignature.
Il a jufqu'à la clef de mon appartement,
Où lui-même a laiffé tout mon argent comptant.
Il me rendra juftice.

Mme A G N A N T.

Oh ! c'eft un honnête homme !

L'avocat P L A C E T.

Un grand homme de bien.

Le jeune G O U R V I L L E.

Chacun ainfi le nomme.

Mme A G N A N T.

Un homme franc, tout rond.

M. A G N A N T.

L'oracle du quartier.

Le jeune G O U R V I L L E.

Madame, entre nous tous, je veux vous confier
Quelle eft à ce fujet ma penfée.

M. A G N A N T, *en buvant et le regardant enfuite fixement.*

Oui, confie.

Le jeune G O U R V I L L E.

Je crois que c'eft chez lui que la belle Sophie

A couru fe cacher pour fuir votre courroux,
Et pour qu'il la remît en grâce auprès de vous.
Dans toute la paroiffe il prend foin des affaires,
Très-charitablement, des filles et des mères.

Mme A G N A N T.

Vraiment, l'avis eft bon.

Le jeune G O U R V I L L E.

Mademoifelle Agnant

A du cœur; elle penfe, et n'eft plus une enfant;
Vous l'avez fouffletée, elle s'en eft fentie
Un peu trop vivement, et puis elle eft partie.

M. A G N A N T *toujours affis, et le verre à la main.*

C'eft votre faute auffi, ma femme; et franchement,
Vous deviez avec elle agir moins durement:
Vous avez la main prompte, et vous êtes la caufe
De tout notre malheur.

Le jeune G O U R V I L L E.

Mon Dieu, c'eft peu de chofe.

Allez, tout ira bien.... J'entends monfieur Garant,
Il revient, parlez-lui, mon frère, et promptement.
Sur tous les marguilliers on fait votre influence.
Déployez avec lui votre rare éloquence.

G O U R V I L L E l'aîné.

Que lui dire?

Le jeune G O U R V I L L E.

Vous feul pouvez perfuader.

G O U R V I L L E l'aîné.

Perfuader! Eh quoi?

Le jeune G O U R V I L L E.

Tout va s'accommoder.

GOURVILLE l'aîné.

Comment ?

Le jeune GOURVILLE.

Vous seul pouvez manier cette affaire,
Vous seul rendrez Sophie à sa charmante mère.

GOURVILLE l'aîné.

Moi ?

Mme AGNANT.

Va, si tu la rends, je te pardonne tout.

GOURVILLE l'aîné.

Je n'entends rien....

Le jeune GOURVILLE.

D'un mot vous en viendrez à bout.

GOURVILLE l'aîné.

Allons donc.

(il sort.)

Le jeune GOURVILLE.

Vous mettrez la paix dans le ménage.

M. AGNANT, *montrant le jeune Gourville.*

Ma femme, ce jeune homme est un esprit bien sage.

SCENE III.

Les Acteurs précédens, le jeune GOURVILLE *prenant par la main* M. *et* Mme AGNANT, *et se mettant entre eux.*

Le jeune GOURVILLE.

Puisqu'il n'est plus ici, je puis avec candeur,
Madame, en liberté vous ouvrir tout mon cœur.
J'ai traité devant lui cette importante affaire
Comme peu dangereuse ; et j'excusais mon frère ;

Mais je dois avec vous faire réflexion
Que nous hafardons tous la réputation
D'une fille nubile, et fous vos yeux inftruite,
Au chemin de l'honneur par vos leçons conduite :
Ce chemin de l'honneur eft tout-à-fait gliffant ;
Ceci fera du bruit, le monde eft médifant.

Mme AGNANT.

Et c'eft ce que je crains.

Le jeune GOURVILLE.

Une fille enlevée,
Avec procès-verbal chez un homme trouvée :
Vous fentez bien, Madame, et vous comprenez bien
Que de tout le Marais ce fera l'entretien,
Qu'il en faut prévenir la trifte conféquence.

M. AGNANT.

Par ma foi ce jeune homme eft rempli de prudence.

Le jeune GOURVILLE.

J'ai fort à cœur auffi, dans ce fâcheux éclat,
Le propre honneur léfé de monfieur l'avocat.
Que penfera tout l'ordre en voyant un confrère
Qui prend, fans refpecter fon grave caractère,
Une fille à fes yeux enlevée aujourd'hui,
Dont un autre eft aimé ?... fi! j'en rougis pour lui.

L'avocat PLACET.

Mais, Monfieur, c'eft moi feul que cette affaire touche.
On me donne une dot qui doit fermer la bouche
Aux malins envieux, prêts à tout cenfurer.
Dix mille écus comptans font à confidérer.

M. AGNANT *toujours bien fixe et l'air un peu hébété d'un buveur honnête, mais non pas d'un vilain ivrogne de comédie à hoquets.*

Vous avez de gros biens ?

L'avocat PLACET.

> Oui, j'ai mon éloquence,
> Mon étude, ma voix, les plaideurs, l'audience.

Le jeune GOURVILLE.

Madame, je vous plains ; j'avoue ingénument
Qu'on devait respecter un tel engagement.
Mon frère a fait sans doute une grande sottise
D'enlever la future à ce futur promise.
Il n'en peut résulter qu'une triste union,
Pleine de jalousie et de dissention.
Les deux futurs ensemble à peine pourraient vivre.

Mme AGNANT.

J'en ai peur en effet.

M. AGNANT.

> Il parle comme un livre,
> Il a toujours raison.

Le jeune GOURVILLE.

> Par un destin fatal,
> Vous voyez que mon frère a seul fait tout le mal.
C'est votre propre sang, c'est l'honneur qu'il vous ôte.
Madame, c'est à moi de réparer sa faute.
Pour Sophie, il est vrai, je n'eus aucun désir ;
Mais je l'épouserai pour vous faire plaisir.

M. AGNANT.

Parbleu, je le voudrais.

L'avocat P L A C E T.

> Moi, non.

Mme A G N A N T.

> Quelle folie !

Tu n'as rien : un cadet de baffe Normandie
Eft plus riche que toi.

Le jeune G O U R V I L L E.

> D'aujourd'hui feulement

Notre belle Ninon m'a fait voir clairement
Que j'ai cent mille francs que m'a laiffés mon père ;
Monfieur Garant lui-même en eft dépofitaire.

Mme A G N A N T.

Cent mille francs ! grand Dieu !

M. A G N A N T.

> Ma foi, j'en fuis charmé.

Le jeune G O U R V I L L E.

De Sophie, il eft vrai, je ne fuis point aimé,
Mais je fuis à fa mère attaché pour ma vie,
Et ce n'eft que pour vous que je me facrifie.

Mme A G N A N T.

Et la fomme, mon fils, eft chez monfieur Garant ?

Le jeune G O U R V I L L E.

Sans doute. Il en convient.

L'avocat P L A C E T.

> J'en doute fortement.

Mme A G N A N T *à M. Agnant.*

Cent mille francs, mon cher !

M. A G N A N T.

        Cent mille francs, ma femme !

Ah ! ça me plaît.

Mme A G N A N T.

        Ça va jufqu'au fond de mon ame.

Cent mille francs, mon fils !

Le jeune G O U R V I L L E.

          J'ai quelque chofe avec.

M. A G N A N T.

Il eft plein de mérite, et d'ailleurs il boit fec.

L'avocat P L A C E T.

Mais fongez, s'il vous plaît....

M. A G N A N T.

          Tais-toi ; je vais le prendre

Dès ce même moment à ton nez pour mon gendre.

L'avocat P L A C E T.

Comment, Madame, après des articles conclus !

Stipulés par vous-même !

Mme A G N A N T.

        Ils ne le feront plus.

(*elle le pouffe.*)

Cent mille francs.... Allez.

M. A G N A N T, *le pouffant d'un autre côté.*

         Dénichez au plus vîte.

Mme A G N A N T, *lui fefant faire la pirouette à droite.*

Allez plaider ailleurs.

M. A G N A N T, *lui fefant faire la pirouette à gauche.*

        Cherchez un autre gîte.

Cent mille francs !

            L'avocat

L'avocat P L A C E T.

Je vais vous faire affigner tous.

Le jeune G O U R V I L L E , *en le retournant.*

N'y manquez pas.

M. A G N A N T.

Bonſoir.

Mme A G N A N T.

Allons , arrangeons-nous.

(*l'avocat Placet ſort.*)

S C E N E . I V.

Le jeune G O U R V I L L E , M. A G N A N T ,

Mme A G N A N T.

M. A G N A N T.

MAIS, que n'as-tu plutôt expliqué ton affaire ?
Pourquoi de ta fortune as-tu fait un myſtère ?

Le jeune G O U R V I L L E.

Ce n'eſt que d'aujourd'hui que je ſuis aſſuré.
Monſieur Garant m'a dit que ce dépôt ſacré
Etait entre ſes mains.

M. A G N A N T.

C'eſt comme dans les tiennes.

Mme A G N A N T.

Tout de même : et ma fille ? afin que tu la tiennes
Il faut que je la trouve.

Le jeune G O U R V I L L E.

Oh ! l'on vous la rendra.

M. A G N A N T.

Elle ne revient point , donc elle reviendra.

Théâtre. Tome VIII.   Aa

Le jeune GOURVILLE.

Mais ne lui donnez plus de foufflets, je vous prie ;
Cela cabre un efprit.

M. AGNANT.

Ça peut l'avoir aigrie.

Mme AGNANT.

Ça n'arrivera plus.... c'eft chez l'ami Garant
Que tu la crois cachée ?

Le jeune GOURVILLE.

Oui, très-certainement :
Et je vais de ce pas tout préparer, ma mère,
Pour remettre en vos bras une fille fi chère.

(*il fait un pas pour fortir.*)

Mme AGNANT, *l'embraffant.*

Il faut que je t'embraffe.

M. AGNANT.

Oui, j'en veux faire autant.

Mme AGNANT.

Reviens bien vîte au moins.

Le jeune GOURVILLE.

Je revole à l'inftant.

Mme AGNANT, *l'arrêtant encore.*

Ecoute encore un peu, mon cher ami, mon gendre ;
En famille avec toi quels plaifirs je vais prendre !
Je ne puis te quitter.... va, mon fils.... fois certain
Que ma fille eft ta femme.

Le jeune GOURVILLE.

Oui, tel fut mon deffein.

Mme A G N A N T.

Tu réponds d'elle ?

G O U R V I L L E, *en s'en allant.*

Oh oui, tout comme de moi-même.

Mme A G N A N T.

Quel bon ami j'ai là! Mon Dieu, comme je l'aime!

SCENE V.

M. AGNANT, Mme AGNANT.

M. A G N A N T.

PAR ma foi notre gendre eft un charmant garçon.

Mme A G N A N T.

Oh! c'eft bien élevé. La voifine Ninon
Vous a formé cela! c'eft une dégourdie,
Qui fait bien mieux que nous ce que c'eft que la vie,
Un grand efprit.

M. A G N A N T.

Ah, ah!

Mme A G N A N T.

Je voudrais l'égaler,
Mais fitôt qu'elle parle, on n'ofe plus parler.

M. A G N A N T.

On dit qu'elle entend tout, et même les affaires.
Une bonne caboche!

Mme A G N A N T.

On dit que les deux frères

A a 2

Lui doivent ce qu'ils font : comment cent mille francs !
L'avocat n'aurait pu les gagner en trente ans ;
Ce n'eſt rien qu'un bavard.

M. AGNANT.

Un pédant imbécille,
Fait pour rincer au plus les verres de Gourville.

SCENE VI.

M. AGNANT, Mme AGNANT, M. GARANT.

Mme AGNANT.

EH bien, monſieur Garant, enfin tout eſt conclu.

M. GARANT.

Oui, ma chère voiſine, et le ciel l'a voulu.

Mme AGNANT.

Quel bonheur !

M. GARANT.

Il eſt vrai qu'on a ſur ſa conduite
Gloſé bien fortement ; mais l'hymen par la ſuite
Vous paſſe un beau vernis ſur ces péchés mignons.

Mme AGNANT.

L'eſcapade, Monſieur, que nous lui reprochons,
Ne peut ſe mettre au rang des fautes criminelles.

M. GARANT.

La réputation revient d'ailleurs aux belles,
Ainſi que les cheveux : et puis conſidérons
Qu'elle a bien du crédit, des amis, des patrons ;
Et qu'outre ſa richeſſe à tous les deux commune,
Elle pourra me faire une grande fortune.

Mme A G N A N T.

Une fortune, à vous !

M. A G N A N T.

Je fuis tout interdit.
Ma fille de grands biens, des patrons, du crédit ?
Quels difcours !

Mme A G N A N T.

Il eft vrai qu'elle eft affez gentille,
Mais du crédit !

M. G A R A N T.

Qui parle ici de votre fille ?

Mme A G N A N T.

De qui donc parlez-vous ?

M. G A R A N T.

De la belle Ninon
Que j'époufe ce foir, ici, dans fa maifon :
Je vous prie à la noce, et vous devez en être.

Mme A G N A N T.

Comment ! vous époufez notre Ninon ?

M. A G N A N T.

Mon maître,
Eft-il bien vrai ?

M. G A R A N T.

Très-vrai.

M. A G N A N T.

J'en fuis parbleu touché.
Vous ne pourriez jamais faire un meilleur marché.

Mme A G N A N T.

Et moi je vous difais que je donne Sophie
A mon petit Gourville, et qu'elle s'eft blotie
Chez vous, en votre abfence, et qu'elle en va fortir
Pour ferrer ces doux nœuds que je viens d'affortir,

Aa 3

Et qu'il nous faut donner pour aider leur tendreffe
Cent mille francs comptans que vous avez en caiffe.

M. AGNANT.

Oui, tant qu'il vous plaira, mariez-vous ici;
Mais parbleu, permettez qu'on fe marie auffi.

M. GARANT.

Rêvez-vous, mes voifins? et ce petit délire
Vous prend-il quelquefois? qui diable a pu vous dire
Que Sophie eft chez moi, que Gourville aujourd'hui
Aura cent mille francs, qui font tout prêts pour lui?

Mme AGNANT.

Je le tiens de fa bouche.

M. AGNANT.

Il nous l'a dit lui-même.

M. GARANT.

De ce jeune étourdi la folie eft extrême;
Il féduit tour à tour les filles du Marais;
Il leur fait des fermens d'époufer leurs attraits;
Et pour les mieux tromper, il fait accroire aux mères
Qu'il a cent mille francs placés dans mes affaires.
Il n'en eft pas un mot: et je ne lui dois rien.
Monfieur fon frère et lui font tous les deux fans bien,
Et tous deux au logis cefferont de paraître
Dès le premier moment que j'en ferai le maître.

Mme AGNANT.

Vous n'avez pas à lui le moindre argent comptant?

M. GARANT.

Pas un denier.

Mme AGNANT.

Mon Dieu, le méchant garnement!

M. AGNANT, *en buvant un coup.*

C'eft dommage.

Mme A G N A N T.

Ma fille, à mes bras enlevée,
Après dîné chez vous ne s'était pas sauvée?

M. G A R A N T.

Il n'en eft pas un mot.

Mme A G N A N T.

Les deux frères, je voi,
D'accord pour m'outrager, s'entendent contre moi.

M. A G N A N T.

Les fripons que voilà!

M. G A R A N T.

Toujours de ces deux frères
J'ai craint, je l'avoûrai, les méchans caractères.

Mme A G N A N T.

Tous deux m'ont pris ma fille! ah! j'en aurai raifon;
Et je mettrai plutôt le feu dans la maifon.

M. G A R A N T.

La maifon m'appartient, gardez-vous en, ma bonne.

Mme A G N A N T.

Quoi donc, pour époufer nous n'aurons plus perfonne,
Allons, courons bien vîte après notre avocat;
Il vaudra mieux que rien.

M. A G N A N T, *avec le gefte d'un homme ivre.*

Ma femme, il eft bien plat.

Fin du quatrième acte.

ACTE V.

SCÈNE PREMIERE.

NINON, LISETTE.

LISETTE.

Aн, Madame, quel train! quel bruit dans votre abſence!
Quel tumulte effroyable et quelle extravagance!

NINON.

Je ſais ce qu'on a fait; je prétends calmer tout;
Et j'ai pris les devans pour en venir à bout.

LISETTE.

Madame, contre moi ne ſoyez point fâchée
Que la petite Agnant ſe ſoit ici cachée:
Hélas! j'en aurais fait de bon cœur tout autant,
Si j'avais eu pour mère une madame Agnant.
Comment! battre ſa fille! ah! c'eſt une infamie.

NINON.

Oui, ce trait ne ſent pas la bonne compagnie.
Notre pauvre Gourville en eſt encore ému.

LISETTE.

Il l'adore en effet.

NINON.

Liſette, que veux-tu,
Il faut pour la jeuneſſe être un peu complaiſante:
Ninon aurait grand tort de faire la méchante.
La jeune Agnant me touche.

LISETTE.

A peine je conçois
Comment nos plats voifins, avec leur air bourgeois,
Ont trouvé le fecret de nous faire une fille
Si pleine d'agrémens, fi douce, fi gentille.

NINON.

Dès la première fois, fon maintien me furprit,
Sa grâce me charma, j'aimai fon tour d'efprit.
Des femmes quelquefois affez extravagantes,
Ayant des fots maris, font des filles charmantes.
Il fallut bien fouffrir de fes très-fots parens
La vifite importune et les plats complimens.
Sa mère m'excéda par droit de voifinage;
Sa fille était tout autre : elle obtint mon fuffrage.
Elle aura quelque bien : Gourville, en l'époufant,
N'eft point forcé de vivre avec madame Agnant.
On refpecte beaucoup fa chère belle-mère,
On la voit rarement ; encor moins le beau-père.
Je me trompe, ou Sophie eft bonne par le cœur :
Point de coquetterie, elle aime avec candeur.
Je veux aux deux amans faire des avantages.

LISETTE.

Vous allez donc ce foir bacler trois mariages,
Celui de ces enfans, le vôtre et puis le mien.
Madame, en un feul jour, c'eft faire affez de bien ;
Il faudrait tout d'un temps, dans votre zèle extrême,
Pour notre aîné Gourville en faire un quatrième :
Le mariage forme et dégourdit les gens.

NINON.

Il en a grand befoin : tout vient avec le temps.
Dans la rage qu'il eut d'être trop raifonnable,
Il ne lui manqua rien que d'être fupportable :

Mais les fortes leçons qu'il vient de recevoir
Sur cet esprit flexible ont eu quelque pouvoir :
Pour toi ton tour approche, et ton affaire est prête.
Mon cher ami Garant s'était mis dans la tête
De t'engager, Lisette, à me parler pour lui.
Il t'a promis beaucoup, est-il vrai ?

L I S E T T E.

Madame, oui.

N I N O N.

Un peu de différence est entre sa personne
Et la mienne peut-être ; il promet et je donne.
Prends cinquante louis, pour subvenir aux frais
De ton nouveau ménage.

S C E N E   I I.

N I N O N ,   L I S E T T E ,   P I C A R D.

L I S E T T E.

A H ! Picard, quels bienfaits !
(*en montrant la bourse.*)
Vois-tu cela ?

P I C A R D.

Madame, il faut d'abord vous dire
Que mon bonheur est grand.... et que je ne désire
Rien plus.... sinon qu'il dure.... et que Lisette et moi
Nous sommes obligés.... mais aide-moi donc, toi,
Je ne sais point parler.

N I N O N.

J'aime ton éloquence,
Picard, et je me plais à ta reconnaissance.

PICARD.

Ah! Madame, à vos pieds ici nous devons tous....

NINON.

Nous devons rendre heureux quiconque eſt près de nous.
Pour ceux qui ſont trop loin, ce n'eſt pas notre affaire.
Çà, notre ami Picard, il faut ne me rien taire
De ce qu'on fait chez moi, tandis qu'en liberté
J'ai choiſi loin du bruit cet endroit écarté.

PICARD.

D'abord un homme noir raiſonne et geſticule
Avec monſieur Garant ; et les mots de ſcrupule,
De probité, d'honneur, de raiſons, de devoirs,
M'ont ſaiſi de reſpect pour ces deux manteaux noirs.
L'un dicte, l'autre écrit, diſant qu'il inſtrumente
Pour le faire bien riche, et vous rendre contente,
Et qu'il fait un contrat.

NINON.

   Oui, c'eſt l'intention
De ce monſieur Garant ſi plein d'affection.

PICARD.

C'eſt un digne homme !

NINON.

   Oh oui... mais dis-moi, je te prie,
Que fait madame Agnant ?

PICARD.

    Mais, Madame, elle crie,
Elle gronde vos gens, meſſieurs Gourville et moi,
Son mari, tout le monde, et dit qu'on eſt ſans foi ;
Et dit qu'on l'a trompée et que ſa fille eſt priſe ;
Et dit qu'il faudra bien que quelqu'un l'indemniſe :

Et puis elle s'apaife et convient qu'elle a tort ;
Puis dit qu'elle a raifon, et crie encor plus fort.

NINON.

Et monfieur fon époux ?

PICARD.

En véritable fage,
Il voit fans fourciller tout ce remu-ménage ;
Et pour fuir les chagrins qui pourraient l'occuper,
Il s'amufait à boire, attendant le fouper.

NINON.

Que fait notre Gourville ?

PICARD.

En fon humeur plaifante
Il les amufe tous, et boit, et rit, et chante.

NINON.

Et l'autre frère ?

PICARD.

Il pleure.

NINON.

Ah ! j'aime à voir les gens
Dans leur vrai caractère à nos yeux fe montrans.
Monfieur le marguillier eft bien le feul peut-être
Qui voudrait dans le fond qu'on pût le méconnaître.
Malgré fa modeftie on le découvre affez....
Ah ! voici notre aîné qui vient les yeux baiffés.

SCENE III.

NINON, GOURVILLE l'aîné, LISETTE, PICARD.

GOURVILLE l'aîné, *vêtu plus régulièrement,*
mieux coiffé, et l'air plus honnête.

Vous me voyez, Madame, après d'étranges crifes,
Bien fot et bien confus de toutes mes bêtifes :
Je ne mérite pas votre excès de bonté,
Dont tout en plaifantant mon frère m'a flatté.
Hélas ! j'avais voulu dans ma mélancolie,
Et dans les vifions de ma fombre folie,
Me féparer de vous et donner la maifon,
Que vos propres bienfaits ont mife fous mon nom.

NINON.

Tout eft raccommodé. J'avais pris mes mefures,
Tout va bien.

GOURVILLE l'aîné.

Vous pourriez pardonner tant d'injures !
J'étais coupable et fot.

NINON.

Ah ! vos yeux font ouverts.
Vous démêlez enfin ces efprits de travers,
Ces cagots infolens, ces fombres rigoriftes
Qui penfent être bons quand ils ne font que triftes ;
Et ces autres fripons n'ayant ni feu ni lieu,
Qui volent dans la poche en vous parlant de Dieu ;
Ces efcrocs recueillis, et leurs plates bigottes
Sans foi, fans probité, plus méchantes que fottes.

Allez, les gens du monde ont cent fois plus de fens,
D'honneur et de vertu, comme plus d'agrémens.

GOURVILLE l'aîné.

Vous en êtes la preuve.

NINON.

Ainfi la politeffe
Déjà dans votre efprit fuccède à la rudeffe.
Je vous vois dans le train de la converfion.
Vous deviendrez aimable, et j'en fuis caution.
Mais comment trouvez-vous ce grave perfonnage
Que mon bizarre fort me donne en mariage?

GOURVILLE l'aîné.

Il ne m'appartient plus d'avoir un fentiment:
Tout ce que vous ferez fera fait prudemment.

NINON.

Blâmeriez-vous tout bas une union fi chère?

GOURVILLE l'aîné.

Je n'ofe plus blâmer; mais quand je confidère
Que pour nous féparer, pour m'entraîner ailleurs,
Il vous a peinte à moi des plus noires couleurs,
Qu'il voulait vous chaffer de votre maifon même....

NINON.

Oh! c'était par vertu: dans le fond Garant m'aime,
Il ne veut que mon bien: c'eft un homme excellent:
Mais ne lui donnez plus la clef de votre argent.
Et furtout gardez-vous un peu de fes coufines.

GOURVILLE l'aîné.

Ah! que ces prudes-là font de grandes coquines!
Quel antre de voleurs! et cependant enfin
Vous allez donc, Madame, époufer le coufin!

NINON.

Repofez-vous fur moi de ce que je vais faire ;
Allez, croyez furtout qu'il était néceffaire
Que j'en agiffe ainfi pour fauver votre bien :
Un feul moment plus tard vous n'aviez jamais rien.

GOURVILLE l'aîné.

Comment ?

NINON.

Vous apprendrez par des faits admirables
De quoi les marguilliers font quelquefois capables ;
Vous ferez convaincu bientôt, comme je croi,
Que ces hommes de bien font différens de moi ;
Vous y renoncerez pour toute votre vie,
Et vous préfèrerez la bonne compagnie.

GOURVILLE l'aîné.

Je ne réplique point. Honteux, défefpéré
Des fauvages erreurs dont j'étais enivré,
Je vous fais de mon fort la fouveraine arbitre ;
Et dépendant de vous, je veux vivre à ce titre.

SCENE IV.

NINON, GOURVILLE l'aîné, GOURVILLE le
jeune, amenant M. et Mme AGNANT, LISETTE,
PICARD.

Le jeune GOURVILLE.

ADORABLE Ninon, daignez tranquillifer
Notre madame Agnant qu'on ne peut apaifer.

M. AGNANT.

Elle a tort.

Mme AGNANT.

Oui, j'ai tort quand ma fille eft perdue,
Qu'on ne me la rend point!

Le jeune GOURVILLE.

Eh mon Dieu, je me tue
De vous dire cent fois qu'elle eft en fureté.

Mme AGNANT.

Eft-ce donc ce benêt.... ou toi, jeune éventé,
Qui m'as pris ma Sophie ?

GOURVILLE l'aîné.

Hélas ! foyez très-fûre
Que je n'y prétends rien.

Le jeune GOURVILLE.

Eh bien, moi, je vous jure
Que j'y prétends beaucoup.

Mme AGNANT.

Va, tu n'es qu'un vaurien,
Un fort mauvais plaifant, fans un écu de bien.
J'avais un avocat dont j'étais fort contente ;
Je prétends qu'il revienne et veux qu'il inftrumente
Contre toi pour ma fille ; et tes cent mille francs
Ne me tromperont pas, mon ami, plus long-temps.
Ni vous non plus, Madame.

NINON.

Ecoutez-moi, de grâce,
Souffrez fans vous fâcher que je vous fatisfaffe.

Mme AGNANT.

Ah! fouffrez que je crie ; et quand j'aurai crié,
Je veux crier encore.

M. AGNANT.

Eh, tais-toi, ma moitié.

Madame

Madame Ninon parle ; écoutons fans rien dire.

NINON.

Mes bons, mes chers voifins, daignez d'abord m'inftruire
Si c'eft votre intérêt et votre volonté
De donner votre fille et fa propriété
A mon jeune Gourville, en cas que par mon compte
A cent bons mille francs fa fortune fe monte ?

M. AGNANT.

Oui parbleu, ma voifine.

NINON.

Eh bien, je vous promets
Qu'il aura cette fomme.

Mme AGNANT.

Ah ! cela va bien.... Mais
Pour finir ce marché que de grand cœur j'approuve,
Pour marier Sophie, il faut qu'on la retrouve ;
On ne peut rien fans elle.

NINON.

Eh bien, je veux encor
M'engager avec vous à rendre ce tréfor.

M. et Mme AGNANT.

Ah !

NINON.

Mais auparavant, je me flatte, j'efpère
Que vous me laifferez finir ma grande affaire
Avec le vertueux, le bon monfieur Garant.

Mme AGNANT.

Oui paffe, et puis la mienne ira pareillement.

Théâtre. Tome VIII.   B b

PICARD.

Et puis la mienne auffi.

M. AGNANT.

C'eft une comédie;
Perfonne ne s'entend et chacun fe marie.
(*à Gourville l'aîné.*)
Soupera-t-on bientôt? allons, mon grand flandrin,
Il faut que je t'apprenne à te connaître en vin.

GOURVILLE l'aîné.

(*à Ninon.*)

J'y fuis bien neuf encore.... A tout ce grand myftère
Ma préfence, Madame, eft-elle néceffaire?

NINON.

Vraiment oui; demeurez: vous verrez avec nous
Ce que monfieur Garant veut bien faire pour vous:
Et nous aurons befoin de votre fignature.

LISETTE.

Je fais figner auffi.

NINON.

Nous allons tout conclure.

M. AGNANT.

Eh bien, tu vois, ma femme, et je l'avais bien dit,
Que madame Ninon avec fon grand efprit
Saurait arranger tout.

Mme AGNANT.

Je ne vois rien paraître.

NINON.

Voilà monfieur Garant, vous allez tout connaître.

SCENE V et dernière.

Les Perfonnages précédens, M. GARANT,
après avoir falué la compagnie, qui fe range d'un côté,
tandis que M. Garant et Ninon fe mettent de l'autre, les
domeftiques derrière.

M. GARANT, *en ferrant la main de Ninon.*

LA raifon, l'intérêt, le bonheur vous attend.
Voici notre acte en forme et dreffé congrument,
Avec mefure et poids, d'une manière fage,
Selon toutes les lois, la coutume et l'ufage.
    (*à Mme Agnant.*)   (*à M. Agnant.*)
Madame, permettez.... un moment, mon voifin.

NINON.

De mon côté je tiens un charmant parchemin.

M. GARANT.

Le ciel le bénira ; mais avant d'y foufcrire
A l'écart, s'il vous plaît, mettons-nous pour le lire.

NINON.

Non, mon cœur eft fi plein de tous vos tendres foins
Que je n'en puis avoir ici trop de témoins :
Et même j'ai mandé des amis, gens d'élite,
Qui publîront mon choix et tout votre mérite.
Nous fouperons enfemble : ils feront enchantés
De votre prud'hommie et de vos loyautés.
Sans doute ce contrat porte en gros caractères
Les deux cents mille francs qui font pour les deux frères.

M.   G A R A N T.

J'ignore ce qu'on peut leur devoir en effet,
Et cela n'entre point dans l'état mis au net
Des ſtipulations entre nous énoncées.
Ce ſont, vous le ſavez, des affaires paſſées;
Et nous étions d'accord qu'on n'en parlerait plus.

M.   A G N A N T.

Comment?

Mme   A G N A N T.

A tout moment cent mille francs perdus.
Ma fille auſſi! ſortons de ce franc coupe-gorge,
(*montrant le jeune Gourville.*)
Où chacun me trompait, où ce traître m'égorge.
(*à Gourville l'aîné.*)
Et c'eſt vous, grand nigaud, dont les ſéductions
M'ont valu mes chagrins, m'ont cauſé tant d'affronts:
Ma fille paîra cher ſon énorme ſottiſe.

G O U R V I L L E l'aîné.

Vous vous trompez.

L I S E T T E.

Voici le moment de la criſe.

Le jeune G O U R V I L L E, *arrêtant M. et Mme Agnant,
et les ramenant tous deux par la main.*

Mon Dieu, ne ſortez point; reſtez, mon cher Agnant:
Quoi qu'il puiſſe arriver, tout finira gaîment.

N I N O N *à M. Garant dans un coin du théâtre, tandis
que le reſte des acteurs eſt de l'autre.*

Il faut les adoucir par de bonnes paroles.

M.   G A R A N T.

Oui, qui ne diſent rien, là.... des raiſons frivoles
Qu'on croit valoir beaucoup.

NINON.

Laiffez-moi m'expliquer :
Et fi dans mes propos un mot peut vous choquer,
N'en faites pas femblant.

M. GARANT.

Ah vraiment, je n'ai garde.

Mme AGNANT, *à M. Agnant.*

Que difent-ils de nous ?

NINON, *à M. Garant.*

Et fi je me hafarde
De vous interroger, alors vous répondrez.
Madame, et vous Gourville, enfin vous apprendrez
Quels font mes fentimens, et quelles font mes vues.

Mme AGNANT.

Ma foi, jufqu'à préfent elles font peu connues.

NINON *à Mme Agnant.*

Vous voulez votre fille et de l'argent comptant ?

Mme AGNANT.

Oui, mais rien ne nous vient.

NINON.

Il faut premièrement
Vous mettre tous au fait.... Feu monfieur de Gourville
Me confia fes fils, et je leur fus utile :
Il ne put leur laiffer rien par fon teftament ;
Vous en favez là caufe.

Mme AGNANT.

Oui.

NINON.

Mais par fupplément,
Il voulut faire choix d'un fameux perfonnage,
Juftement honoré dans tout le voifinage,

Bb 3

Et bien recommandé par des gens vertueux
Et ſes amis ſecrets, tous bien d'accord entre eux :
Et cet homme de bien nommé ſon légataire,
Cet homme honnête et franc, c'eſt Monſieur.

M. GARANT, *feſant la révérence à la compagnie.*

C'eſt me faire

Mille fois trop d'honneur.

NINON.

C'eſt à lui qu'on légua
Les deux cents mille francs qu'en hâte il s'appliqua.
Des eſprits prévenus eurent la fauſſe idée
Qu'une ſomme ſi forte et par lui poſſédée
N'était rien qu'un dépôt qu'entre ſes mains il tient,
Pour le rendre aux enfans auxquels il appartient.
Mais il n'eſt pas permis, dit-on, qu'ils en jouiſſent,
C'eſt un crime effroyable et que les lois puniſſent.

(*à M. Garant.*)

N'eſt-ce pas ?

M. GARANT.

Oui, Madame.

NINON.

Et ces graves délits,

Comment les nomme-t-on ?

M. GARANT.

Des fidéicommis.

NINON.

Et pour ſe mettre en règle, il faut qu'un honnête homme
Jure qu'à ſon profit il gardera la ſomme ?

M. GARANT.

Oui, Madame.

Le jeune GOURVILLE.

Ah ! fort bien.

M. AGNANT.

Et Monſieur a juré

Qu'il gardera le tout ?

M. GARANT.

Oui, je le garderai.

Mᵐᵉ AGNANT *au jeune Gourville.*

De ta femme, ma foi, voilà la dot payée.

J'enrage. Ah ! c'en eſt trop.

NINON.

Soyez moins effrayée,

Et daignez, s'il vous plaît, m'écouter juſqu'au bout.

GOURVILLE l'aîné.

Pour moi de cet argent je n'attends rien du tout ;

Et je me ſens, Madame, indigne d'y prétendre.

Le jeune GOURVILLE.

Pour moi je le prendrais au moins pour le répandre.

NINON.

Pourſuivons.... Toujours prêt de me favoriſer,

Monſieur me croyant riche a voulu m'épouſer,

Afin que nous puiſſions dans des emplois utiles

Nous enrichir encor du bien des deux pupiles.

M. GARANT.

Mais il ne fallait pas dire cela.

NINON.

Si fait,

Rien ne ſaurait ici faire un meilleur effet.

(*aux autres perſonnages.*)

Il faut vous dire enfin qu'auſſitôt que Gourville

Eut fait ſon teſtament, un ami difficile,

Bb 4

Un efprit de travers eut l'injufte foupçon
Que votre marguillier pourrait être un fripon.

M. GARANT.

Mais vous perdez la tête!

NINON.

Eh mon Dieu non, vous dis-je.
Gourville épouvanté dans l'inftant fe corrige ;
Et peut-être trompé, mais fain d'entendement,
Il fait, fans en rien dire, un fecond teftament :
Il m'a fallu courir long-temps chez les notaires
Pour y faire appofer les formes néceffaires,
Payer de certains droits qui m'étaient inconnus ;
Et fi j'avais tardé, les miens étaient perdus :
Monfieur gardait l'argent pour fon beau mariage.
Tenez : voilà, je penfe, un teftament fort fage.
Il eft en ma faveur. C'eft pour moi tout le bien,
J'en ai le cœur percé ; monfieur Garant n'a rien.

M. AGNANT.

Quel tour !

Mme. AGNANT.

La brave femme !

NINON, en montrant les deux Gourvilles.

Entre eux deux je partage,
Ainfi que je le dois, le petit héritage.
Je fouhaite à Monfieur d'autres engagemens,
Une plus digne époufe et d'autres teftamens.

M. GARANT.

Il faudra voir cela.

NINON.

Lifez, vous favez lire.

Le jeune GOURVILLE.

Il médite beaucoup, car il ne peut rien dire.

NINON à Mme *Agnant.*

La dot de votre fille enfin va fe payer.

M. GARANT, *en s'en allant.*

Serviteur.

Le jeune GOURVILLE, *lui ferrant la main.*

Tout à vous.

NINON.

Adieu, cher marguillier.

Mme AGNANT.

Adieu, vilain mâtin, qui m'en fis tant accroire.

M. AGNANT, *le fdififfant par le bras.*

Et pourquoi t'en aller? refte avec nous pour boire.

M. GARANT, *fe débarraffant d'eux.*

L'œuvre m'attend, j'ai hâte.

LISETTE, *lui fefant la révérence, et lui montrant la bourfe de cinquante louis.*

Acceptez ce dépôt,

Vous les gardez fi bien.

GOURVILLE l'aîné.

Laiffons-là ce maraud.

Le jeune GOURVILLE *à Ninon.*

Ah! je fuis à vos pieds.

Mme AGNANT.

Nous y devons tous être.

GOURVILLE l'aîné.

Comme elle a démafqué, vilipendé le traître!

Mme A G N A N T.

Et ma fille ?

N I N O N.

Ah croyez que dès qu'elle faura
Qu'on va la marier elle reparaîtra.

L I S E T T E à *Picard*.

Ne t'avais-je pas dit, Picard, que ma maîtreſſe
A plus d'eſprit qu'eux tous, d'honneur et de ſageſſe ?

Fin du cinquième et dernier acte.

Il est beau d'être la victime de la Divinité.

Socrate, Acte 3.ᵉ Scène 3.ᵉ

J. M.ᵉ Moreau le jeune, Del.   1785.   Duclos, Sculpsit.

SOCRATE,

OUVRAGE DRAMATIQUE.

Traduit de l'anglais de feu M. THOMPSON
par feu M. FATEMA, comme on fait.

PREFACE

De M. FATEMA, *traducteur.*

ON a dit dans un livre, et répété dans un autre, qu'il eſt impoſſible qu'un homme ſimplement vertueux, ſans intrigue, ſans paſſions, puiſſe plaire ſur la ſcène. C'eſt une injure faite au genre-humain ; elle doit être repouſſée, et ne peut l'être plus fortement que par la pièce de feu M. *Thompſon.* Le célèbre *Addiſſon* avait balancé long-temps entre ce ſujet et celui de Caton. *Addiſſon* penſait que *Caton* était l'homme vertueux qu'on cherchait, mais que *Socrate* était encore au-deſſus. Il diſait que la vertu de *Socrate* avait été moins dure, plus humaine, plus réſignée à la volonté de Dieu, que celle de *Caton.* Ce ſage grec, diſait-il, ne crut pas, comme le romain, qu'il fût permis d'attenter ſur ſoi-même, et d'abandonner le poſte où Dieu nous a placés. Enfin *Addiſſon* regardait *Caton* comme la victime de la liberté, et *Socrate* comme le martyr de la ſageſſe. Mais le chevalier *Richard Steele* lui perſuada que le ſujet de Caton était plus théâtral que l'autre, et ſurtout plus convenable à ſa nation dans un temps de trouble.

En effet, la Mort de Socrate aurait fait peu d'impreſſion, peut-être, dans un pays où l'on ne perſécute perſonne pour ſa religion, et où la tolérance a ſi prodigieuſement augmenté la population et les richeſſes, ainſi que dans la Hollande ma chère patrie. *Richard Steele* dit expreſſément dans le *Tatler* qu'on *doit choiſir pour le ſujet des pièces de théâtre le vice le plus dominant chez la nation pour laquelle on travaille.* Le ſuccès de Caton ayant enhardi *Addiſſon*, il jeta enfin ſur le papier l'eſquiſſe de la Mort de Socrate, en trois actes. La place de ſecrétaire d'Etat, qu'il occupa quelque temps après, lui déroba le temps dont il avait beſoin pour finir cet ouvrage. Il donna ſon manuſcrit à M. *Thompſon* ſon élève; celui-ci n'oſa pas d'abord traiter un ſujet ſi grave et ſi dénué de tout ce qui eſt en poſſeſſion de plaire au théâtre.

Il commença par d'autres tragédies; il donna Sophonisbe, Coriolan, Tancrède, &c., et finit ſa carrière par la Mort de Socrate, qu'il écrivit en proſe ſcène par ſcène, et qu'il confia à ſes illuſtres amis M. *Dodington* et M. *Littleton*, comptés parmi les plus beaux génies d'Angleterre. Ces deux hommes, toujours conſultés par lui, voulurent qu'il renouvelât la méthode de *Shakeſpeare*, d'introduire des perſonnages du peuple dans la tragédie, de peindre *Xantippe*, femme de *Socrate*, telle qu'elle était en effet, une bourgeoiſe acariâtre, grondant ſon mari et l'aimant; de mettre ſur la ſcène tout l'aréopage, et de faire, en un mot, de cette pièce une de ces repréſentations naïves de la vie humaine, un de ces tableaux où l'on peint toutes les conditions.

Cette entreprise n'est pas sans difficulté : et quoique le sublime continu soit d'un genre infiniment supérieur, cependant ce mélange du pathétique et du familier a son mérite. On peut comparer ce genre à l'Odyssée, et l'autre à l'Iliade. M. *Littleton* ne voulut pas qu'on jouât cette pièce, parce que le caractère de *Mélitus* ressemblait trop à celui du sergent de loi *Catbrée* dont il était allié. D'ailleurs ce drame était une esquisse, plutôt qu'un ouvrage achevé.

Il me donna donc ce drame de M. *Thompson*, à son dernier voyage en Hollande. Je le traduisis d'abord en hollandais, ma langue maternelle. Cependant je ne le fis point jouer sur le théâtre d'Amsterdam, quoique, Dieu merci, nous n'ayons parmi nos pédans aucun pédant aussi odieux, et aussi impertinent que M. *Catbrée*. Mais la multiplicité des acteurs que ce drame exige m'empêcha de le faire exécuter ; je le traduisis ensuite en français, et je veux bien laisser courir cette traduction, en attendant que je fasse imprimer l'original.

A Amsterdam, 1755.

Depuis ce temps on a représenté la Mort de Socrate à Londres, mais ce n'est pas le drame de M. *Thompson*.

NB. Il y a eu des gens affez bêtes pour réfuter les vérités palpables qui font dans cette préface. Ils prétendent que M. *Fatema* n'a pu écrire cette préface en 1755, parce qu'il était mort, difent-ils, en 1754. Quand cela ferait, voilà une plaifante raifon! mais le fait eft qu'il eft décédé en 1757.

à :

PERSONNAGES.

SOCRATE.

ANITUS, grand-prêtre de Cérès.

MELITUS, un des juges d'Athènes.

XANTIPPE, femme de *Socrate*.

AGLAÉ, jeune athénienne élevée par *Socrate*.

SOPHRONIME, jeune athénien élevé par *Socrate*.

DRIXA, marchande,
TERPANDRE et ACROS, } attachés à *Anitus*.

JUGES.

DISCIPLES de *Socrate*.

Pédans protégés par *Anitus*, au nombre de trois.

SOCRATE,

SOCRATE,

DRAME.

ACTE PREMIER.

SCENE PREMIERE.

ANITUS, DRIXA, TERPANDRE, ACROS.

ANITUS.

Ma chère confidente, et mes chers affidés, vous ſavez combien d'argent je vous ai fait gagner aux dernières fêtes de Cérès. Je me marie, et j'eſpère que vous ferez votre devoir dans cette grande occaſion.

DRIXA.

Oui ſans doute, Monſeigneur, pourvu que vous nous en faſſiez gagner encore davantage.

ANITUS.

Il me faudra, madame Drixa, deux beaux tapis de Perſe : vous, Terpandre, je ne vous demande que deux grands candelabres d'argent, et à vous, une demi-douzaine de robes de ſoie, brochées d'or.

TERPANDRE.

Cela eſt un peu fort : mais, Monſeigneur, il n'y a rien qu'on ne faſſe pour mériter votre ſainte protection.

Théâtre. Tome VIII.   C c

ANITUS.

Vous regagnerez tout cela au centuple. C'eſt le meilleur moyen de mériter les faveurs des dieux et des déeſſes. Donnez beaucoup et vous recevrez beaucoup : et ſurtout ne manquez jamais d'ameuter le peuple contre tous les gens de qualité qui ne font point aſſez de vœux, et qui ne préſentent point aſſez d'offrandes.

ACROS.

C'eſt à quoi nous ne manquerons jamais ; c'eſt un devoir trop ſacré pour n'y être pas fidelles.

ANITUS.

Allez, mes chers amis ; les dieux vous maintiennent dans des ſentimens ſi pieux et ſi juſtes ! et comptez que vous proſpèrerez, vous, vos enfans et les enfans de vos petits-enfans.

TERPANDRE.

C'eſt de quoi nous ſommes ſûrs, car vous l'avez dit.

SCENE II.

ANITUS, DRIXA.

ANITUS.

Eh bien, ma chère madame Drixa, je crois que vous ne trouverez pas mauvais que j'épouſe Aglaé ; mais je ne vous en aime pas moins, et nous vivrons enſemble comme à l'ordinaire.

DRIXA.

Oh, Monſeigneur, je ne ſuis point jalouſe ; et pourvu que le commerce aille bien, je ſuis fort contente.

Quand j'ai eu l'honneur d'être une de vos maîtreffes,
j'ai joui d'une grande confidération dans Athènes. Si
vous aimez Aglaé, j'aime le jeune Sophronime ; et
Xantippe, la femme de Socrate, m'a promis qu'elle
me le donnerait en mariage. Vous aurez toujours les
mêmes droits fur moi. Je fuis feulement fâchée que
ce jeune homme foit élevé par ce vilain Socrate, et
qu'Aglaé foit encore entre fes mains. Il faut les en
tirer au plus vîte. Xantippe fera charmée d'être débar-
raffée d'eux. Le beau Sophronime et la belle Aglaé
font fort mal entre les mains de Socrate.

A N I T U S.

Je me flatte bien, ma chère madame Drixa, que
Mélitus et moi nous perdrons cet homme dangereux,
qui ne prêche que la vertu et la divinité, et qui s'eft
ofé moquer de certaines aventures arrivées aux myftères
de Cérès. Mais il eft le tuteur d'Aglaé. Agaton, père
d'Aglaé, a laiffé, dit-on, de grands biens ; Aglaé eft
adorable ; j'idolâtre Aglaé ; il faut que j'époufe Aglaé,
et que je ménage Socrate, en attendant que je le faffe
pendre.

D R I X A.

Ménagez Socrate, pourvu que j'aye mon jeune
homme. Mais comment Agaton a-t-il pu laiffer fa fille
entre les mains de ce vieux nez épaté de Socrate, de
cet infupportable raifonneur, qui corrompt les jeunes
gens, et qui les empêche de fréquenter les courtifanes
et les faints myftères ?

A N I T U S.

Agaton était entiché des mêmes principes. C'était
un de ces fobres et férieux extravagans, qui ont d'autres
mœurs que les nôtres, qui font d'un autre fiècle et

C c 2

d'une autre patrie ; un de nos ennemis jurés, qui
penſent avoir rempli tous leurs devoirs quand ils ont
adoré la divinité, ſecouru l'humanité, cultivé l'amitié,
et étudié la philoſophie ; de ces gens qui prétendent
inſolemment que les dieux n'ont pas écrit l'avenir ſur
le foie d'un bœuf ; de ces raiſonneurs impitoyables qui
trouvent à redire que les prêtres ſacrifient des filles,
ou paſſent la nuit avec elles, ſelon le beſoin : vous
ſentez que ce ſont des monſtres qui ne ſont bons qu'à
étouffer. S'il y avait ſeulement dans Athènes cinq ou
ſix ſages qui euſſent autant de conſidération que lui,
c'en ſerait aſſez pour m'ôter la moitié de mes rentes et
de mes honneurs.

D R I X A.

Diable ! voilà qui eſt ſérieux cela.

A N I T U S.

En attendant que je l'étrangle, je vais lui parler
ſous ces portiques, et conclure avec lui l'affaire de mon
mariage.

D R I X A.

Le voici ; vous lui faites trop d'honneur ; je vous
laiſſe, et je vais parler de mon jeune homme à Xantippe.

A N I T U S.

Les dieux vous conduiſent, ma chère Drixa ; ſervez-
les toujours, gardez-vous de ne croire qu'un ſeul dieu,
et n'oubliez pas mes deux beaux tapis de Perſe.

SCENE III.

ANITUS, SOCRATE.

ANITUS.

Eh, bonjour, mon cher Socrate, le favori des dieux et le plus fage des mortels. Je me fens élevé au-deffus de moi-même toutes les fois que je vous vois ; et je refpecte en vous la nature humaine.

SOCRATE.

Je fuis un homme fimple, dépourvu de fcience et plein de faibleffes comme les autres. C'eft beaucoup fi vous me fupportez.

ANITUS.

Vous fupporter ! je vous admire : je voudrais vous reffembler, s'il était poffible : et c'eft pour être plus fouvent témoin de vos vertus, pour entendre plus fouvent vos leçons, que je veux époufer votre belle pupille Aglaé, dont la deftinée dépend de vous.

SOCRATE.

Il eft vrai que fon père Agaton qui était mon ami, c'eft-à-dire beaucoup plus qu'un parent, me confia par fon teftament cette aimable et vertueufe orpheline.

ANITUS.

Avec des richeffes confidérables ? car on dit que c'eft le meilleur parti d'Athènes.

SOCRATE.

C'eft fur quoi je ne puis vous donner aucun éclairciffement ; fon père, ce tendre ami dont les volontés

Cc 3

me font facrées, m'a défendu par ce même teftament de divulguer l'état de la fortune de fa fille.

ANITUS.

Ce refpect pour les dernières volontés d'un ami, et cette difcrétion font dignes de votre belle ame. Mais on fait affez qu'Agaton était un homme riche.

SOCRATE.

Il méritait de l'être, fi les richeffes font une faveur de l'Etre fuprême.

ANITUS.

On dit qu'un petit écervelé, nommé Sophronime, lui fait la cour à caufe de fa fortune ; mais je fuis perfuadé que vous éconduirez un pareil perfonnage, et qu'un homme comme moi n'aura point de rival.

SOCRATE.

Je fais ce que je dois penfer d'un homme comme vous : mais ce n'eft pas à moi de gêner les fentimens d'Aglaé. Je lui fers de père, je ne fuis point fon maître : elle doit difpofer de fon cœur. Je regarde la contrainte comme un attentat. Parlez-lui ; fi elle écoute vos propofitions, je foufcris à fes volontés.

ANITUS.

J'ai déjà le confentement de Xantippe votre femme ; fans doute elle eft inftruite des fentimens d'Aglaé ; ainfi je regarde la chofe comme faite.

SOCRATE.

Je ne puis regarder les chofes comme faites que quand elles le font.

SCENE IV.

SOCRATE, ANITUS, AGLAÉ.

SOCRATE.

Venez, belle Aglaé, venez décider de votre fort. Voilà un monfeigneur, prêtre d'un haut rang, le premier prêtre d'Athènes, qui s'offre pour être votre époux. Je vous laiffe toute la liberté de vous expliquer avec lui. Cette liberté ferait gênée par ma préfence. Quelque choix que vous faffiez, je l'approuve. Xantippe préparera tout pour vos noces.

(il fort.)

AGLAÉ.

Ah! généreux Socrate, c'eft avec bien du regret que je vous vois partir.

ANITUS.

Il paraît, aimable Aglaé, que vous avez une grande confiance dans le bon Socrate.

AGLAÉ.

Je le dois : il me fert de père, et il forme mon ame.

ANITUS.

Eh bien, s'il dirige vos fentimens, pourriez-vous me dire ce que vous penfez de Cérès, de Cibèle, de Vénus ?

AGLAÉ.

Hélas ! j'en penferai tout ce que vous voudrez.

ANITUS.

C'eft bien dit : vous ferez auffi tout ce que je voudrai ?

AGLAÉ.

Non, l'un eſt fort différent de l'autre.

ANITUS.

Vous voyez que le ſage Socrate conſent à notre union ; Xantippe ſa femme preſſe ce mariage. Vous ſavez quels ſentimens vous m'avez inſpirés. Vous connaiſſez mon rang et mon crédit ; vous voyez que mon bonheur, et peut-être le vôtre, ne dépendent que d'un mot de votre bouche.

AGLAÉ.

Je vais vous répondre avec la vérité que ce grand homme qui ſort d'ici m'a inſtruite à ne diſſimuler jamais, et avec la liberté qu'il me laiſſe. Je reſpecte votre dignité, je connais peu votre perſonne, et je ne puis me donner à vous.

ANITUS.

Vous ne pouvez ! vous qui êtes libre ! Ah cruelle Aglaé, vous ne le voulez donc pas ?

AGLAÉ.

Il eſt vrai, je ne le veux pas.

ANITUS.

Songez-vous bien à l'affront que vous me faites ? Je vois trop que Socrate me trahit ; c'eſt lui qui dicte votre réponſe ; c'eſt lui qui donne la préférence à ce jeune Sophronime, à mon indigne rival, à cet impie....

AGLAÉ.

Sophronime n'eſt point impie, il lui eſt attaché dès l'enfance ; Socrate lui ſert de père comme à moi. Sophronime eſt plein de grâces et de vertus. Je l'aime, j'en ſuis aimée ; il ne tient qu'à moi d'être ſa femme, mais je ne ſerai pas plus à lui qu'à vous.

ANITUS.

Tout ce que vous me dites m'étonne. Quoi ! vous ofez m'avouer que vous aimez Sophronime ?

AGLAÉ.

Oui, j'ofe vous l'avouer, parce que rien n'eſt plus vrai.

ANITUS.

Et quand il ne tient qu'à vous d'être heureufe avec lui, vous refufez fa main ?

AGLAÉ.

Rien n'eſt plus vrai encore.

ANITUS.

C'eſt fans doute la crainte de me déplaire qui fufpend votre engagement avec lui ?

AGLAÉ.

Non affurément ; car n'ayant jamais cherché à vous plaire, je ne crains point de vous déplaire.

ANITUS.

Vous craignez donc d'offenfer les dieux en préférant un profane comme Sophronime à un miniſtre des autels ?

AGLAÉ.

Point du tout ; je fuis perfuadée que l'Etre fuprême fe foucie fort peu que je vous époufe ou non.

ANITUS.

L'Etre fuprême ! ma chère fille, ce n'eſt pas ainſi qu'il faut parler : vous devez dire les dieux et les déeffes. Prenez garde, j'entrevois en vous des fenti- mens dangereux, et je fais trop qui vous les a infpirés. Sachez que Cérès, dont je fuis le grand-prêtre, peut vous punir d'avoir méprifé fon culte et fon miniſtre.

A G L A É.

Je ne méprife ni l'un ni l'autre. On m'a dit que Cérès préfide aux blés, je le veux croire ; mais elle ne fe mêlera pas de mon mariage.

A N I T U S.

Elle fe mêle de tout. Vous en favez trop ; mais enfin j'efpère vous convertir. Etes-vous bien réfolue à ne point époufer Sophronime ?

A G L A É.

Oui, j'y fuis très-réfolue ; et j'en fuis très-fâchée.

A N I T U S.

Je ne comprends rien à toutes ces contradictions. Ecoutez ; je vous aime ; j'ai voulu faire votre bonheur, et vous placer dans un haut rang. Croyez-moi, ne m'offenfez pas, ne rejetez point votre fortune ; fongez qu'il faut facrifier tout à un établiffement avantageux ; que la jeuneffe paffe, et que la fortune refte ; que les richeffes et les honneurs doivent être votre unique but ; que je vous parle de la part des dieux et des déeffes. Je vous conjure d'y faire réflexion. Adieu, ma chère fille ; je vais prier Cérès qu'elle vous infpire, et j'efpère encore qu'elle touchera votre cœur. Adieu encore une fois ; fouvenez-vous que vous m'avez promis de ne point époufer Sophronime.

A G L A É.

C'eft à moi que je l'ai promis, non à vous.

(*Anitus fort.*)

(*Aglaé feule.*)

Que cet homme redouble mon chagrin ! je ne fais

pourquoi je ne vois jamais ce prêtre fans frémir. Mais
voici Sophronime ; hélas ! tandis que fon rival me
remplit de terreur, celui-ci redouble mes regrets et
mon attendriffement.

SCENE V.

AGLAÉ, SOPHRONIME.

SOPHRONIME.

CHERE Aglaé, je vois Anitus, ce prêtre de Cérès,
ce méchant homme, cet ennemi juré de Socrate, fortir
d'auprès de vous, et vos yeux femblent mouillés de
quelques larmes.

AGLAÉ.

Lui ! il eft l'ennemi de notre bienfaiteur Socrate ?
Je ne m'étonne plus de l'averfion qu'il m'infpirait
avant même qu'il m'eût parlé.

SOPHRONIME.

Hélas ! ferait-ce à lui que je dois imputer les pleurs
qui obfcurciffent vos yeux ?

AGLAÉ.

Il ne peut m'infpirer que des dégoûts. Non,
Sophronime, il n'y a que vous qui puiffiez faire couler
mes larmes.

SOPHRONIME.

Moi, grands Dieux ! moi qui voudrais les payer de
mon fang, moi qui vous adore, qui me flatte d'être
aimé de vous, qui ne vis que pour vous, qui voudrais
mourir pour vous ! moi j'aurais à me reprocher d'avoir

jeté un moment d'amertume fur votre vie ! Vous pleurez, et j'en fuis la caufe ! qu'ai-je donc fait ? quel crime ai-je commis ?

AGLAÉ.

Vous n'en pouvez commettre. Je pleure parce que vous méritez toute ma tendreffe, parce que vous l'avez, et qu'il me faut renoncer à vous.

SOPHRONIME.

Quels mots funeftes avez-vous prononcés ! Non, je ne le puis croire ; vous m'aimez, vous ne. pouvez changer. Vous m'avez promis d'être à moi, vous ne voulez point ma mort.

AGLAÉ.

Je veux que vous viviez heureux, Sophronime, et je ne puis vous rendre heureux. J'efpérais, mais ma fortune m'a trompée ; je jure que ne pouvant être à vous, je ne ferai à perfonne. Je l'ai déclaré à cet Anitus qui me recherche et que je méprife ; je vous le déclare, le cœur pénétré de la plus vive douleur, et de l'amour le plus tendre.

SOPHRONIME.

Puifque vous m'aimez, je dois vivre ; mais fi vous me refufez votre main, je dois mourir. Chère Aglaé, au nom de tant d'amour, au nom de vos charmes et de vos vertus, expliquez-moi ce myftère funefte.

SCENE VI.

SOCRATE, SOPHRONIME, AGLAÉ.

SOPHRONIME.

O Socrate mon maître, mon père ! je me vois ici le plus infortuné des hommes entre les deux êtres par qui je respire ; c'est vous qui m'avez appris la sagesse ; c'est Aglaé qui m'a appris à sentir l'amour. Vous avez donné votre consentement à notre hymen : la belle Aglaé qui semblait le désirer me refuse ; et en me disant qu'elle m'aime, elle me plonge le poignard dans le cœur. Elle rompt notre hymen, sans m'apprendre la cause d'un si cruel caprice ; ou empêchez mon malheur, ou apprenez-moi, s'il est possible, à le soutenir.

SOCRATE.

Aglaé est maîtresse de ses volontés : son père m'a fait son tuteur, et non pas son tyran ; je fesais mon bonheur de vous unir ensemble. Si elle a changé d'avis, j'en suis surpris, j'en suis affligé ; mais il faut écouter ses raisons : si elles sont justes, il faut s'y conformer.

SOPHRONIME.

Elles ne peuvent être justes.

AGLAÉ.

Elles le sont du moins à mes yeux : daignez m'écouter l'un et l'autre. Quand vous eûtes accepté le testament secret de mon père, sage et généreux Socrate,

vous me dîtes qu'il me laiſſait un bien honnête avec
lequel je pourrais m'établir. Je formai dès-lors le deffein de donner cette fortune à votre cher diſciple
Sophronime, qui n'a que vous d'appui, et qui ne
poſsède pour toute richeſſe que ſa vertu : vous avez
approuvé ma réſolution. Vous concevez quel était mon
bonheur de faire celui d'un athénien que je regarde
comme votre fils. Pleine de ma félicité, tranſportée d'une
douce joie que mon cœur ne pouvait contenir, j'ai
confié cet état délicieux de mon ame à Xantippe votre
femme, et auſſitôt cet état a diſparu. Elle m'a traitée
de viſionnaire. Elle m'a montré le teſtament de mon
père qui eſt mort dans la pauvreté, qui ne me laiſſe
rien, et qui me recommande à l'amitié dont vous fûtes
unis.

En ce moment, éveillée après mon ſonge, je n'ai
ſenti que la douleur de ne pouvoir faire la fortune de
Sophronime : je ne veux point l'accabler du poids de
ma miſère.

SOPHRONIME.

Je vous l'avais bien dit, Socrate, que ſes raiſons ne
vaudraient rien ; ſi elle m'aime, ne ſuis-je pas aſſez
riche ? Je n'ai ſubſiſté, il eſt vrai, que par vos bienfaits ; mais il n'eſt point d'emploi pénible que je
n'embraſſe pour faire ſubſiſter ma chère Aglaé. Je devrais,
il eſt vrai, lui faire le ſacrifice de mon amour, lui
chercher moi-même un parti avantageux ; mais j'avoue
que je n'en ai pas la force ; et par-là je ſuis indigne
d'elle. Mais ſi elle pouvait ſe contenter de mon état,
ſi elle pouvait s'abaiſſer juſqu'à moi ! non, je n'oſe le
demander, je n'oſe le ſouhaiter ; et je ſuccombe à un
malheur qu'elle ſupporte.

SOCRATE.

Mes enfans, Xantippe eſt bien indiſcrète de vous
avoir montré ce teſtament : mais croyez, belle Aglaé,
qu'elle vous a trompée.

AGLAÉ.

Elle ne m'a point trompée : j'ai vu de mes yeux
ma miſère ; l'écriture de mon père m'eſt aſſez connue.
Soyez ſûr, Socrate, que je ſaurai ſoutenir la pauvreté.
Je fais travailler de mes mains ; c'eſt aſſez pour vivre,
c'eſt tout ce qu'il me faut ; mais ce n'eſt pas aſſez pour
Sophronime.

SOPHRONIME.

C'en eſt trop mille fois pour moi, ame tendre, ame
ſublime, digne d'avoir été élevée par Socrate ; une
pauvreté noble et laborieuſe eſt l'état naturel de
l'homme. J'aurais voulu vous offrir un trône : mais ſi
vous daignez vivre avec moi, notre pauvreté reſpectable eſt au-deſſus du trône de Créſus.

SOCRATE.

Vos ſentimens me plaiſent autant qu'ils m'attendriſ-
ſent ; je vois avec tranſport germer dans vos cœurs
cette vertu que j'y ai ſemée. Jamais mes ſoins n'ont été
mieux récompenſés ; jamais mon eſpérance n'a été plus
remplie. Mais, encore une fois, Aglaé, croyez-moi, ma
femme vous a mal inſtruite. Vous êtes plus riche que
vous ne penſez. Ce n'eſt pas à elle, c'eſt à moi que
votre père vous a confiée. Ne peut-il pas avoir laiſſé
un bien que Xantippe ignore ?

AGLAÉ.

Non, Socrate, il dit préciſément dans ſon teſtament
qu'il me laiſſe pauvre.

SOCRATE.

Et moi je vous dis que vous vous trompez, qu'il vous a laiffé de quoi vivre heureufe avec le vertueux Sophronime, et qu'il faut que vous veniez tous deux figner le contrat tout à l'heure.

SCENE VII.

SOCRATE, XANTIPPE, AGLAÉ, SOPHRONIME.

XANTIPPE.

ALLONS, allons, ma fille, ne vous amufez point aux vifions de mon mari ; la philofophie eft fort bonne, quand on eft à fon aife ; mais vous n'avez rien ; il faut vivre : vous philofopherez après. J'ai conclu votre mariage avec Anitus, digne prêtre, homme puiffant, homme de crédit ; venez, fuivez-moi ; il ne faut ni lenteur ni contradiction ; j'aime qu'on m'obéiffe, et vîte ; c'eft pour votre bien, ne raifonnez pas, et fuivez-moi.

SOPHRONIME.

Ah Ciel ! ah, chère Aglaé !

SOCRATE.

Laiffez-la dire, et fiez-vous à moi de votre bonheur.

XANTIPPE.

Comment, qu'on me laiffe dire ? vraiment, je le prétends bien, et furtout, qu'on me laiffe faire. C'eft bien à vous avec votre fageffe et votre démon familier, et votre ironie, et toutes vos fadaifes qui ne font bonnes à rien, à vous mêler de marier des filles ! Vous êtes un bon homme, mais vous n'entendez rien aux affaires

de

de ce monde ; et vous êtes trop heureux que je vous
gouverne. Allons, Aglaé, venez, que je vous établiffe.
Et vous qui reftez là tout étonné, j'ai auffi votre affaire;
Drixa eft votre fait ; vous me remercierez tous deux ;
tout fera conclu dans la minute ; je fuis expéditive,
ne perdons point de temps : tout cela devrait déjà
être terminé.

SOCRATE.

Ne la cabrez pas, mes enfans ; marquez-lui toute
forte de déférences ; il faut lui complaire puifqu'on ne
peut la corriger. C'eft le triomphe de la raifon de bien
vivre avec les gens qui n'en ont pas.

Fin du premier acte.

ACTE II.

SCENE PREMIERE.

SOCRATE, SOPHRONIME.

SOPHRONIME.

DIVIN Socrate, je ne puis croire mon bonheur; comment se peut-il qu'Aglaé, dont le père est mort dans une pauvreté extrême, ait cependant une dot si considérable?

SOCRATE.

Je vous l'ai déjà dit; elle avait plus qu'elle ne croyait. Je connaissais mieux qu'elle les ressources de son père. Qu'il vous suffise de jouir tous deux d'une fortune que vous méritez : pour moi je dois le secret aux morts comme aux vivans.

SOPHRONIME.

Je n'ai plus qu'une crainte, c'est que ce prêtre de Cérès, à qui vous m'avez préféré, ne venge sur vous les refus d'Aglaé : c'est un homme bien à craindre.

SOCRATE.

Eh, que peut craindre celui qui fait son devoir? je connais la rage de mes ennemis; je sais toutes leurs calomnies; mais quand on ne cherche qu'à faire du bien aux hommes, et qu'on n'offense point le ciel, on ne redoute rien, ni pendant la vie ni à la mort.

SOPHRONIME.

Rien n'est plus vrai; mais je mourrais de douleur,

fi la félicité que je vous dois portait vos ennemis à vous forcer de mettre en ufage votre héroïque conftance.

SCENE II.

SOCRATE, SOPHRONIME, AGLAÉ.

AGLAÉ.

Mon bienfaiteur, mon père, homme au-deffus des hommes, j'embraffe vos genoux. Secondez-moi, Sophronime ; c'eft lui, c'eft Socrate qui nous marie aux dépens de fa fortune, qui paye ma dot, qui fe prive pour nous de la plus grande partie de fon bien. Non, nous ne le fouffrirons pas ; nous ne ferons pas riches à ce prix : plus notre cœur eft reconnaiffant, plus nous devons imiter la nobleffe du fien.

SOPHRONIME.

Je me jette à vos pieds comme elle, je fuis faifi comme elle ; nous fentons également vos bienfaits. Nous vous aimons trop, Socrate, pour en abufer. Regardeznous comme vos enfans, mais que vos enfans ne vous foient point à charge. Votre amitié eft le plus grand des biens, c'eft le feul que nous voulons. Quoi ! vous n'êtes pas riche, et vous faites ce que les puiffans de la terre ne feraient pas ! Si nous acceptions vos bienfaits, nous en ferions indignes.

SOCRATE.

Levez-vous, mes enfans, vous m'attendriffez trop. Ecoutez-moi ; ne faut-il pas refpecter les volontés des morts ? Votre père, Aglaé, que je regardais comme la moitié de moi-même, ne m'a-t-il pas ordonné de vous traiter comme ma fille ? je lui obéis ; je trahirais l'amitié et la confiance, fi je fefais moins. J'ai accepté fon teftament, je l'exécute ; le peu que je vous donne eft inutile à ma vieilleffe, qui eft fans befoins. Enfin, fi j'ai dû obéir à mon ami, vous devez obéir à votre père. C'eft moi qui le fuis aujourd'hui ; c'eft moi qui par ce nom facré vous ordonne de ne me pas accabler de douleur en me refufant. Mais retirez-vous, j'aperçois Xantippe. J'ai mes raifons pour vous conjurer de l'éviter dans ces momens.

A G L A É.

Ah que vous nous ordonnez-des chofes cruelles!

S C E N E   I I I.

SOCRATE, XANTIPPE.

X A N T I P P E.

VRAIMENT vous venez de faire là un beau chef-d'œuvre ; par ma foi, mon cher mari, il faudrait vous interdire. Voyez, s'il vous plaît, que de fottifes ! Je promets Aglaé au prêtre Anitus, qui a du crédit parmi les grands ; je promets Sophronime à cette groffe marchande Drixa, qui a du crédit chez le peuple ; et vous mariez vos deux étourdis enfemble pour me faire manquer à ma parole ; ce n'eft pas affez, vous les dotez de la plus grande partie de votre bien. Vingt mille drachmes ! juftes dieux, vingt mille drachmes ! n'êtes-vous pas honteux ? De quoi vivrez-vous à l'âge de foixante et

dix ans ? qui payera vos médecins, quand vous ferez
malade ? vos avocats, quand vous aurez des procès ?
Enfin, que ferai-je, quand ce fripon, ce col tors d'Anitus
et fon parti, que vous auriez eus pour vous, s'attacheront
à vous perfécuter comme ils ont fait tant de fois ? Le
ciel confonde les philofophes et la philofophie, et ma
fotte amitié pour vous ! Vous vous mêlez de conduire
les autres, et il vous faudrait des lifières : vous raifonnez
fans ceffe, et vous n'avez-pas le fens commun. Si vous
n'étiez pas le meilleur homme du monde, vous feriez
le plus ridicule et le plus infupportable. Ecoutez, il
n'y a qu'un mot qui ferve : rompez dans l'inftant cet
impertinent marché, et faites tout ce que veut votre
femme.

S O C R A T E.

C'eft très-bien parler, ma chère Xantippe, et avec
modération ; mais écoutez-moi à votre tour. Je n'ai
point propofé ce mariage. Sophronime et Aglaé s'aiment, et font dignes l'un de l'autre. Je vous ai déjà
donné tout le bien que je pouvais vous céder par les
lois ; je donne prefque tout ce qui me refte à la fille
de mon ami : le peu que je garde me fuffit. Je n'ai ni
médecin à payer, parce que je fuis fobre ; ni avocat,
parce que je n'ai ni prétentions ni dettes. A l'égard de
la philofophie que vous me reprochez, elle m'enfeigne
à fouffrir l'indignation d'Anitus, et vos injures ; à vous
aimer malgré votre humeur.

(il fort.)

SCENE IV.

XANTIPPE *seule*.

LE vieux fou ! il faut que je l'eſtime malgré moi ;
car, après tout, il y a je ne ſais quoi de grand dans
ſa folie. Le ſang froid de ſes extravagances me fait
enrager. J'ai beau le gronder, je perds mes peines. Il
y a trente ans que je crie après lui, et quand j'ai bien
crié, il m'en impoſe, et je ſuis toute confondue : eſt-ce
qu'il y aurait dans cette ame-là quelque choſe de ſupé-
rieur à la mienne ?

SCENE V.

XANTIPPE, DRIXA.

DRIXA.

EH bien, madame Xantippe, voilà comme vous
êtes maîtreſſe chez vous ! Fi ! que cela eſt lâche de ſe
laiſſer gouverner par ſon mari ! Ce maudit Socrate
m'enlève donc ce beau garçon dont je voulais faire la
fortune ! il me le payera, le traître.

XANTIPPE.

Ma pauvre madame Drixa, ne vous fâchez pas contre
mon mari ; je me ſuis aſſez fâchée contre lui ; c'eſt un
imbécille, je le ſais bien ; mais dans le fond c'eſt bien
le meilleur cœur du monde. Cela n'a point de malice ;
il fait toutes les ſottiſes poſſibles ſans y entendre fineſſe
et avec tant de probité que cela déſarme. D'ailleurs,

il eſt têtu comme une mule. J'ai paſſé ma vie à le tourmenter, je l'ai même battu quelquefois ; non-feulement
je n'ai pu le corriger, je n'ai même jamais pu le mettre
en colère. Que voulez-vous que j'y faſſe?

D R I X A.

Je me vengerai , vous dis-je : j'aperçois fous ces
portiques fon bon ami Anitus, et quelques-uns des
nôtres ; laiſſez-moi faire.

X A N T I P P E.

Mon Dieu , je crains que tous ces gens-là ne jouent
quelque tour à mon mari. Allons vîte l'avertir ; car
après tout, on ne peut s'empêcher de l'aimer.

S C E N E V I.

ANITUS , DRIXA , TERPANDRE , ACROS.

D R I X A.

No s injures font communes, reſpectable Anitus ; vous
êtes trahi comme moi. Ce mal-honnête homme de Socrate
donne preſque tout fon bien à Aglaé , uniquement
pour vous défefpérer. Il faut que vous en tiriez une
vèngeance éclatante.

A N I T U S.

C'eſt bien mon intention , le ciel y eſt intéreſſé ;
cet homme méprife fans doute les dieux, puifqu'il me
dédaigne. On a déjà intenté contre lui quelques accufa-
tions ; il faut que vous m'aidiez tous à les renouveler ;
nous le mettrons en danger de fa vie ; alors je lui offrirai
ma protection, à condition qu'il me cède Aglaé, et

qu'il vous rende votre beau Sophronime ; par là nous remplirons tous nos devoirs ; il fera puni par la crainte que nous lui aurons donnée : j'obtiendrai ma maîtreſſe, et vous aurez votre amant.

DRIXA.

Vous parlez comme la ſageſſe elle-même. Il faut que quelque divinité vous inſpire. Inſtruiſez-nous, que faut-il faire ?

ANITUS.

Voici bientôt l'heure où les juges paſſeront pour aller au tribunal : Mélitus eſt à leur tête.

DRIXA.

Mais ce Mélitus eſt un petit pédant, un méchant homme, qui eſt votre ennemi.

ANITUS.

Oui, mais il eſt encore plus l'ennemi de Socrate ; c'eſt un ſcélérat hypocrite, qui ſoutient les droits de l'Aréopage contre moi ; mais nous nous réuniſſons toujours quand il s'agit de perdre ces faux ſages capables d'éclairer le peuple ſur notre conduite. Ecoutez, ma chère Drixa, vous êtes dévote ?

DRIXA.

Oui aſſurément, Monſeigneur ; j'aime l'argent et le plaiſir de tout mon cœur : mais en fait de dévotion je ne cède à perſonne.

ANITUS.

Allez prendre quelques dévots du peuple avec vous, et quand les juges paſſeront, criez à l'impiété.

TERPANDRE.

Y a-t-il quelque choſe à gagner ? nous ſommes prêts.

ACROS.

Oui, mais quelle eſpèce d'impiété ?

ANITUS.

De toutes les espèces. Vous n'avez qu'à l'accuser hardiment de ne point croire aux dieux : c'est le plus court.

DRIXA.

Oh laissez-moi faire.

ANITUS.

Vous serez parfaitement secondés. Allez sous ces portiques ameuter vos amis. Je vais cependant instruire quelques gazetiers de controverse, quelques folliculaires qui viennent souvent dîner chez moi. Ce sont des gens bien méprisables, je l'avoue ; mais ils peuvent nuire dans l'occasion, quand ils sont bien dirigés. Il faut se servir de tout pour faire triompher la bonne cause. Allez, mes chers amis, recommandez-vous à Cérès ; vous viendrez crier au signal que je donnerai : c'est le sûr moyen de gagner le ciel, et surtout de vivre heureux sur la terre.

SCENE VII.

ANITUS, NONOTI, CHOMOS, BERTIOS.

ANITUS.

INFATIGABLE Nonoti, profond Chomos, délicat Bertios, avez-vous fait contre ce méchant Socrate les petits ouvrages que je vous ai commandés ?

NONOTI.

J'ai travaillé, Monseigneur ; il ne s'en relèvera pas.

CHOMOS.

J'ai démontré la vérité contre lui ; il est confondu.

BERTIOS.

Je n'ai dit qu'un mot dans mon journal ; il eſt perdu.

ANITUS.

Prenez garde, Nonoti. Je vous ai défendu la prolixité. Vous êtes ennuyeux de votre naturel : vous pourriez laſſer la patience de la cour.

NONOTI.

Monſeigneur, je n'ai fait qu'une feuille ; j'y prouve que l'ame eſt une quinteſſence infuſe, que les queues ont été données aux animaux pour chaſſer les mouches, que Cérès fait des miracles, et que par conféquent Socrate eſt un ennemi de l'Etat qu'il faut exterminer.

ANITUS.

On ne peut mieux conclure. Allez porter votre délation au fecond juge, qui eſt un excellent philoſophe : je vous réponds que vous ſerez bientôt défait de votre ennemi Socrate.

NONOTI.

Monſeigneur, je ne ſuis point ſon ennemi. Je ſuis fâché ſeulement qu'il ait tant de réputation ; et tout ce que j'en fais eſt pour la gloire de Cérès, et pour le bien de la patrie.

ANITUS.

Allez, dis-je, dépêchez-vous. Eh bien, ſavant Chomos, qu'avez-vous fait ?

CHOMOS.

Monſeigneur, n'ayant rien trouvé à reprendre dans les écrits de Socrate, je l'accuſe adroitement de penſer tout le contraire de ce qu'il a dit ; et je montre le venin répandu dans tout ce qu'il dira.

ANITUS.

A merveille. Portez cette pièce au quatrième juge :
c'est un homme qui n'a pas le sens commun, et qui
vous entendra parfaitement. Et vous, Bertios ?

BERTIOS.

Monseigneur, voici mon dernier journal sur le chaos.
Je fais voir adroitement, en passant du chaos aux jeux
olympiques, que Socrate pervertit la jeunesse.

ANITUS.

Admirable ! Allez de ma part chez le septième juge,
et dites-lui que je lui recommande Socrate. Bon, voici
déjà Mélitus le chef des onze qui s'avance. Il n'y a
point de détour à prendre avec lui ; nous nous connais-
sons trop l'un et l'autre.

SCENE VIII.

ANITUS, MELITUS.

ANITUS.

Monsieur le juge, un mot. Il faut perdre Socrate.

MELITUS.

Monsieur le prêtre, il y a long-temps que j'y pense ;
unissons-nous sur ce point, nous n'en ferons pas moins
brouillés sur le reste.

ANITUS.

Je sais bien que nous nous haïssons tous deux ; mais
en se détestant, il faut se réunir pour gouverner la
République.

MELITUS.

D'accord. Perfonne ne nous entend ici ; je fais que
vous êtes un fripon ; vous ne me regardez pas comme
un honnête homme ; je ne puis vous nuire, parce
que vous êtes grand-prêtre ; vous ne pouvez me perdre,
parce que je fuis grand-juge ; mais Socrate peut nous
faire tort à l'un et à l'autre en nous démafquant ; nous
devons donc commencer vous et moi par le faire mourir,
et puis nous verrons comment nous pourrons nous exterminer l'un l'autre à la première occafion.

ANITUS *à part.*

On ne peut mieux parler. Hom ! que je voudrais
tenir ce coquin d'Aréopagite fur un autel, les bras
pendans d'un côté et les jambes de l'autre, lui ouvrir
le ventre avec mon couteau d'or, et confulter fon foie
tout à mon aife !

MELITUS *à part.*

Ne pourrai-je jamais tenir ce pendart de facrificateur
dans la geole, et lui faire avaler une pinte de ciguë à
mon plaifir ?

ANITUS.

Or çà, mon cher ami, voilà vos camarades qui
avancent ; j'ai préparé les efprits du peuple.

MELITUS.

Fort bien, mon cher ami, comptez fur moi comme
fur vous-même dans ce moment, mais rancune tenant
toujours.

SCENE IX.

ANITUS, MELITUS, quelques Juges d'Athènes qui passent sous les portiques, (*Anitus parle à l'oreille de Mélitus.*)

DRIXA, TERPANDRE et ACROS *ensemble.*

JUSTICE, justice, scandale, impiété, justice, justice, irréligion, impiété, justice.

ANITUS.

Qu'est-ce donc, mes amis? de quoi vous plaignez-vous!

DRIXA, TERPANDRE et ACROS.

Justice au nom du peuple.

MELITUS.

Contre qui?

DRIXA, TERPANDRE et ACROS.

Contre Socrate.

MELITUS.

Ah ah! contre Socrate? ce n'est pas d'aujourd'hui qu'on se plaint de lui. Qu'a-t-il fait?

ACROS.

Je n'en sais rien.

TERPANDRE.

On dit qu'il donne de l'argent aux filles pour se marier.

ACROS.

Oui, il corrompt la jeunesse.

DRIXA.

C'eſt un impie ; il n'a point offert de gâteaux à Cérès. Il dit qu'il y a trop d'or et trop d'argent inutiles dans le temple ; que les pauvres meurent de faim, et qu'il faut les ſoulager.

ACROS.

Oui, il dit que les prêtres de Cérès s'enivrent quelquefois ; cela eſt vrai, c'eſt un impie.

DRIXA.

C'eſt un hérétique ; il nie la pluralité des dieux ; il eſt déiſte ; il ne croit qu'un ſeul Dieu ; c'eſt un athée.

Tous trois enſemble.

Oui, il eſt hérétique, déiſte, athée.

MELITUS.

Voilà des accuſations très-graves, et très-vraiſemblables : on m'avait déjà averti de tout ce que vous nous dites.

ANITUS.

L'Etat eſt en danger, ſi on laiſſe de telles horreurs impunies. Minerve nous ôtera ſon ſecours.

DRIXA.

Oui, Minerve, ſans doute ; je l'ai entendu faire des plaiſanteries ſur le hibou de Minerve.

MELITUS.

Sur le hibou de Minerve ! O Ciel ! n'êtes-vous pas d'avis, Meſſieurs, qu'on le mette en priſon tout à l'heure ?

LES JUGES *enſemble.*

Oui, en priſon, vîte en priſon.

MELITUS.

Huiſſiers, amenez à l'inſtant Socrate en priſon.

DRIXA.

Et qu'enfuite il foit brûlé fans avoir été entendu.

UN DES JUGES.

Ah ! il faut du moins l'entendre ; nous ne pouvons enfreindre la loi.

ANITUS.

C'eſt ce que cette bonne dévote voulait dire : il faut l'entendre, mais ne ſe pas laiſſer furprendre à ce qu'il dira ; car vous favez que ces philofophes font d'une ſubtilité diabolique : ce font eux qui ont troublé tous les Etats où nous apportions la concorde.

MELITUS.

En prifon, en prifon.

SCENE X.

Les Acteurs précédens. XANTIPPE, SOPHRONIME, AGLAÉ, SOCRATE enchaîné, Valets de ville.

XANTIPPE.

Eh miféricorde ! on traîne mon mari en prifon : n'avez-vous pas honte, Meſſieurs les juges, de traiter ainſi un homme de fon âge ? quel mal a-t-il pu faire ? il en eſt incapable ; hélas, il eſt plus bête que méchant. (a) Meſſieurs, ayez pitié de lui. Je vous l'avais bien dit, mon mari, que vous vous attireriez quelque méchante

_____

(a) On prétend que la ſervante de _la Fontaine_ en difait autant de fon maître : ce n'eſt pas la faute de M. _Thompſon_ ſi _Xantippe_ l'a dit avant cette ſervante. M. _Thompſon_ a peint _Xantippe_ telle qu'elle était ; il ne devait pas en faire une _Cornélie_.

affaire. Voilà ce que c'eſt que de doter des filles. Que je ſuis malheureuſe !

S O P H R O N I M E.

Ah ! Meſſieurs, reſpectez ſa vieilleſſe et ſa vertu ; chargez-moi de fers : je ſuis prêt à donner ma liberté, ma vie pour la ſienne.

A G L A É.

Oui, nous irons en priſon au lieu de lui ; nous mourrons pour lui, s'il le faut. N'attentez rien ſur le plus juſte et le plus grand des hommes. Prenez-nous pour vos victimes.

M E L I T U S.

Vous voyez comme il corrompt la jeuneſſe.

S O C R A T E.

Ceſſez, ma femme, ceſſez, mes enfans, de vous oppoſer à la volonté du ciel : elle ſe manifeſte par l'organe des lois. Quiconque réſiſte à la loi, eſt indigne d'être citoyen. Dieu veut que je ſois chargé de fers, je me ſoumets à ſes décrets ſans murmure. Dans ma maiſon, dans Athènes, dans les cachots, je ſuis également libre : et puiſque je vois en vous tant de reconnaiſſance et tant d'amitié, je ſuis toujours heureux. Qu'importe que Socrate dorme dans ſa chambre ou dans la priſon d'Athènes ? Tout eſt dans l'ordre éternel, et ma volonté doit y être.

M E L I T U S.

Qu'on entraîne ce raiſonneur. Voilà comme ils font tous ; ils vous pouſſent des argumens juſque ſous la potence.

A N I T U S.

Meſſieurs, ce qu'il vient de dire m'a touché. Cet homme montre de bonnes diſpoſitions. Je pourrais me

flatter

flatter de le convertir. Laiffez-moi lui parler un moment en particulier, et ordonnez que fa femme et ces jeunes gens fe retirent.

UN JUGE.

Nous le voulons bien, vénérable Anitus ; vous pouvez lui parler avant qu'il comparaiffe devant notre tribunal.

SCENE XI.

ANITUS, SOCRATE.

ANITUS.

VERTUEUX Socrate, le cœur me faigne de vous voir en cet état.

SOCRATE.

Vous avez donc un cœur?

ANITUS.

Oui, et je fuis prêt à tout faire pour vous.

SOCRATE.

Vraiment, je fuis perfuadé que vous avez déjà beaucoup fait.

ANITUS.

Ecoutez ; votre fituation eft plus dangereufe que vous ne penfez : il y va de votre vie.

SOCRATE.

Il s'agit donc de peu de chofe.

ANITUS.

C'eft peu pour votre ame intrépide et fublime ; c'eft tout aux yeux de ceux qui chériffent comme moi votre vertu. Croyez-moi ; de quelque philofophie que votre

Théâtre. Tome VIII. E e

ame foit armée, il eft dur de périr par le dernier fupplice. Ce n'eft pas tout ; votre réputation, qui doit vous être chère, fera flétrie dans tous les fiècles. Non-feulement tous les dévots èt toutes les dévotes riront de votre mort, vous infulteront, allumeront le bûcher fi on vous brûle, ferreront la corde fi on vous étrangle, broieront la ciguë fi on vous empoifonne ; mais ils rendront votre mémoire exécrable à tout l'avenir. Vous pouvez aifément détourner de vous une fin fi funefte ; je vous réponds de vous fauver la vie, et même de vous faire déclarer par les juges le plus fage des hommes, ainfi que vous l'avez été par l'oracle d'Apollon ; il ne s'agit que de me céder votre jeune pupille Aglaé, avec la dot que vous lui donnez, s'entend ; nous ferons aifément caffer fon mariage avec Sophronime. Vous jouirez d'une vieilleffe paifible et honorée, et les dieux et les déeffes vous béniront.

S O C R A T E.

Huiffiers, conduifez-moi en prifon fans tarder davantage.

(on l'emmène.)

A N I T U S.

Cet homme eft incorrigible, ce n'eft pas ma faute ; j'ai fait mon devoir, je n'ai rien à me reprocher ; il faut l'abandonner à fon fens réprouvé, et le laiffer mourir impénitent.

Fin du fecond acte.

ACTE III.

SCENE PREMIERE.

LES JUGES *affis fur leur tribunal*, SOCRATE *debout*.

UN JUGE *à Anitus.*

Vous ne devriez pas fiéger ici ; vous êtes prêtre de Cérès.

ANITUS.

Je n'y fuis que pour l'édification.

MELITUS.

Silence. Ecoutez, Socrate, vous êtes accufé d'être mauvais citoyen, de corrompre la jeuneffe, de nier la pluralité des dieux, d'être hérétique, déifte et athée : répondez.

SOCRATE.

Juges Athéniens, je vous exhorte à être toujours bons citoyens comme j'ai toujours tâché de l'être, à répandre votre fang pour la patrie comme j'ai fait dans plus d'une bataille. A l'égard de la jeuneffe dont vous parlez, ne ceffez de la guider par vos confeils, et furtout par vos exemples ; apprenez-lui à aimer la véritable vertu, et à fuir la miférable philofophie de l'école. L'article de la pluralité des dieux eft d'une difcuffion un peu plus difficile ; mais vous m'entendrez aifément.

Juges Athéniens, il n'y a qu'un dieu.

MELITUS ET UN AUTRE JUGE.

Ah le fcélérat!

SOCRATE.

Il n'y a qu'un dieu, vous dis-je. Sa nature eft d'être infini ; nul être ne peut partager l'infini avec lui. Levez vos yeux vers les globes céleftes, tournez-les vers la terre et les mers, tout fe correfpond, tout eft fait l'un pour l'autre ; chaque être eft intimement lié avec les autres êtres ; tout eft d'un même deffein ; il n'y a donc qu'un feul architecte, un feul maître, un feul confervateur. Peut-être a-t-il daigné former des génies, des démons, plus puiffans et plus éclairés que les hommes, et s'ils exiftent, ce font dés créatures comme vous ; ce font fes premiers fujets, et non pas des dieux ; mais rien dans la nature ne nous avertit qu'ils exiftent, tandis que la nature entière nous annonce un Dieu et un Père. Ce Dieu n'a pas befoin de Mercure et d'Iris pour nous fignifier fes ordres : il n'a qu'à vouloir, et c'eft affez. Si par Minerve vous n'entendiez que la fageffe de Dieu, fi par Neptune vous n'entendiez que fes lois immuables, qui élèvent et qui abaiffent les mers, je vous dirais : Il vous eft permis de révérer Neptune et Minerve, pourvu que dans ces emblèmes vous n'adoriez jamais que l'Etre éternel, et que vous ne donniez pas occafion aux peuples de s'y méprendre.

ANITUS.

Quel galimatias impie !

SOCRATE.

Gardez-vous de tourner jamais la religion en métaphyfique : la morale eft fon effence. Adorez et ne difputez plus. Si nos ancêtres ont dit que le Dieu fuprême defcendit dans les bras d'Alcmène, de Danaé, de Sémélé, et qu'il en eut des enfans, nos ancêtres ont imaginé des fables dangereufes. C'eft infulter la divinité de prétendre qu'elle ait commis avec une femme, de quelque manière que ce puiffe être, ce que nous appelons chez les hommes un adultère. C'eft décourager le refte des hommes, d'ofer dire que pour être un grand homme il faut être né de l'accouplement myftérieux de Jupiter et d'une de vos femmes ou filles. Miltiades, Cimon, Thémiftocle, Ariftide, que vous avez perfécutés, valaient bien, peut-être, Perfée, Hercule, et Bacchus; il n'y a d'autre manière d'être les enfans de Dieu que de chercher à lui plaire, et d'être jufte. Méritez ce titre en ne rendant jamais de jugemens iniques.

M E L I T U S.

Que de blafphèmes et d'infolences!

U N A U T R E J U G E.

Que d'abfurdités! on ne fait ce qu'il veut dire.

M E L I T U S.

Socrate, vous vous mêlez toujours de faire des raifonnemens; ce n'eft pas là ce qu'il nous faut; répondez net et avec précifion. Vous êtes-vous moqué du hibou de Minerve?

S O C R A T E.

Juges Athéniens, prenez garde à vos hibous. Quand vous propofez des chofes ridicules à croire, trop de gens alors fe déterminent à ne rien croire du tout. Ils ont affez d'efprit pour voir que votre doctrine eft impertinente; mais ils n'en ont pas affez pour s'élever jufqu'à la loi véritable; ils favent rire de vos petits

E e 3

dieux ; et ils ne favent pas adorer le Dieu de tous les êtres , unique , incompréhenfible , incommunicable , éternel et tout jufte , comme tout puiffant.

MELITUS.

Ah le blafphémateur ! ah le monftre ! il n'en a dit que trop : je conclus à la mort.

PLUSIEURS JUGES.

Et nous auffi.

UN JUGE.

Nous fommes plufieurs qui ne fommes pas de cet avis ; nous trouvons que Socrate a très-bien parlé. Nous croyons que les hommes feraient plus juftes et plus fages , s'ils penfaient comme lui ; et pour moi, loin de le condamner , je fuis d'avis qu'on le récompenfe.

PLUSIEURS JUGES.

Nous penfons de même.

MELITUS.

Les opinions femblent fe partager.

ANITUS.

Meffieurs de l'Aréopage , laiffez - moi interroger Socrate. Croyez-vous que le foleil tourne , et que l'Aréopage foit de droit divin ?

SOCRATE.

Vous n'êtes pas en droit de me faire des queftions ; mais je fuis en droit de vous enfeigner ce que vous ignorez. Il importe peu pour la fociété que ce foit la terre qui tourne : mais il importe que les hommes qui tournent avec elle foient juftes. La vertu feule eft de droit divin , et vous et l'Aréopage n'avez d'autres droits que ceux que la nation vous a donnés.

ANITUS.

Illuftres et équitables Juges, faites fortir Socrate.
(*Mélitus fait un figne. On emmène Socrate. Anitus continue.*)

Vous l'avez entendu, augufte Aréopage inftitué par
le ciel ; cet homme dangereux nie que le foleil tourne,
et que vos charges foient de droit divin. Si ces horribles opinions fe répandent, plus de magiftrats, et
plus de foleil : vous n'êtes plus ces juges établis par
les lois fondamentales de Minerve, vous n'êtes plus
les maîtres de l'Etat, vous ne devez plus juger que
fuivant les lois ; et fi vous dépendez des lois, vous êtes
perdus. Puniffez la rébellion, vengez le ciel et la terre.
Je fors. Redoutez la colère des dieux, fi Socrate refte
en vie.

(*Anitus fort, et les Juges opinent.*)

UN JUGE.

Je ne veux point me brouiller avec Anitus, c'eft
un homme trop à craindre. S'il ne s'agiffait que des
dieux, encore paffe.

UN JUGE *à celui qui vient de parler.*

Entre nous, Socrate a raifon ; mais il a tort d'avoir
raifon fi publiquement. Je ne fais pas plus de cas de
Cérès et de Neptune que lui ; mais il ne devait pas
dire devant tout l'Aréopage ce qu'il ne faut dire qu'à
l'oreille. Où eft le mal après tout d'empoifonner un
philofophe, furtout quand il eft laid et vieux ?

UN AUTRE JUGE.

S'il y a de l'injuftice à condamner Socrate, c'eft
l'affaire d'Anitus, ce n'eft pas la mienne ; je mets
tout fur fa confcience ; d'ailleurs, il eft tard, on
perd fon temps. A la mort, à la mort, et qu'on n'en
parle plus.

UN AUTRE.

On dit qu'il eſt hérétique et athée ; à la mort, à la mort.

MELITUS.

Qu'on appelle Socrate. (*on l'amène.*) Les dieux ſoient bénis, la pluralité eſt pour la mort. Socrate, les dieux vous condamnent par notre bouche à boire de la ciguë, tant que mort s'enſuive.

SOCRATE.

Nous ſommes tous mortels ; la nature vous condamne à mourir tous dans peu de temps, et probablement vous aurez tous une fin plus triſte que la mienne. Les maladies qui amènent le trépas ſont plus douloureuſes qu'un gobelet de ciguë. Au reſte, je dois des éloges aux juges qui ont opiné en faveur de l'innocence ; je ne dois aux autres que ma pitié.

UN JUGE, *ſortant.*

Certainement cet homme-là méritait une penſion de l'Etat au lieu d'un gobelet de ciguë.

UN AUTRE JUGE.

Cela eſt vrai ; mais auſſi de quoi s'aviſait-il de ſe brouiller avec un prêtre de Cérès ?

UN AUTRE JUGE.

Je ſuis bien aiſe après tout de faire mourir un philoſophe ; ces gens-là ont une certaine fierté dans l'eſprit, qu'il eſt bon de mater un peu.

UN JUGE.

Meſſieurs, un petit mot : ne ferions-nous pas bien, tandis que nous avons la main à la pâte, de faire mourir tous les géomètres qui prétendent que les trois angles d'un triangle ſont égaux à deux droits ?

Ils ſcandaliſent étrangement la populace occupée à lire leurs livres.

UN AUTRE JUGE.

Oui, oui, nous les pendrons à la première ſeſſion. Allons dîner. (b)

SCENE II.

SOCRATE ſeul.

DEPUIS long-temps j'étais préparé à la mort. Tout ce que je crains à préſent, c'eſt que ma femme Xantippe ne vienne troubler mes derniers momens et interrompre la douceur du recueillement de mon ame ; je ne dois m'occuper que de l'Etre ſuprême, devant qui je dois bientôt paraître. Mais la voilà, il faut ſe réſigner à tout.

SCENE III.

SOCRATE, XANTIPPE et les Diſciples de Socrate.

XANTIPPE.

EH bien, pauvre homme, qu'eſt-ce, que ces gens de loi ont conclu? êtes-vous condamné à l'amende? êtes-vous banni? êtes-vous abſous? Mon Dieu! que vous m'avez donné d'inquiétude! Tâchez, je vous prie, que cela n'arrive pas une ſeconde fois.

(b) Au ſeizième ſiècle il ſe paſſa une ſcène à peu-près ſemblable, et un des juges dit ces propres paroles : A la mort, et allons dîner.

SOCRATE.

Non, ma femme, cela n'arrivera pas deux fois, je vous en réponds ; ne foyez en peine de rien. Soyez les bien-venus, mes chers difciples, mes amis.

CRITON *à la tête des difciples de Socrate.*

Vous nous voyez auffi alarmés de votre fort que votre femme Xantippe ; nous avons obtenu des juges la permiffion de vous voir. Jufte Ciel ! faut-il voir Socrate chargé de chaînes ? Souffrez que nous baifions ces fers que vous honorez, et qui font la honte d'Athènes. Eft-il poffible qu'Anitus et les fiens aient pu vous mettre en cet état ?

SOCRATE.

Ne penfons point à ces bagatelles, mes chers amis, et continuons l'examen que nous fefions hier de l'immortalité de l'ame. Nous difions, ce me femble, que rien n'eft plus probable et plus confolant que cette idée. En effet la matière change et ne périt point, pourquoi l'ame périrait-elle ? Se pourrait-il faire que nous étant élevés jufqu'à la connaiffance d'un Dieu, à travers le voile du corps mortel, nous ceffaffions de le connaître quand ce voile fera tombé ? Non, puifque nous penfons, nous penferons toujours : la penfée eft l'être de l'homme ; cet être paraîtra devant un Dieu jufte qui récompenfe la vertu, qui punit le crime, et qui pardonne les faibleffes.

XANTIPPE.

C'eft bien dit ; je n'y entends rien ; on penfera toujours parce qu'on a penfé. Eft-ce qu'on fe mouchera toujours parce qu'on s'eft mouché ? Mais que nous veut ce vilain homme avec fon gobelet ?

LE GEOLIER *ou* Valet des Onze, *apportant*
la tasse de ciguë.

Tenez, Socrate, voilà ce que le Sénat vous envoie.

XANTIPPE.

Quoi! maudit empoisonneur de la république, tu
viens ici tuer mon mari en ma présence! je te dévisa-
gerai, monstre!

SOCRATE.

Mon cher ami, je vous demande pardon pour ma
femme, elle a toujours grondé son mari; elle vous
traite de même : je vous prie d'excuser cette petite
vivacité. Donnez.

(il prend le gobelet.)

UN DES DISCIPLES.

Que ne nous est-il permis de prendre ce poison,
divin Socrate! par quelle horrible injustice nous êtes-
vous ravi? Quoi! les criminels ont condamné le
juste! les fanatiques ont proscrit le sage! Vous allez
mourir!

SOCRATE.

Non, je vais vivre. Voici le breuvage de l'immortalité. Ce n'est pas ce corps périssable qui vous a
aimés, qui vous a enseignés, c'est mon ame seule qui
a vécu avec vous ; et elle vous aimera à jamais.

(il veut boire.)

LE VALET DES ONZE.

Il faut auparavant que je détache vos chaînes, c'est
la règle.

SOCRATE.

Si c'est la règle, détachez.

(il se gratte un peu la jambe.)

UN DES DISCIPLES.

Quoi ! vous fouriez ?

SOCRATE.

Je fouris en réfléchiffant que le plaifir vient de la douleur. C'eft ainfi que la félicité éternelle naîtra des misères de cette vie. (*c*)

(*il boit.*)

CRITON.

Hélas ! qu'avez-vous fait ?

XANTIPPE.

Hélas ! c'eft pour je ne fais combien de difcours ridicules de cette efpèce qu'on fait mourir ce pauvre homme. En vérité, mon mari, vous me fendez le cœur, et j'étranglerais tous les juges de mes mains. Je vous grondais, mais je vous aimais ; et ce font des gens polis qui vous empoifonnent. Ah, ah ! mon cher mari, ah !

SOCRATE.

Calmez-vous, ma bonne Xantippe : ne pleurez point, mes amis ; il ne fied pas aux difciples de Socrate de répandre des larmes.

CRITON.

Et peut-on n'en pas verfer après cette fentence affreufe, après cet empoifonnement juridique, ordonné par des ignorans pervers qui ont acheté cinquante mille drachmes le droit d'affaffiner impunément leurs concitoyens ?

(*c*) J'ai pris la liberté de retrancher ici deux pages entières du beau fermon de *Socrate*. Ces moralités, qui font devenues lieux communs, font bien ennuyeufes. Les bonnes gens qui ont cru qu'il fallait faire parler *Socrate* long-temps ne connaiffent ni le cœur humain ni le théâtre. *Semper ad eventum feftinat* : voilà la grande règle que M. *Thompfon* a obfervée.

SOCRATE.

C'eſt ainſi qu'on traitera ſouvent les adorateurs d'un ſeul Dieu , et les ennemis de la ſuperſtition.

CRITON.

Hélas ! faut-il que vous ſoyez une de ſes victimes ?

SOCRATE.

Il eſt beau d'être la victime de la divinité. Je meurs ſatisfait. Il eſt vrai que j'aurais voulu joindre à la conſolation de vous voir celle d'embraſſer auſſi Sophronime et Aglaé : je ſuis étonné de ne les pas voir ici ; ils auraient rendu mes derniers momens encore plus doux qu'ils ne ſont.

CRITON.

Hélas! ils ignorent que vous avez conſommé l'iniquité de vos juges ; ils parlent au peuple ; ils encouragent les magiſtrats qui ont pris votre parti. Aglaé révèle le crime d'Anitus ; ſa honte va être publique : Aglaé et Sophronime vous ſauveraient peut-être la vie. Ah, cher Socrate ! pourquoi avez-vous précipité vos derniers momens ?

SCENE IV et derniere.

Les Acteurs précédens. AGLAÉ , SOPHRONIME.

AGLAÉ.

DIVIN Socrate , ne craignez rien ; Xantippe, conſolez-vous ; dignes diſciples de Socrate, ne pleurez plus.

SOPHRONIME.

Vos ennemis ſont confondus : tout le peuple prend votre défenſe.

AGLAÉ.

Nous avons parlé, nous avons révélé la jaloufie et l'intrigue de l'impie Anitus. C'était à moi de demander juftice de fon crime, puifque j'en étais la caufe.

SOPHRONIME.

Anitus fe dérobe par la fuite à la fureur du peuple, on le pourfuit lui et fes complices ; on rend des grâces fólennelles aux juges qui ont opiné en votre faveur. Le peuple eft à la porte de la prifon, et attend que vous paraiffiez pour vous conduire chez vous en triomphe. Tous les juges fe font rétractés.

XANTIPPE.

Hélas! que de peines perdues!

UN DES DISCIPLES.

O Ciel ! ô Socrate ! pourquoi obéiffiez-vous ?

AGLAÉ.

Vivez, cher Socrate, bienfaiteur de votre patrie, modèle des hommes, vivez pour le bonheur du monde.

CRITON.

Couple vertueux, dignes amis, il n'eft plus temps.

XANTIPPE.

Vous avez trop tardé.

AGLAÉ.

Comment? il n'eft plus temps ! jufte Ciel !

SOPHRONIME.

Quoi! Socrate aurait déjà bu la coupe empoifonnée !

SOCRATE.

Aimable Aglaé, tendre Sophronime, la loi ordonnait que je priffe le poifon ; j'ai obéi à la loi, tout injufte qu'elle eft, parce qu'elle n'opprime que moi. Si cette injuſtice eût été commiſe envers un autre, j'aurais combattu. Je vais mourir : mais l'exemple d'amitié et de grandeur d'ame que vous donnez au monde ne périra jamais. Votre vertu l'emporte ſur le crime de ceux qui m'ont accuſé. Je bénis ce qu'on appelle mon malheur ; il a mis au jour toute la force de votre belle ame. Ma chère Xantippe, ſoyez heureuſe, et ſongez que pour l'être il faut dompter ſon humeur. Mes diſciples bien-aimés, écoutez toujours la voix de la philoſophie qui mépriſe les perſécuteurs, et qui prend pitié des faibleſſes humaines ; et vous, ma fille Aglaé, mon fils Sophronime, ſoyez toujours ſemblables à vous-mêmes.

A G L A É.

Que nous ſommes à plaindre de n'avoir pu mourir pour vous !

S O C R A T E.

Votre vie eſt précieuſe, la mienne eſt inutile : recevez mes tendres et derniers adieux. Les portes de l'éternité s'ouvrent pour moi.

X A N T I P P E.

C'était un grand homme, quand j'y ſonge ! Ah ! je vais ſoulever la nation, et manger le cœur d'Anitus.

S O P H R O N I M E.

Puiſſions-nous élever des temples à Socrate, ſi un homme en mérite !

C R I T O N.

Puiſſe au moins ſa ſageſſe apprendre aux hommes que c'eſt à Dieu ſeul que nous devons des temples.

Fin du tome huitième.